Zum Buch:

Eine Frau, die Bier liebt und sogar ihr eigenes braut? Eine, die sich unter seinen Freunden behaupten und von Herzen lachen kann? Piper Williams ist ganz nach Blakes Geschmack. Ihr Bier auch. Zu gern würde er mit ihr eine besondere Verbindung eingehen, beruflich wie privat. Aber Piper braucht erst weitere feste Abnehmer ihres Biers. Und Blakes angesehener und politisch aktiver Familie schmecken seine Pläne überhaupt nicht. Doch seit wann kümmert ihn, was andere denken? Er verfolgt seine Ziele schon immer unerbittlich.

»Lustig und voller großartiger Charaktere. Baltsars Debütroman schreit nach einer Fortsetzung.«
Booklist

»Klug, süß, witzig und süchtig machend. Suzanne Baltsars Debütroman ist das perfekte Gebräu für Romance-Fans«
Samantha Young, Autorin

»Die kleine Brauerei der Liebe kommt als charmante Romanze daher – doch sie schlägt dem Fass den Boden aus, indem sie uns einen Einblick in die von Männern dominierte Welt der Brauereikunst gewährt.«
Amy E. Reichert, Autorin

Zur Autorin:

Neben ihrer Arbeit als Schriftstellerin leitet Suzanne Baltsar ein kleines Programmkino und führt ihre eigene Filmfirma. Sie lebt mit ihrem Mann und ihren Kindern in Pennsylvania. Die kleine Brauerei der Liebe ist ihr erster Roman.

Suzanne Baltsar

Die kleine Brauerei der Liebe

Roman

Aus dem Englischen von
Ivonne Senn

MIRA® TASCHENBUCH

1. Auflage: Februar 2020
Deutsche Erstausgabe
Copyright © für die deutsche Ausgabe by MIRA Taschenbuch
in der HarperCollins Germany GmbH, Hamburg

Copyright © 2018 by Suzanne Baltsar
Originaltitel: »Trouble Brewing«
Erschienen bei: Gallery Books,
an imprint of Simon & Schuster Inc., New York

Umschlaggestaltung: zero-media.net, München
Umschlagabbildung: 1000 Words, Tatiana Popova, koya979, oksana2010,
Graphical_Bank, Luxsury, Nitr, Dmitr1ch/Shutterstock
Satz: GGP Media GmbH, Pößneck
Printed in Germany
Dieses Buch wurde auf FSC®-zertifiziertem Papier gedruckt.
ISBN 978-3-7457-0057-2

www.mira-taschenbuch.de

Werden Sie Fan von MIRA Taschenbuch auf Facebook!

*Für meinen persönlichen Hobbybrauer.
Ich bin trunken vor Liebe für dich.
#Surfboard*

1. Kapitel

PIPER

Das Wetter war elendig. Das Murmeltier hatte in diesem Jahr seinen Schatten gesehen, was einen langen Winter verhieß, und dafür zahlten wir in Minneapolis alle einen hohen Preis. Ich meine, wirklich, wer hat diesem vierbeinigen, hasenzähnigen Fellknäuel überhaupt so viel Autorität verliehen?

Während es sich in seinem Bau versteckte und den Rest seines langen Winterschlafs genoss, waren wir am ersten Frühlingstag von einem halben Meter Neuschnee überrascht worden und warteten immer noch darauf, dass er schmolz, obwohl nun schon der letzte Märztag war.

Ich stemmte das Garagentor ein paar Zentimeter weiter auf, sodass es trotz der eisigen Temperaturen draußen einen guten halben Meter über dem Boden schwebte. In der Hitze von der Propangasheizung und dem Geruch nach Hopfen und Gerste brauchte ich etwas frische Luft. Ich zog meine Strickmütze ein wenig fester über den Kopf, bevor ich mich unter dem Garagentor hindurchduckte und die Luftfeuchtigkeit meiner Pseudo-Nanobrauerei hinter mir ließ.

Um diese Tageszeit war es im Viertel sehr ruhig. Noch war die Schule nicht zu Ende, und die Leute waren noch bei der Arbeit. Ich beobachtete, wie der schmelzende Schnee in dicken Klumpen von den Bäumen fiel, und hinterließ mit meinen Stiefeln Spuren in dem jetzt gräulich-schmutzigen Matsch, während ich über die neueste E-Mail von meiner Schwester nachdachte. Ich hatte sie gebeten, mir ein paar Entwürfe meines Logos in verschiedenen Farben zu schicken. Meine Website benötigte etwas frischen Wind; das trostlose Taupe mit Braun gefiel mir nicht mehr.

Out of the Bottle Brewery war schon seit Jahren mein Traum gewesen. Genauer gesagt, seit dem Zeitpunkt, an dem ich erfahren hatte, dass man mit Bierbrauen tatsächlich Geld verdienen kann. Und mit ein paar Kästen bei einem Großhändler war ich der Erfüllung dieses Traums näher als je zuvor. Ich wollte – nein, ich *brauchte* es –, dass alles perfekt war, und dazu gehörte auch das Willkommen-Banner auf meiner Website.

Ich stieß eine dicke weiße Atemwolke aus. An den »Frühling« in Minnesota hatte ich mich immer noch nicht gewöhnt, obwohl ich nun schon seit zwei Jahren in dieser Kälte wohnte. All meine Ersparnisse steckten hier drin, weil ich hoffte, von der stetig wachsenden Craft-Beer-Szene profitieren zu können.

Bisher war *Out of the Bottle* noch nicht so richtig in Schwung gekommen, obwohl ich schon ein paar regionale Probierwettbewerbe gewonnen hatte. Aber das würde sich alles bald ändern. Es ging gar nicht anders, denn auf keinen Fall würde ich je wieder für jemand anderen arbeiten und Rezepte brauen, die nicht meine eigenen waren. Außerdem brauchte mein Bankkonto dringend eine Finanzspritze. Ich musste einfach daran glauben, dass ich meine Biere verkaufen würde. Und das besser früher als später.

Bevor ich vor Kälte mit den Zähnen klapperte, stampfte

ich den Schnee von meinen Sohlen und schlüpfte wieder in die Garage. Mit fünf Gärbottichen, einem Läuterfass, drei Holzfässern, einer kleinen Spüle und einem winzigen Schreibtisch war meine Doppelgarage auf der Rückseite des Hauses ein Miniatur-Brau-Königreich, und ich war die Königin.

Ich konnte es nicht erwarten, zu expandieren und eine *echte* Brauerei zu eröffnen. Eine mit einem Mehrfass-Brausystem, einem Verkostungsraum, ein paar Tausend Quadratmetern und einigen Angestellten. Ein Ort, über den ich wirklich *herrschen* konnte.

Aber dafür musste ich verkaufen. Und das bedeutete, ich musste ich mich an die Arbeit machen.

Ich schob die Ärmel hoch und setzte mich, um noch einmal die E-Mail von meiner Schwester zu lesen. Unglücklicherweise hatte der kurze Ausflug nach draußen mir bei der Entscheidung, in welcher Farbe ich die funkige Schrift haben wollte, nicht weitergeholfen. Frustriert ließ ich meinen Kopf auf die Tischplatte fallen.

»Piper?«

»Ich bin hier.« Ich drehte mich um, als meine Mitbewohnerin ihren Kopf durch die Seitentür steckte. Ihre normalerweise goldbraune Haut war von der Kälte ganz rosig. »Was machst du zu Hause?«

»Meine letzten beiden Kunden für heute haben abgesagt, und Manny hat mich dreimal niesen hören. Also hat er mich nach Hause geschickt, damit ich mich auskuriere«, sagte sie und kam herein.

Ich lachte leise. Sonja war der gesündeste Mensch, den ich kannte. Dank ihres strikten Sportplans und den Smoothies, die sie ständig trank, wurde sie nie krank. Manny, ihr Box-

Trainer, würde einen Anfall kriegen, wenn seine Star-Athletin wirklich mal mehr als einen leichten Schnupfen bekäme.

»Heißt das, du hast heute Abend frei?«

Resigniert zuckte sie mit den Schultern. Nur Sonja konnte enttäuscht sein, weil sie abends absolut nichts vorhatte. »Schätze schon.«

»Ein Tag voller Spaß für Piper und Sonja!«, sang ich und ahmte dabei die nervtötende Stimme von Chandlers Freundin Janice nach.

Sonja zeigte mit dem Finger auf mich. »Nein, wir werden nicht *Friends* gucken.«

Ich winkte ab, und sie setzte sich auf einen Klappstuhl und streckte ihre in bunten Leggins steckenden Beine aus. Dank ihrer Box-Sponsoren bekam sie immer die coolsten Trainingsklamotten, und das Knallpink sprach mich irgendwie an.

Ich zupfte an der Stelle herum, wo der schwarze Netzeinsatz auf das pinke Elasthan traf.

»Wir könnten laufen gehen«, schlug sie vor.

»Ja, das ist *genau das*, worauf ich Lust habe«, erwiderte ich trocken.

Ich liebte meine Freundin, aber ich konnte mit ihrer Vorstellung von Spaß nichts anfangen. Sie war immer in Bewegung, und damit konnte ich ehrlich gesagt nicht mithalten. So haben wir uns auch kennengelernt – sie ist in mich hineingelaufen. Sonja behauptete gerne, ich wäre in *sie* hineingelaufen, aber das stimmte nicht.

Sie trug Kopfhörer, und ihr *Gesicht* – das Gesicht, das ich als ihr Business-Gesicht kennengelernt hatte – war direkt am Landwehrkanal in Berlin in mich hineingerannt. Ich war gerade in Deutschland angekommen und erfreut, buchstäblich mit einer anderen Amerikanerin zusammenzustoßen. Sie war für einen Monat zu Besuch bei ihrer Familie; ich war wegen meines Studiums zur Braumeisterin dort, und wir waren schnell Freundinnen geworden. Wir fühlten uns beide wie Fische auf dem Trockenen. Ich war eine frischgebackene Studentin ohne Freunde, sie lernte die Familie ihrer Mutter neu kennen, die sie nur einmal als Kind getroffen hatte.

Unsere Freundschaft wurde bei täglicher Mittagspause und gemeinsamen Wochenenden, an denen wir in den Klubs tanzen gingen, schnell enger. Die Begeisterung für Bratwurst und der Kampf mit dem Erlernen der deutschen Sprache würden uns für immer miteinander verbinden. Als sie wieder nach Hause flog, blieben wir in Kontakt, und als ich später nach Minneapolis zog, bot sie mir an, bei ihr einzuziehen.

Das war beinahe zwei Jahre her. Jetzt waren wir eher beste Freundinnen als Mitbewohnerinnen.

»Hier.« Ich drehte meinen Laptop zu ihr. »Welche Farbe gefällt dir für das Logo am besten?«

Sonja band ihre dicken dunklen Haare auf dem Kopf zusammen, sodass nur noch ein paar Korkenzieherlocken an der Seite und im Nacken herunterhingen. »Blau mit Limettengrün.«

»Das gefällt mir auch.« Ich schickte Kayla eine Nachricht, damit sie den Header auf meiner Website änderte, und noch bevor ich aufstehen und die Propanheizung abschalten konnte, erhielt ich schon eine Antwort von meiner Schwester, dass sie sich so bald wie möglich daransetzen würde. Sonja hatte mich oft genug beim Brauen beobachtet, um zu wissen, was jetzt kam. Also folgte sie mir an die Spüle. Ich packte den Würzekühler – ein Sammelsurium aus Plastikschläuchen und Kupferdrähten – und entwirrte alles, während Sonja ein Ende des Schlauchs auf den Wasserhahn der Spüle steckte. Dann ließ ich den Kupferdraht in den Topf fallen, und sie drehte das eiskalte Wasser auf.

Diese Methode, um Bier zu kühlen, war etwas amateurhaft, aber ich hatte weder das Geld noch den Platz für ein Glykol-Kühlsystem. Das heiße Wasser ließ ich aus der Garage sickern, wo es einen dampfenden Pfad in den Schnee schmolz. Meine Gedanken folgten ihm, und wieder einmal verlor ich mich in Träumereien an eine Zukunft aus Chrom und Stahl. So langsam hatte ich die Nase voll von Improvisationen.

Ich war ein Profi, verdammt noch mal.

Das Handy klingelte in meiner Hosentasche, riss mich aus meinen Träumen und holte mich in die Wirklichkeit zurück. Die Nummer war mir unbekannt, aber ich ging trotzdem ran in der Hoffnung, es wäre nicht die Kreditkartenfirma, die wissen wollte, wann ich meine Schulden begleichen würde. Die Überziehungszinsen wuchsen mir auch so schon über den Kopf.

»Hallo?«

»Hi, ich würde gerne Piper Williams sprechen.«

»Das bin ich.«

»Piper, mein Name ist Blake Reed. Ich habe Ihre Kontaktdaten von Dave bei *B&S Distribution*.«

Dave hatte ich vor einigen Wochen auf einem der Wettbewerbe kennengelernt, den ich gewonnen hatte. Er hatte eingewilligt, ein paar Bierkästen von mir in dem Großhandel unterzubringen, der ihm gehörte. Bisher war noch nicht viel davon verkauft worden, aber Dave hegte große Hoffnungen.

»Wie kann ich Ihnen helfen, Blake?«

»Nun, ich war gerade auf Ihrer Website und …«

»Wirklich? Wie finden Sie die Farben?« Die Frage war raus, bevor ich sie zurückhalten konnte. Schnell schlug ich mir die Hand vor den Mund. Konnte ein Mensch noch verzweifelter klingen?

Blake lachte am anderen Ende der Leitung, und ich spürte, wie meine Aktien als Profi sekündlich fielen.

»Sie gefallen mir«, sagte er. »Das Limettengrün ist anders. Es hebt sich ab.«

Ich schickte ein stummes Dankeschön an das Universum, weil meine Schwester so unglaublich schnell gewesen war und dieser Mann Humor besaß.

»Ich rufe eigentlich an, weil ich gehofft hatte, dass Sie sich mit mir treffen können. Ich eröffne nächsten Monat einen Gastropub und würde zu gerne Ihr Bier probieren.«

Ich sprang in die Luft und wirbelte mit einem stummen Schrei auf den Lippen zu Sonja herum.

Sie zog eine Augenbraue hoch und eilte an meine Seite. Ich hielt das Handy so, dass sie die Unterhaltung mit anhören konnte.

»Klar. Ich gebe Ihnen gerne alles, was ich habe.«

Sonja tippte gegen meine Stirn.

»Ich meine, ich bringe Ihnen gerne ein paar Probierflaschen vorbei. Wann würde es Ihnen am besten passen?«

Wieder lachte er, was meine Nerven nicht wirklich beruhigte. »Ist morgen zu früh?«

Sonja reckte die Faust in die Luft, als ich sagte: »Nein, überhaupt nicht.«

»Wie wäre es mit sechzehn Uhr?«

»Perfekt.«

»Kann ich meine Adresse an die E-Mail-Adresse auf Ihrer Website schicken?«

»Ja, das wäre toll.« Ich wusste, ich klang viel zu aufgeregt, aber ich konnte nicht anders. Außerdem war es besser, zu aufgeregt zu sein, als noch mehr Zweideutigkeiten über meine Lippen kommen zu lassen.

»Super. Ich schicke Sie Ihnen gleich zu.«

Ich tanzte auf der Stelle. »Vielen Dank. Dann bis morgen um vier.«

Ich legte auf und stieß den unterdrückten Freudenschrei aus. Sonja fiel mit ein, und Arm in Arm tanzten wir auf und ab.

»Ja! Fühlst du dich gut?«

Selbst wenn ich es gewollt hätte, hätte ich das Lächeln nicht von meinem Gesicht wischen können. »O ja, sehr gut. Das verlangt nach einem besonderen Abendessen. Was meinst du? Pizza?«

Sonja schnaubte. »Ha. Nein. Ich habe einen Spaghettikürbis. Du kannst hier alles fertig machen, während ich ihn in den Ofen schiebe.«

»Ein Freudentag für Piper und Sonja, erinnerst du dich? Da gehört Pizza einfach dazu.«

An der Tür drehte sie sich noch einmal zu mir um. »Keine Pizza, aber ich erlaube dir zwei Folgen *Friends*. Nur nicht die, in der Ross die Bräunungsdusche bekommt. Die ist die Schlimmste.«

Damit konnte ich leben. »Abgemacht.«

Sie schloss die Tür hinter sich. Ich ließ mich auf den Stuhl sinken und wartete darauf, dass die Würze abkühlte, bevor ich die Hefe dazugab. Mit Adleraugen beobachtete ich die Temperaturanzeige. Diese Charge wäre für morgen nicht fertig, aber sie würde trotzdem perfekt werden. Und zwar jede einzelne Gallone.

Das Treffen morgen war meine erste echte Chance, aus der Doppelgarage aus- und in größere Räumlichkeiten einzuziehen. Und ich würde es *nicht* vermasseln.

Ich würde perfekt sein.

So perfekt wie mein Bier.

2. Kapitel

PIPER

Ich hievte den Karton auf meinen Armen höher und stieß die Autotür mit dem Fuß zu, bevor ich den Karton auf meiner Hüfte balancierte und den Knopf auf dem Schlüssel drückte, um den Wagen abzuschließen.

Vorsichtig stieg ich über den teuflisch glatten weißen Matsch hinweg und bemühte mich, den Karton festzuhalten. Das hier war meine Zukunft, und ein falscher Schritt konnte sprichwörtlich und buchstäblich mein Tod sein. Ich überquerte die Straße und ging auf das Gebäude zu, dessen Adresse Blake mir geschickt hatte. Hier sollte das *Public* sein, ein neuer Gastropub in der Innenstadt, der hoffentlich mein Bier in seine Zapfanlage und meine Firma ins Gespräch bringen würde.

Ich blickte an dem dunklen Backsteingebäude hoch. Abgesehen von den Renovierungsschildern im Fenster und dem fehlenden Schriftzug sah es schon nach einer baldigen Eröffnung aus. Mir war ganz schlecht vor Aufregung.

Auf das hier hatte ich die letzten zehn Jahre hingearbeitet. Meine Ausbildung, meine Erfahrungen, meine vielen Stunden harter Arbeit jeden Tag mit Brauen, Abfüllen, Label aufkleben, Marketing … all das war die Vorbereitung für diesen Moment gewesen.

Nach einem tiefen Atemzug und einem letzten stummen

Gebet öffnete ich die Tür und betrat den möglichen Anfang meines neuen Lebens.

Ich blinzelte, um meine Augen nach dem Sonnenschein an das dämmrige Licht zu gewöhnen. Das *Public* war fabelhaft. Unverputzte Backsteinwände, frei liegende Rohre an den Decken, darunter kitschige Lampen aus Aluminiumdosen. Die Bar links hinten hatte nach einer ersten schnellen Zählung zwanzig Zapfhähne. An der Rückseite hing ein Metallschild aus Kronkorken in Form der USA.

Der Pub war trendig und hip, und ich verliebte mich sofort in ihn. Ich wünschte mir mit jeder Faser meines Körpers, dass mein Bier hier verkauft würde.

»Hey, kann ich dir helfen?«

Ich drehte mich zu der Stimme um und sah einen großen blonden Norweger vor mir stehen.

»Ich bin mit Blake verabredet.«

Der Mann zeigte über seine Schulter. »Der telefoniert gerade.«

Ich stellte meine Probierflaschen auf einem glatten Holztisch ab und schaute dem Mann direkt in seine blauen Augen. Er musterte mich neugierig, und ich versuchte, nicht herumzuhampeln. Normalerweise hörten Leute aus Minnesota gar nicht auf zu plappern, aber dieser hier war still. Vielleicht war er kein Einheimischer.

»Wir haben einen Termin«, sagte ich und kam mir albern vor. Warum sollte ich sonst in einer noch nicht eröffneten Bar sein?

Kurz schaute der Mann unter seiner Minnesota-Vikings-Kappe zu dem Karton, bevor er mich ansah. »Du bist wegen der Verkostung hier?«

Ich nickte, und in dem Moment schlenderte ein Berg von einem Mann aus der Toilette. Er war riesig und hatte voll tätowierte Arme, breite Schultern und Beine, die dicker waren als meine beiden zusammen. Hulk schaute zwischen mir und dem anderen Mann hin und her, dann breitete sich langsam ein Lächeln auf seinem Gesicht aus. »Hallöchen. Kann ich dir helfen?«

Ich deutete auf die beiden Männer. »Arbeitet ihr hier oder so?«

Hulk schüttelte den Kopf. »Nicht offiziell.«

Die norwegische Statur machte einen Schritt auf mich zu. »Ich bin Connor. Das ist Bear. Wir sind Freunde von Blake.«

Bear, der seinem Namen alle Ehre machte, senkte den Kopf. »Stets zu Diensten.«

Diese Bemerkung übertraf das übliche Nettsein der Menschen aus Minnesota und ging in Richtung handfester Flirt. »Vielen Dank, Bear.« Ich schenkte ihm ein angespanntes Lächeln. »Ich bin mit Blake zur Verkostung meines Biers verabredet.«

»Dein Bier?« Seine Reaktion war nichts Neues für mich. Ich war eine Frau, die ihr eigenes Bier braute und vertrieb. Das entsprach nicht ganz der Norm.

Noch nicht.

Aber so, wie diese beiden mich anstarrten, hätte man meinen können, ich wäre ein Affe, der angefangen hatte, den Prozess der Evolution auf Französisch zu erklären.

»Jepp.« Ich zeigte auf mein T-Shirt unter meinem Mantel. »*Out of the Bottle Brewery.*«

Connors und Bears Augen quollen hervor wie bei einer Zeichentrickfigur.

»Als Blake sagte, ein Craft-Beer-Brauer würde kommen, bin ich davon ausgegangen, dass du ein Kerl bist«, sagte Bear.

Connor musterte mich von Kopf bis Fuß, als suche er nach einem Beweis für mein Geschlecht. »Ich auch.«

In diesem Moment schwang die Küchentür auf, und wir alle drehten uns zu dem Geräusch um. Mir blieb der Mund offen stehen.

Vor Monaten hatte ich den Instagram-Account *Hot Dudes Brewing* gefunden, und nun war ich beinahe verlockt, ein Foto von diesem Kerl zu machen und es einzusenden.

Dieser Mann.

Dieser Mann hatte ein eigenes Pinterest-Board verdient. Einen Twitter-Hashtag. Sein eigenes virales Meme.

Er strich sich mit der Hand durch die Haare, die weder richtig braun noch blond, weder glatt noch lockig waren, sondern ein künstlerischer Mix aus allem. Nun fielen sie etwas zerzaust zur Seite.

Er schaute sich im Raum um, dann blieb sein Blick an mir hängen. »Piper?«

»Ja«, krächzte ich und räusperte mich dann. »Ich bin Piper Williams.« Lächelnd schüttelte ich seine dargebotene Hand. Seine langen Finger schlossen sich fest um meine. Mein Vater sagte immer, der Handschlag eines Menschen verrate viel über seine Persönlichkeit. Und dieser hier war fest, sicher und freundlich.

»Blake Reed. Schön, dich endlich kennenzulernen.« Jetzt, wo wir uns persönlich gegenüberstanden, hätte das förmliche Siezen vom Telefonat albern gewirkt.

»Gleichfalls«, quiekte ich und steckte meine Hand nur widerstrebend in die Hosentasche, nachdem er sie losgelassen hatte. Normalerweise war ich nicht so ein Nervenbündel, wenn ich es mit Männern zu tun hatte, doch bei Blake geriet ich ins Stottern.

Vermutlich lag es an seinen haselnussbraunen Augen. Oder an dem Grübchen in seiner linken Wange. Vielleicht waren es aber auch die exakt getrimmten Stoppeln auf seinem kantigen Kinn.

Er war perfekt – die Heilige Dreifaltigkeit des guten Aussehens –, und natürlich war er der erste Mann, von dem ich mich seit der Trennung von meinem Ex auf Anhieb angezogen fühlte. Ich musste mich zusammenreißen und aufhören, ihn anzustarren. Ich war wegen *Out of the Bottle* hier; diesen Traum würde ich mir nicht von einem süßen Typen zunichtemachen lassen.

»Gehen wir doch an die Bar«, sagte er mit einer butterweichen Stimme, die mich sofort einen Blick auf seine linke Hand werfen ließ. Kein Ring.

Ich schüttelte den Kopf. *Konzentrier dich.* Geschäft und Vergnügen sollte man nicht vermischen, und zwischen mir und einem potenziellen Kunden würde nichts, aber auch *gar nichts* passieren.

Ich nahm meinen Karton mit den Flaschen, aber er hielt mich auf, bevor ich den ersten Schritt tun konnte. »Brauchst du Hilfe?«

»Ich schaff das schon«, sagte ich und drängte mich an Connor und Bear vorbei. Ich spürte drei Augenpaare auf mir, als ich den Karton auf dem Tresen abstellte, hielt aber die Schultern gestrafft, weil ich mich nicht einschüchtern lassen wollten. Wenn es um meine Arbeit ging, spielte ich die Tatsache gerne herunter, dass ich nicht in das übliche Schema passte.

Ich bemühte mich, mich anzupassen, um von dieser eingeschworenen Gemeinschaft, die hauptsächlich aus Männern bestand, akzeptiert zu werden. Natürlich hasste ich es, »das Mädchen« in einer »Männerwelt« zu sein, und ich würde nie im Traum meine Weiblichkeit einsetzen, um etwas zu erreichen. Aber manchmal war es schwer, die offensichtlichen Unterschiede zu ignorieren, vor allem wenn das Lächeln eines bestimmten Mannes die Schmetterlinge in meinem Magen auffliegen ließ.

»Danke, dass du heute vorbeigekommen bist«, sagte Blake und ging um den Tresen herum.

»Machst du Witze? Ich freue mich, dass du mich angerufen hast.« Ich zog meinen Mantel aus und hängte ihn über einen Barhocker.

Blakes Blick glitt zu meiner Brust. Dann grinste er, und wieder tauchte dieses Grübchen in seiner Wange auf. »Clever.«

Ich schaute an meinem grauen T-Shirt hinunter. Das Logo meiner Firma war eine Bierflasche mit Kurven, die denen einer Frau ähnelten. Der Kronkorken hing in der Luft, als wäre er gerade abgeschnippt worden, und die Luftwirbel, die er dabei erzeugte, sahen aus wie lange Haare, die im Wind wehten.

Ich zog am Saum des T-Shirts, während sein Blick von meiner Brust über meinen Hals und mein Gesicht glitt, bis er mir schließlich genau in die Augen schaute. Meine Gliedmaßen kribbelten aus mehr als einem Grund vor nervöser Energie.

Ich musste mich zusammenreißen. Ich war Braumeisterin, er war ein Pub-Besitzer. Das hier war rein geschäftlich.

Ich straffte meine Schultern und erwiderte Blakes direkten Blick. »Bist du bereit?«

»Definitiv.« Die Pintgläser stießen mit einem leisen *Kling* aneinander, als er sie auf die glänzend graue Bar stellte.

Connor und Bear setzten sich neben mich auf die Hocker, und ich sah Blake fragend an.

Er neigte den Kopf. »Ich nehme an, du hast meine Freunde bereits kennengelernt?«

»Ja.« Aus der hinteren Hosentasche zog ich meinen viel benutzten limettengrünen Flaschenöffner, den ich besaß, seitdem ich auf dem College nebenbei in einer Bar gearbeitet hatte. Er war sozusagen mein Glücksbringer und verlieh mir Sicherheit.

Blake beugte sich vor, und ich musste die Kräfte von Superwoman aufbringen, um seinen Blick zu ignorieren.

»Ich lade diese Dummköpfe immer zu meinen Bierverkostungen ein. Sie stehen stellvertretend für meine späteren Gäste.« Blake deutete auf Connor. »Hier haben wir unseren schlichten ›Ich trinke und esse alles‹-Typen und dort unseren arroganten Besserwisser mit dem erlesenen Geschmack«, sagte er und deutete bei den letzten Worten auf Bear.

Connors Mund verzog sich zu einem kaum wahrnehmbaren Lächeln. »Alles *essen*? Da bin ich doch ein wenig wählerischer.«

»Ja, als würde sie …«

Blake schnitt Bear mit einem Räuspern das Wort ab. Sein Blick verriet mir, dass er seine Freunde meinetwegen zum Schweigen brachte.

Zu schade, dass mir das bei mir nicht gelang. »Dann werden deine Gäste also alles weiße, männliche Singles sein?«, scherzte ich.

Blake erbleichte. »Nein. Guter Gott, nein. Ich meinte nur …«

»Das war ein Witz. Es ist nur ...« Ich lachte leise und deutete auf die drei Männer. »Ihr seht aus wie die männliche Ausgabe von *Sex and the City*.«

Blake schüttelte verwirrt den Kopf, Connor verzog entsetzt das Gesicht, und Bear zuckte mit den Schultern. »Solange ich nicht Miranda bin.«

Connor und Blake sahen Bear entsetzt an.

»Ach, tut doch nicht so. Als hättet ihr die Serie nie geguckt.«

Die beiden schüttelten den Kopf.

»Verdammte Lügner«, murmelte Bear und strich sich mit seiner Bärenpranke über den Bart.

Blake schlug mit der flachen Hand auf den Tresen. »Jungs!«

»Was?«

»Das hier ist ein geschäftliches Treffen«, stieß Blake durch zusammengebissene Zähne aus. Bear verdrehte die Augen, und Blake sah mich zerknirscht an. »Sorry.«

»Er hat recht. Ihr seid beide verdammte Lügner. Ich wette, dass jeder von euch wenigstens eine Folge gesehen hat.«

Eine halbe Sekunde lang starrte Blake mich einfach nur an, und ich fürchtete schon, alles ruiniert zu haben, bevor er und Connor laut loslachten. Blake schüttelte den Kopf. »Okay, du hast mich ertappt. Ich habe eine, und zwar nur eine einzige, Folge gesehen. Und mehr werde ich auch nie gucken. Also, was hast du uns mitgebracht?«

Erleichtert reihte ich die Flaschen auf dem Tresen auf. »Ich habe heute vier Biere zum Verkosten dabei. Das erste«, ich öffnete die Flasche, »ist ein IPA namens Platinum Blonde.« Ich schenkte drei Gläser ein und reichte sie den Männern.

Connor trank, bevor ich noch ein weiteres Wort sagen konnte. Bear roch erst einmal daran, wirbelte die Flüssigkeit im Glas herum und roch erneut. Blake hielt sein Glas einfach in der Hand und wartete darauf, dass ich fortfuhr.

»Es hat die für Indian Pale Ale übliche Bitterkeit, aber ich habe Lemon-Drop-Hopfen eingesetzt, was ihm ein angenehm zitroniges Aroma verleiht. Es ist ein gutes Bier für den Frühling. Wenn er jemals kommen sollte«, fügte ich leise lachend hinzu.

Connor wischte sich den Mund mit dem Handrücken ab und starrte in sein leeres Glas. Er zeigte keine große Reaktion der einen oder anderen Art. Bear nippte langsam an seinem Glas wie ein hochgestochener Weinkenner. Schließlich nahm auch Blake einen Schluck, und mir rutschte das Herz in die Hose.

Der Augenblick der Wahrheit.

3. Kapitel

BLAKE

Während ich das Glas an die Lippen hob, hielt ich meinen Blick fest auf Piper gerichtet. Sie war mir von Dave, meinem Grossisten, wärmstens empfohlen worden, und der erste Schluck ihres Biers enttäuschte mich nicht. Der leichte, hopfige Geschmack war erfrischend, und mir gefiel der überraschende Hauch von Zitrone.

Als ich mir, nachdem ich das Glas geleert hatte, über die Lippen leckte, sah ich, dass ihr Blick auf meinen Mund gerichtet war. Ich würde lügen, wenn ich sagte, dass ich das nicht genoss. Apropos lügen …

Ich hatte mit einer Ex-Freundin ein paar Episoden von *Sex and the City* geschaut und musste zugeben, dass es nicht die *schlechteste* Serie der Welt war. Aber das musste Piper nicht erfahren.

»Das gefällt mir«, sagte ich und hob mein leeres Glas. »Es ist anders als die üblichen IPAs.«

Sie nickte und wandte sich dann erwartungsvoll meinen Freunden zu. Connor zuckte mit den Schultern. »Gut.«

Bear ließ sich weitschweifig über Hopfen aus, und ich schaltete den fürs Hören zuständigen Teil meines Gehirns ab, um mich ganz aufs Sehen zu konzentrieren.

Piper war hübsch; relativ groß, hatte ein blasses ovales

Gesicht mit Sommersprossen auf der Nase. Aber am auffälligsten waren ihre Haare, die die Farbe eines reifen, roten Apfels hatten. Und ihre Augen. Noch nie hatte ich so große grüne Augen gesehen. Unschuldig und zugleich wild. Wenn sie mich ansah, fühlte es sich wie eine stumme Herausforderung an – sie wich nicht aus, wenn ich ihren Blick festhielt.

»Ich würde gerne meinen eigenen Hopfen anpflanzen«, sagte Piper gerade, vermutlich auf eine Frage von Bear hin. »Im Moment habe ich nur nicht den Platz dafür. Vielleicht später, wenn ich einen größeren Raum mit mehr Land darum habe.« Als er nickte, öffnete sie die nächste Flasche. »Dieses nenne ich *Brunette Beauty*. Es ist ein Imperial Stout.« Sie füllte drei neue Gläser und überreichte sie uns mit einem Lächeln.

»Rieche ich da einen Hauch von Kaffee?«, fragte Bear.

Sie nickte.

Connor leerte sein Glas in zwei Zügen. »Das mag ich nicht.«

»Natürlich nicht, McGuire.« Bear stieß ihn mit dem Ellbogen an. »Ein dichtes Stout wie dieses ist nur etwas für den anspruchsvollen Biertrinker.«

Piper streifte meinen Arm, als sie hinter die Bar kam, um Connors Glas auszuspülen, als gehörte ihr der Pub. »Stouts sind nicht jedermanns Geschmack. Aber ich glaube, das nächste Bier wird dir gefallen.« Sie öffnete die Flasche. »Es ist ein klassisches Amber Ale. Ich nenne es *Natural Red*.«

Bear lachte schnaubend. »Natürlich rot, hm?«

Sie schob ihm das Glas hin. »Jepp.«

»So wie du?«

»So wie ich«, bestätigte sie und fuhr sich mit den Fingern durch die Haare.

Bear grinste, und ich kannte diesen Blick. Er verriet, dass ein unangemessener Witz unterwegs war. »Hast du auch eins, das Feuerschritt heißt?«

Mir blieb der Mund offen stehen, aber bevor ich etwas sagen konnte, kam Piper mir zuvor. »Ich dachte, du wärst hier der Schlaumeier. Da hätte ich etwas Originelleres erwartet. Aber wenn du das Thema weiter diskutieren willst, sprechen wir doch mal darüber, was sich in deiner Boxershorts verbirgt. Etwas, das genauso haarig ist wie dein Kopf?«

Connor lachte laut auf, und Bear nickte grinsend. »Deine Art gefällt mir, Red.«

Sie stieß mit ihrer Faust gegen seine, dann schaute sie mich an. Hektisch versuchte ich, meinen anerkennenden Blick zu verbergen, den ich gerade über ihren Körper hatte gleiten lassen. Aber angesichts der Röte, die ihr in die Wangen stieg, nahm ich an, dass ich mich nicht besonders geschickt angestellt hatte.

Ich konzentrierte mich wieder auf mein Getränk. Das Bier war frisch und hatte einen angenehmen malzigen Abgang. »Ich liebe es.«

»Ich auch«, sagte Bear.

Connor zuckte mit den Schultern. »Ist nicht schlecht.«

Piper ließ sich nicht beirren. Sie streckte sich quer über den Tresen zu ihm, wobei sie mir noch näher kam. Sie roch nach Bier und frisch gewaschener Wäsche. Wer hätte geahnt, dass diese Kombination so gut duften würde?

»Du bist ein zäher Kunde«, sagte sie zu Connor. »Aber ich werde dich knacken. Wenn nicht mit diesem letzten Bier, dann lasse ich mir eins einfallen, das du lieben wirst.«

Connor grinste. »Du stehst wohl auf Herausforderungen, was? Ich auch.« Er streckte ihr sein Glas hin. »Gib dein Schlimmstes.«

Sie grinste, und ich beobachtete, wie meine beiden Freunde praktisch Pipers wegen anfingen zu sabbern, als sie das letzte Bier einschenkte. Ich verstand, wie schwer es war, sich *nicht* sofort von ihr fesseln zu lassen – eine Frau, die Bier liebte und ihr eigenes braute? Wenn ich es nicht besser gewusst hätte, hätte ich gedacht, sie wäre ein Alien, der nur für mich zur Erde gesandt worden war.

Wobei – vielleicht war sie das ja? Um das mit Gewissheit sagen zu können, müsste ich sie einer eingehenderen Inspektion unterziehen.

»Das hier ist meine *Gray-Haired Lady*.« Sie verteilte die Gläser, aber Bear und ich warteten ab, bis Connor probiert hatte. Er nahm einen Schluck, hielt kurz inne, legte den Kopf in den Nacken und leerte das Glas in einem Zug.

»Und?«, fragte sie.

Langsam breitete sich ein Lächeln auf seinem Gesicht aus. »Ich liebe es.«

»Wirklich?« Als er nickte, führte sie einen kleinen verrückten Tanz auf und reckte die Zeigefinger in die Luft. »Ich hab's geschafft! Ich habe dein Bier gefunden!«

»Was genau ist es?«, fragte ich, bevor ich es probierte.

»Ein Grisette. Ein trockenes Golden Ale, das einem Saison ähnelt.«

Bear nickte, als wüsste er, wovon sie da sprach. Was vermutlich auch zutraf. Er war eine verdammte Enzyklopädie.

»Nur kommen die Saisons aus Nordbelgien, die Grisettes aus dem Süden. Sie sind dort beide als das Bier des arbeitenden Mannes bekannt. Das Grisette wurde sogar nach den Frauen benannt, die den Arbeitern in den Kohlenminen das Bier servierten. *Gris* bedeutet grau auf Französisch, und diese Frauen trugen graue Kleider. Zumindest hat man mir das so erzählt.«

Sie unterstrich ihre Worte mit lebhaften Gesten, und ihre Begeisterung über etwas so Langweiliges wie den Unterschied zwischen einem Saison und einem Grisette war ansteckend. Ich hätte ihr stundenlang zuhören können.

»Mir gefällt es«, sagte ich mit Blick auf mein leeres Glas. »Aber das Amber Ale ist mein Favorit.«

Sie nickte glücklich und wippte auf ihren Zehen. »Was ist dein Favorit, Bear?«

Er kratzte sich das Kinn durch den dichten Bart. »Der Geschmack von dem IPA hat mir echt gefallen, aber ich bin mehr ein Stout-Mann, also stimme ich für die Brunette Beauty. Du hast nicht zufällig eine echte brünette Schönheit in deinem Karton da, oder?«

»Die sind leider total ausverkauft. Tut mir leid.«

»Ist schon gut.« Er grinste. »Was hast du heute noch vor?«

Ich drückte ihm die flache Hand gegen die Stirn. »Entschuldige bitte dieses Untier. Er kommt nicht oft aus seinem Käfig.«

Piper tätschelte Bears Arm, und ihre Hand wirkte mit einem Mal unglaublich klein. »Danke für das Angebot, aber ich habe das Gefühl, das fragst du alle Mädchen.«

»Nicht alle ...« Bear schürzte die Lippen und überlegte. »Aber doch einige.«

»Für jeden Topf gibt es den passenden Deckel, aber ich bin nicht deiner, mein Guter.«

Ich lachte. Ich mochte Mädchen, die sich gegen eine Gruppe von Jungs behaupten konnten.

»Hey, ich muss los.« Connor stand auf und schlug Bear auf die Schulter, bevor er sich Piper zuwandte. »Es war schön, dich kennenzulernen«, sagte er, während er seine Jacke anzog, auf deren Rücken ein Schulmaskottchen prangte, und zur Tür ging.

Piper schaute ihm nach. »Die Otter?«

»Ja. Vor ein paar Jahren hat die Highschool ein neues Maskottchen gewählt, und die Otter haben die meisten Stimmen erhalten.«

Mit schief gelegtem Kopf blinzelte sie zu mir auf. »Wirklich furchteinflößend.«

Bear schlug mit der flachen Hand auf den Tresen. »Ich mach mich besser auch auf den Weg. Reed, wir sprechen uns später. Red, wir sehen uns sicher wieder.«

Sie zuckte mit den Schultern. »Vielleicht.«

Bear schüttelte den Kopf und lächelte wissend. »Definitiv.« Dann sah er mich an und zeigte mit dem Daumen auf sie, als wollte er sagen: *Bestell mehr davon*, bevor auch er verschwand und uns allein ließ.

»Also, Piper Williams von der *Out of the Bottle Brewery*. Erzähl mir mal, wie alles angefangen hat.«

Sie sammelte die leeren Flaschen und Kronkorken ein, während sie erzählte. »Ich komme eigentlich aus Fort Collins, Colorado, und wie du vermutlich weißt, hat Colorado eine große Craft-Beer-Szene.«

Ich nickte und lehnte mich gegen die Bar. Die Farbe von Pipers rosigen Lippen im Kontrast zu ihrer blassen Haut faszinierte mich.

»Während des Colleges habe ich in der Bar im Restaurant meines Onkels gearbeitet und mich dabei in diese Aufgabe verliebt. Nach meinem Abschluss bin ich durch verschiedene Brauereien gezogen und habe alles gelernt, was ich konnte. Nach ungefähr vier Jahren bin ich dann nach Berlin gezogen, um Braumeisterin zu werden.«

»Wow.« Ich riss den Kopf hoch. »Bist du überhaupt schon alt genug, um Braumeisterin zu sein?«

Sie bedachte mich mit einem seltsamen Blick. »Ich bin siebenundzwanzig und habe zwei Jahre in Deutschland gewohnt: Sechs Monate habe ich da studiert, weitere anderthalb Jahre habe ich in einer Brauerei gearbeitet. Bist du denn schon alt genug, um Besitzer einer Bar zu sein?« Sie wirkte gekränkt, was in mir den Wunsch erzeugte, Sitz zu machen wie ein Welpe, der etwas Schlimmes angestellt hat.

»Sorry, ich bin einfach nur wirklich beeindruckt. Ich bin dreißig, und ich habe nicht ein Viertel von deiner Erfahrung, also solltest du vielleicht diese Bar leiten.«

Dass sie gegen ein kleines Lächeln ankämpfte, verbuchte ich als Gewinn. »Vielleicht.«

»Wieso bist du aus Deutschland weggezogen?«

Ihr Blick flatterte durch den Raum, bevor er wieder auf mir landete. »Ich schätze, es war Zeit für eine Veränderung«, sagte sie schulterzuckend. »Mir wurde hier in Minnesota die Position einer Brauerei-Assistentin angeboten. Das habe ich eine Weile gemacht, bevor ich gekündigt habe, um mein eigenes Ding durchzuziehen. Ich habe sämtliche Ersparnisse in meine Firma gesteckt, wenn ich also scheitere, habe ich keine Ahnung, was ich machen soll. Betteln vielleicht? Meine Haare verkaufen …?«

Ich trat näher, sodass nur wenige Zentimeter uns trennten. »Ich kann mir nicht vorstellen, dass du scheiterst. Deine Biere sind großartig.«

»Ich weiß. Ich muss sie nur auch verkaufen.«

»Das wirst du. Ich spreche mit Dave und kaufe für den Anfang drei Kästen von jedem.«

»O mein Gott. Wirklich?« Als ich nickte, warf sie sich mir an den Hals und drückte mich. »Das ist unglaublich! Du bist unglaublich!«

Ich zögerte ein paar Sekunden, bevor ich meine Arme um ihre Taille legte. »Ich wäre verrückt, wenn ich dein Bier nicht anbieten würde. Es passt perfekt zu der Atmosphäre, die mir hier vorschwebt.«

Sie zog sich zurück und strahlte übers ganze Gesicht. »Danke, danke, danke!« Sie stellte sich auf die Zehenspitzen und gab mir einen Kuss auf die Wange, bevor sie sich erschrocken eine Hand vor den Mund schlug. »Tut mir leid. Das war total unprofessionell.«

»Mach dir darüber keinen Kopf«, erwiderte ich schulterzuckend. Wenn sie gewusst hätte, welche unprofessionellen Gedanken sich seit der unschuldigen Umarmung in meinem Kopf gegenseitig anrempelten, wäre sie wirklich geschockt gewesen.

»Blake, vielen Dank für diese Chance«, bedankte sie sich, doch diese ernstere, weniger sprudelnde Version von Piper gefiel mir lange nicht so gut.

Ich schüttelte ihr die Hand. »Es ist mir ein Vergnügen.«

»Viel Glück bei der Eröffnung.« Lächelnd zog sie ihre Wolljacke über und nahm ihren Karton.

»Danke. Vielleicht hast du ja mal Zeit vorbeizuschauen.«

»Auf jeden Fall.«

Sie winkte und verschwand durch die Tür. Ihr langes Haar wehte im Wind. Keine zehn Sekunden später erhielt ich eine Nachricht von Bear.

Meinst du, bei der hat der Teppich die gleiche Farbe wie die Vorhänge?

Es gab nicht viele Frauen, von denen ich sagen konnte, dass ihr Wissen übers Bierbrauen mich als Erstes angezogen hatte. Ehrlich gesagt war Piper die Einzige. Doch nach diesem Text konnte ich nicht anders, als darüber nachzudenken, was ich noch an ihr mochte. Dazu gehörten ihre entspannte Persönlichkeit und der kleine nervöse Blick, den sie mir beim Gehen über die Schulter zugeworfen hatte. Eine süße Frau mit gutem Bier? Ich war ihr restlos verfallen.

4. Kapitel

PIPER

Immer noch auf Wolke sieben schwebend, tänzelte ich durch die Haustür. In den Händen hielt ich eine Tüte mit Pillsbury-Kuchenmischungen. Auf dem Sofa hob Leo, Sonjas orangefarbener Kater, den Kopf und blinzelte mich genervt an, bevor er wieder einschlief.

»Sonja?«, rief ich und zog meine Stiefel aus. Sie antwortete nicht, also versuchte ich es erneut. »Marco?«

»Polo!«, rief sie von irgendwo oben.

Ich stellte meine Tüte auf die Arbeitsplatte in der Küche. »Marco?«

Sonja bewegte sich immer beinahe lautlos, und ich merkte nicht, dass sie hinter mir stand, bis sie sagte. »Polo.«

Erschrocken zuckte ich zusammen und wirbelte herum, wobei ich mir die Hand aufs Herz presste. Sonja grinste nur. »Wie ist es gelaufen?«

»Er wird mein Bier verkaufen.«

Mit einem Aufschrei schlang sie die Arme um mich, und ich hatte Mühe, mich auf den Beinen zu halten. Obwohl wir schon so lange zusammenwohnten, war ich immer noch nicht an die Kraft ihrer »Umarmungen« gewöhnt. Ich war ein paar Zentimeter größer als sie, aber mit ihren Oberarmen, auf die sogar Michelle Obama neidisch wäre, könnte sie mich vermutlich beim Bankdrücken als Hantel benutzen. Ich war nicht mutig genug, um sie es ausprobieren zu lassen, auch wenn sie mich schon mehrmals gefragt hatte.

»Ich freue mich so für dich.« Sie hüpfte eleganter, als selbst Leo es gekonnt hätte, auf die Arbeitsplatte.

»Wir feiern«, sagte ich und hielt eine Packung Kuchenteigmischung hoch. »Isst du diese Woche zuckerfrei?«

»Für dich und den Kuchen mache ich heute eine Ausnahme.« Sie schnappte sich die Packung und riss sie freudig auf. »Also, wie heißt diese Bar noch mal?«

»*The Public.*«

»Wie war dein Eindruck?«

Ich seufzte, als ich an den Gastropub dachte, und Sonja lachte. »So gut, hm?«

»Sehr cool und modern. Sehr Hipster.«

»Du meinst, sehr Piper?«

»Sehr«, sagte ich und schaltete unseren Dinosaurier-Ofen an. Wie üblich ignorierte ich das Klicken, das er dabei machte. Wir ignorierten viele kleine Reparaturen, die nötig gewesen wären.

Unser Haus, ein kleines zweigeschossiges Gebäude mit Kletterrosen neben der Haustür und ein paar Hortensienbüschen, war in den Fünfzigerjahren am Stadtrand von Minneapolis gebaut worden. Es war perfekt und genau das, was ich mir vorgestellt hatte, als Sonja mir damals das zweite Zimmer anbot. Doch drinnen hatte es ein wenig liebevolle Zuneigung nötig. Die Küche war senfgelb mit weißen Schränken und alten Armaturen. Die Ränder der mit Weinlaub bedruckten Tapetenbordüre wellten sich, und der Arbeitsplatte aus Resopal sah man ihre Jahre an. Aber bis nicht eine von uns den

Jackpot geknackt hatte, waren wir an dieses Haus mit dem knausrigen Vermieter gebunden.

»Also passt es wie Arsch auf Eimer«, überlegte Sonja laut, und kurz fragte ich mich, was sie meinte. »Oder wie *Out of the Bottle* auf *The Public*.«

»Das hoffe ich«, beantwortete ich meine eigenen Gedanken genauso wie Sonjas. »Wie war dein Tag?«

Sie zuckte mit den Schultern und machte Platz für Eier, Butter und Öl, die ich neben ihr auf die Arbeitsplatte stellte. »Wie immer. Hab ein paar Leuten in den Hintern getreten. Ein paar Namen aufgenommen.«

»Ich hoffe, du bist nicht zu müde.« Ich reichte ihr die Rührschüssel und einen Teigschaber. »Los, diese Arme müssen arbeiten.«

Zwei Stunden später hatten wir vierundzwanzig abgekühlte Cupcakes verziert, auch wenn Sonja dreißig Minuten nach Beginn der Backschlacht die Küche aus Langeweile verlassen hatte, um laufen zu gehen. Bevor sie nach Hause kam, hatte ich schon zwei Cupcakes verschlungen, nur für den Fall, dass ich mir von ihr wegen meiner Dessertwahl nach dem Abendessen einen Seitenblick einfangen würde. Aber was soll's, dachte ich. Heute wurde gefeiert.

Ich nahm mir meinen dritten – und vermutlich letzten – Cupcake und lief nach oben in mein Zimmer, um meine Eltern anzurufen.

Mein Dad ging nach dem zweiten Klingeln ran. »Hallo?«
»Hi Dad.«
»Pippi, wie geht es dir, mein Kind?«
Mein Dad fand es zum Brüllen, dass ich lange rote Haare hatte, Piper hieß und als Kind gar nicht genug davon bekom-

men konnte, Pippi Langstrumpf zu gucken. Ich dachte, es wäre ein Zufall, aber den Kampf, ihn davon abzuhalten, mich Pippi zu nennen, hatte ich schon vor Jahren verloren.

»Ist Mom da?«

»Ja.«

»Dann hol sie mal bitte. Ich muss euch beiden was erzählen.«

Ich hörte, wie er meine Mutter mit einem knarzenden: »Chris, Nummer zwei will mit uns sprechen!«, rief.

Er fand es auch lustig, mich und meine Schwestern nach der Reihenfolge unserer Geburt zu nennen. Vielleicht war es sein fürchterlicher Sinn für Humor, der ihn mit drei Töchtern gestraft hatte, anstatt mit dem Sohn, den er immer haben wollte.

Ich hörte gedämpfte Geräusche und stellte mir vor, wie meine Mutter in ihren Lieblingspantoffeln das Haus durchquerte. Diese Pantoffeln trug sie schon seit zehn Jahren. Jedes Jahr ging eine von uns zu Macy's, um zu ihrem Geburtstag das alte Paar durch ein neues zu ersetzen, aber es war immer der gleiche Stil: fluffige Wolle innen, roter Flanell außen und eine rutschfeste Sohle.

Meine Mutter hatte sehr spezielle Anforderungen an ihr Schuhwerk.

»Hey Süße«, sagte sie. Ihre stete Fröhlichkeit zauberte mir ein Lächeln ins Gesicht. Ich sah eher aus wie meine Großmutter väterlicherseits als wie eines meiner Elternteile, aber jeder sagte, ich hätte das Temperament meiner Mutter. Ich wusste nicht, ob das stimmte. Immer lächelnd und lachend hatte meine Mutter einen beruhigenden Einfluss auf alle in ihrer Nähe. Ich glaubte nicht, dass ich diesen Effekt ebenfalls hatte, aber vielleicht hatte ihn mein Bier.

»Ich habe gute Neuigkeiten.«

»Was gibt es?«, fragte mein Dad.

»Ein Gastropub wird mein Bier ausschenken.«

Die Freude meiner Eltern vermischte sich in Ausrufen wie: »Das ist ja wundervoll, Liebes« und »Hervorragend, Piper. Ich wusste, du schaffst es«.

»Danke.«

»Wie heißt der Pub?«, wollte mein Dad wissen, und ich hörte ihn im Hintergrund tippen. Seitdem er einen neuen Laptop hatte, googelte er ständig alles. Selbst so alberne Dinge wie: »Was bedeutet WTF« oder »Wo findet man ein Pokémon?«

»Er nennt sich *The Public*, aber vermutlich findest du noch nichts, da er noch nicht geöffnet hat. Der Besitzer meinte …«

»Da ist er«, unterbrach er mich. »Downtown Minneapolis wird bald einen neuen Pub haben. *The Public*, benannt nach den ersten Bars in England, die für die gesamte Bevölkerung geöffnet waren, wird seine Türen am zwanzigsten April öffnen.« Dad las weiter, während meine Mom die Unterhaltung übernahm.

»Das ist so aufregend, Liebes. Ich bin wahnsinnig stolz auf dich.«

»Danke.«

»Wie läuft es sonst so? Wie geht es Sonja?«

»Alles super. Sonja ist …«

Sie platzte genau in diesem Moment in einem langärmligen durchgeschwitzten Shirt und einem Stirnband herein.

»Genau hier«, beendete ich den Satz und schaute meine Freundin an. »Willst du mit meinen Eltern reden?«

Sie nickte und wischte sich das Gesicht mit dem Stirnband

ab, während ich auf Lautsprecher schaltete und Sonja das Telefon gab. »Hey Mama, Papa, was geht ab?«

Ich ließ mich rücklings lachend aufs Bett fallen. Meine Eltern waren hergekommen, um mir beim Umzug zu helfen, und waren seitdem noch zweimal zu Besuch gekommen, und irgendwie hatte Sonja sich in meine Familie gemogelt. Sie sprach oft mit meinen Eltern, wenn sie anriefen, und sie und meine Mutter waren sogar auf Facebook befreundet und tauschten zahllose Ziegenvideos aus, weil sie beide gerne eine Ziege als Haustier hätten. Vor allem eine, die einen Pullover trug.

»Hast du das Rezept bekommen, das ich dir geschickt habe?«, fragte Sonja. Sie hatte meine Mutter mit einer neuen Paleo-Diät angesteckt.

»Ja. Und ich liebe es. Vielen Dank.«

»Hey«, sagte mein Dad. »Hier ist ein Foto von dem Besitzer. Blake Reed. Sohn des Politikers Jacob Reed.«

»Der sieht aber gut aus«, warf meine Mutter ein.

»Wirklich?« Sonja drückte sich das Telefon fester ans Ohr, als könnte sie den Artikel durch die Klangwellen sehen. »Wie sieht er aus? Warte eine Minute, was sage ich denn da.« Abwesend gab sie mir das Handy zurück und holte ihres heraus.

»Honey, ist er in echt auch so attraktiv?«

Ich hatte keine Zeit, meiner Mutter zu antworten, weil Sonja mich am Arm packte und zu sich zog. Auf ihrem Handydisplay war Blakes Foto zu sehen. »Wow!«

»Seine Haare sind ein wenig länger, aber ja, er sieht ziemlich gut aus«, sagte ich so nonchalant wie möglich.

Sonja nickte zustimmend, während Mom über seine Qualitäten philosophierte, die sie aus seinem Foto ableitete.

»Mom, ich werde nicht mit jemandem ausgehen, mit dem ich Geschäfte mache.«

»Richtig«, unterstützte mein Vater mich, nachdem er sich geräuspert hatte. »Pippi weiß, wie sich eine verantwortungsvolle Geschäftsfrau verhält. Sie weiß, was sie tut.«

»Nun, du bist das einzige von meinen Mädchen, das nicht verheiratet ist. Ich dachte, vielleicht …«

Sie dachte, dass sie vielleicht ein 3:0 in der Glücklich-verheiratete-Töchter-Kategorie bekommen könnte. Ich wusste, meine Mom dachte sich nichts dabei, sie hatte nur zu viele Folgen von »Mein Traum in Weiß« gesehen. Mir hingegen bedeuteten Traditionen wie ein weißes Kleid und eine Heiratsurkunde nicht sonderlich viel, vor allem nicht nach dem Fiasko mit Oskar damals in Deutschland. Ich war mit meinem Leben ganz zufrieden, so, wie es war. Außerdem, wenn ich einen Partner suchte, würde es sicher nicht der Besitzer einer Bar sein, der gerade gesagt hatte, dass er *Out of the Bottle* verkaufen wollte. Das wäre ein viel zu großer Interessenkonflikt.

»Komm mir nicht mit *Stolz und Vorurteil*, Mom. Ich werde heiraten, wann oder *wenn* ich es will. Und ich werde ausgehen, mit wem ich möchte.«

»Sag du es ihr«, warf mein Dad spielerisch ein, und ich hörte ein leises Klatschen am anderen Ende und ein Lachen von meinem Dad.

»Schon gut, Piper, schon gut. Wir lassen dich jetzt in Ruhe. Wir lieben dich und sind stolz auf dich.«

»Danke. Ich liebe euch auch«, sagte ich.

»Und ich erst!«, rief Sonja.

Meine Eltern lachten, verabschiedeten sich noch einmal und legten dann auf.

»Ehrlich, Piper, Blake Reed ist ein sehr attraktiver Mann«, sagte Sonja und tat, als fiele sie in Ohnmacht.

»Ich weiß.« Kurz schüttelte ich meine Kissen auf, bevor ich mich wieder hinlegte. Sonja legte sich neben mich, und ich rutschte ein Stück zur Seite. »Du bist ganz verschwitzt.«

Die Arme lässig hinter dem Kopf verschränkt, ignorierte sie meinen Einwand. »Ich denke, du solltest es versuchen.«

»Was versuchen?«

Sie warf mir einen Blick zu. »Blake.«

»Nein.«

Ihre Augenbrauen schossen einen Zentimeter in die Höhe, und ich wedelte mit der Hand. »Nein. *Nein.* Das kann ich nicht. Mein Bier wird in dieser Bar verkauft. Das würde komisch aussehen.«

»Du bist neurotisch.«

Ich setzte mich auf. »Ich bin realistisch. Ich kann es nicht gebrauchen, dass jemand meinen Erfolg einer Affäre mit einem Barbesitzer zuschreibt.«

»Na gut.« Sie winkte ab. »Aber es ist nichts dabei, ihm ein paar der Cupcakes vorbeizubringen. Es sind noch welche übrig, auch wenn ich weiß, dass du schon drei gegessen hast.«

Ich ignorierte ihren missbilligenden Blick und dachte über ihren Vorschlag nach. Meine langsam in Fahrt kommende Karriere konnte ich nicht riskieren, aber ich könnte mal bei ihm vorbeischauen.

Auf ein Pläuschchen.

Mit ein paar Cupcakes.

Als Dankeschön.

So würde sich ein dankbarer Kunde verhalten. Eine Beziehung aufbauen. Das war total akzeptabel.

»Warum nicht?«, sagte ich und legte den Kopf schief, während ich mir einredete, dass ich rein geschäftliche Gründe hatte und sonst nichts.

Sie stieß mir einen Ellbogen in die Rippen. »Und vielleicht ziehst du deine gute Unterwäsche an und rasierst dir die Beine.«

Ich verbot mir, zu lachen. »Treib es nicht zu weit.« Ich drängte sie aus dem Bett. »Geh, bevor du noch dauerhafte Schweißflecken auf meinen Laken hinterlässt.«

»Tja, irgendjemand sollte das tun.« Sie wackelte mit den Augenbrauen.

Ich warf ein Kissen nach ihr, verfehlte sie aber um einige Meter, weil sie sich im Gehen duckte. Ihr Lachen hörte ich den ganzen Weg den Flur hinunter.

5. Kapitel

BLAKE

Während ich die Möbelpacker dorthin dirigierte, wo der neue Herd hinsollte, rief mich eine Stimme aus dem Hauptraum. Sie war weiblich, sanft und mir vage vertraut. »Ist jemand zu Hause?«

Ich verließ die Küche, ging den kurzen Flur hinunter und sah Piper im Gastraum. »Hey«, sagte ich lächelnd.

»Hi. Ich war nicht sicher, ob ich dich antreffen würde. Irgendwie war es gruselig, in den leeren Raum zu rufen.«

Ich schnalzte mit der Zunge. »Ja. Du siehst auch total gruselig aus.«

Ihre langen Haare hingen in einem Zopf über ihre rechte Schulter, was die Kurven unter ihrem schwarzen T-Shirt betonte. Sie errötete und zappelte ein wenig, während ich meine gründliche Musterung beendete.

»Was ist das?« Ich deutete auf den Behälter in ihrer Hand.

Sie sah ihn blinzelnd an, als hätte sie sich gerade erst wieder daran erinnert. »Oh. Die habe ich dir mitgebracht.«

Ich nahm ihr die kleine Kunststoffbox ab, öffnete den Deckel und sah Cupcakes, die mit Vanilleglasur und winzigen Streuseln in allen Farben des Regenbogens verziert waren.

»Als Dankeschön«, sagte sie.

»Sind die selbst gemacht?«

»Wenn du mit selbst gemacht eine Backmischung meinst, dann ja.«

»Perfekt.« Ich stellte den Behälter auf den Tresen und suchte mir einen Cupcake aus. »Was für welche sind das?«

»Funfetti.«

Ich löste das Papier, um an die Köstlichkeit zu kommen.

»Das ist meine Lieblingssorte«, erklärte sie. »Meine Mom macht mir immer einen Kuchen, wenn ich nach Hause komme.«

»Meine Mutter backt nicht. Sie macht eigentlich überhaupt nichts selbst.« Ich verschlang den Cupcake mit zwei Bissen.

Sie nickte abgelenkt, dann streckte sie ihre Hand aus. In Erwartung ihrer Berührung hielt ich still, aber gerade als ihr Zeigefinger kurz davor war, meine Oberlippe zu berühren, ließ sie die Hand wieder fallen. »Zuckerguss«, sagte sie und klang ein wenig verlegen. »Ich wollte nicht ... Ich meine ... Sorry.«

Ich hätte über ihr Gestotter gelacht, wenn ich nicht etwas enttäuscht gewesen wäre. »Ist schon gut.« Ich wischte mit der Hand über meinen Mund. »Hey, willst du eine Führung?« Ich würde alles tun, damit sie ein wenig länger blieb.

»Klar.«

Ich bedeutete ihr, mir in die Küche zu folgen. »Der Herd war so ziemlich das Letzte, was noch gefehlt hat, damit hier hinten alles komplett ist. Jetzt muss ich nur noch alle Vorräte verstauen.«

Nickend schlenderte sie durch die Küche und strich mit den Fingern über die Chromarmaturen. »Sieht gut aus.«

»Okay. Nun sollte alles funktionieren«, sagte einer der Installateure und erhob sich von seinem Platz auf dem Boden vor dem Herd. Er hielt mir ein paar Papiere zum Unterzeichnen hin, und ich ertappte ihn dabei, wie er Piper aus dem Augenwinkel musterte. Ich konnte ihm keinen Vorwurf machen. Piper hatte so eine Aura, die einen sofort in den Bann zog. Aber aus irgendeinem Grund fühlte sich meine Brust mit einem Mal eng an.

Heftiger als nötig drückte ich ihm das Klemmbrett wieder in die Hand, woraufhin er seinen Blick von Piper löste. »Okay. Danke für Ihre Hilfe.«

»Gerne.« Er schüttelte mir die Hand und bedeutete seinem Assistenten, ihm zu folgen. »Viel Glück.«

Ich nickte und geleitete sie zur Hintertür, bevor ich mich wieder zu Piper umdrehte. Sie lehnte an einer Arbeitsplatte, und ich bemühte mich wirklich, sie nicht anzustarren, aber es gelang mir nicht. Ich konnte meinen Blick weder von ihren Beinen noch von der Kurve ihrer Hüfte oder dem Schwung ihres Halses lösen. Ich nahm jeden Zentimeter in mich auf. Den kleinen Leberfleck an ihrem Hals, direkt über dem Kragen ihres T-Shirts. Die Sommersprossen auf ihrem Nasenrücken und den Wangenknochen. Die Augenbrauen, die sich über ihren großen grünen Augen wölbten.

Sie ertappte mich.

Sofort senkte ich den Blick. Als wenn ich damit weniger schuldig aussehen würde. »Also ... du magst Elefanten?«

»Was?« Sie lachte, und ich hob den Kopf.

Ich zeigte auf ihre Ohren. »Deine Ohrringe. Das sind Elefanten.«

Lächelnd berührte sie ihre Ohrläppchen. »Ja, das sind meine Lieblingstiere.«

»Warum?« Ich trat näher heran, beobachtete, wie ihre Finger mit einer losen Strähne an ihrer Schläfe spielten.

»Sie sind stark und klug. Familienorientiert. Wusstest du, dass Elefanten um ihre Toten trauern? Man sagt, sie haben Begräbnisse und weinen manchmal sogar.«

»Das wusste ich nicht.«

Sie nickte. »Sie halten sich an den Rüsseln wie wir an den Händen.«

»Das ist …«

»Total verrückt, dass ich wahllose Fakten über Elefanten weiß.« Sie wedelte mit der Hand, als wollte sie die Unterhaltung ausradieren.

»Ich wollte gerade sagen, dass ich es süß finde.«

Sie sah auf die Stelle, an der unsere kleinen Finger einander beinahe berührten, und schaute dann wieder auf. »Meine Schwestern und ich haben die gleichen Tattoos.« Sie schob den Ärmel an ihrem rechten Arm hoch und enthüllte die Innenseite ihres Unterarms, auf der drei kleine Elefanten hintereinander herliefen, jeweils den Schwanz des Vordermannes im Rüssel haltend.

»Du hast zwei Schwestern?«

»Ja.« Sie zog den Ärmel wieder herunter, und ihre Hand landete erneut neben meiner. »Laurie ist älter. Sie ist Chemie-Ingenieurin. Kayla ist das Baby und Grafikdesignerin.«

»Und du bist das arme, ungeliebte mittlere Kind?«, witzelte ich, und sie lachte.

»Ganz genau.«

Schweigen senkte sich auf uns herab.

»Ich schätze, das war nicht wirklich eine Führung«, sagte ich nach einer Weile.

Sie zuckte mit den Schultern. »Schon okay.«

Ich warf einen Blick auf mein Handy, um nach der Uhrzeit zu sehen, und dann sprachen wir beide gleichzeitig.

»Ich sollte dann mal wieder gehen« und »Ich bin kurz vorm Verhungern. Kann ich dich zum Essen einladen?«

Wir lachten und fingen dann noch einmal an, hielten aber inne. Sie hob die Hände und bedeutete mir, zuerst zu sprechen.

»Willst du Pfannkuchen?«

»Pfannkuchen?«

Ich zuckte mit den Schultern. »Da gibt es so ein Café in Edina, das das beste Frühstück anbietet, das du je essen wirst.«

»Aber es ist ...« Sie schaute auf ihr Handy. »Beinahe drei Uhr nachmittags.«

»Die beste Pfannkuchen-Zeit überhaupt.« Ich grinste.

»Wir arbeiten jetzt zusammen.«

»Ich weiß.«

Ihre grünen Augen sahen direkt in meine. Ich las die Besorgnis darin. »Ich kann nicht ...«

Ihre Worte verebbten, und um ehrlich zu sein war ich dafür dankbar. Ich fühlte mich von Piper angezogen, und ich wollte nicht hören, dass es einseitig war. Aber wenn ihre gequälte Miene und das Zwirbeln ihrer Haare Signale waren, auf die man etwas geben konnte, war ich mir ziemlich sicher, dass ich mit meinen Gefühlen nicht allein war.

»Es sind nur Pfannkuchen«, sagte ich in der Hoffnung, sie überzeugen zu können.

Sie wickelte eine Strähne genau dreimal um ihren Zeigefinger, bevor sie seufzend nachgab. »Okay. Gehen wir Pfannkuchen essen.«

»Okay.« Ich wirbelte zu meinem Büro im hinteren Bereich herum.

Piper steckte ihren Kopf durch die Tür, als ich meinen Mantel anzog, und zeigte auf einen Kalender an der Wand. »Was ist das?«

Ich setzte meine Mütze auf. »*Fröhliche Nonnen.*«

Sie ging ins Büro und trat näher an den Kalender heran. Sie blätterte durch die Bilder von Frauen, die Armuts-, Keuschheits- und Gehorsamkeitsgelübde abgelegt hatten, aber auf den Fotos untypischen Zeitvertreiben nachgingen wie in Disney World auf Dumbo zu reiten. »Das ist das Lächerlichste, was ich je gesehen habe.«

»Ich weiß.« Ich steckte die Autoschlüssel in meine Manteltasche. »Das war ein Geburtstagsgeschenk von Bear. Wir sind alle auf eine katholische Schule gegangen, und er fand es unglaublich komisch.«

»Ich schätze, es ... Trinkt die hier Bier? Ich wusste gar nicht, dass Nonnen Trankopfer bringen dürfen.«

»Ich auch nicht, aber immerhin gibt es in der Messe Wein.« Ich geleitete sie aus der Tür. »Die Nonnen auf unserer Schule waren übellaunige alte Fledermäuse. Ich kann mir Schwester Patricia, die Oberstufenlehrerin für Theologie, nicht vorstellen, wie sie ein Pint bestellt.« Ich schloss die Tür hinter uns ab und wandte mich auf der Straße in Richtung meines Autos. »Bist du einverstanden, dass ich fahre?«

»Bitte«, sagte sie mit einem kleinen Lächeln und ging neben mir her. Ihre Hände steckten in ihren Jackentaschen, aber ab und zu berührten sich unsere Ellbogen. Von ihr aus mochte es unabsichtlich gewesen sein, aber von meiner Seite aus definitiv nicht.

Ich schloss meinen Wagen auf. »Das ist meiner.«

Sie setzte sich auf den Beifahrersitz meines Ford Escape SUV und berührte das Armaturenbrett. »Ist der neu? Er riecht noch so.«

Wir schnallten uns an, und ich fuhr los. »Relativ neu. Ich habe ihn mir im Januar geschenkt. Nun ja, das Auto und den Pub.«

Nach ein paar Sekunden fiel mir auf, dass sie nichts erwidert hatte, und ich drehte meinen Kopf zu ihr. Sie sah mich mit großen Augen an. »Du hast dir den Pub geschenkt?«

»Also …« So ausgedrückt klang das irgendwie blöd. Ich setzte den Blinker und bog auf den Highway ab. »Mit dreißig bekam ich Zugriff auf den Treuhandfonds, den meine Großeltern für mich eingerichtet hatten. Darin war genügend Geld, um mir ein neues Auto und den Pub zu kaufen.«

»Du hast einen Treuhandfonds?«

Wieder schaute ich kurz zu ihr. »Du sagst das, als hättest du noch nie von so etwas gehört.«

»Das habe ich, aber …« Sie sah verwirrt aus. »Ist dein Dad nicht Politiker?«

Dass sie diese kleine Information über mich kannte, entlockte mir ein Grinsen. »Hast du mich gegoogelt?«

»Pft.« Sie winkte ab. »Nein.«

Ich zog eine Augenbraue hoch.

Daraufhin hielt sie Daumen und Zeigefinger ganz nah aneinander, formte mit den Lippen stumm: »Ein ganz klein wenig«, und lächelte. »Aber ehrlich, ein Treuhandfonds?«

»Ich hatte viel Glück, weil ich in eine wohlhabende Familie hineingeboren wurde. Aber genau wie du habe ich alles, was ich besitze, in meinen Laden gesteckt. Wenn ich hiermit scheitere, habe ich nichts mehr. Und meine Eltern sind im Moment nicht gerade glücklich mit mir.«

»Warum nicht?«

»Sie halten das *Public* für eine schreckliche Idee. Sie finden, ich sollte etwas Respektables machen, etwas, das dem Namen unserer Familie gerecht wird.«

»Das klingt nach der typischen Einstellung von Leuten aus altem Geldadel. Tut mir leid. Das ist echt ätzend.«

Ich nickte. »Meinem Dad gehören mehrere Fabriken, und seinem Dad gehörte vorher alles auf dieser Seite des Mississippi«, sagte ich seufzend. Meine Ahnenreihe war lang, und nach einer Weile war ich es leid geworden, davon zu hören und darüber zu sprechen. Deshalb hatte ich mich von ihnen – und *davon* – gelöst.

Davon ist diese gottähnliche Haltung, das Passiv-Aggressive, das Denken, dass sie immer recht haben. »Mein Vater kann manchmal ein echter Arsch sein, aber mein Großvater war noch schlimmer. Mir hat es gefallen, das Geld des alten Mistkerls zu nehmen, um mir damit meinen Traum zu erfüllen.«

Piper tätschelte meine Schulter. Da ich gerade vor einem Vorfahrt-achten-Schild am Ende der Ausfahrt abbremsen musste, riskierte ich einen Blick zu ihr. Sie grinste, und ihre Augen funkelten.

»Was ist?« Beim Anblick ihrer verschmitzten Miene musste ich ein Lächeln unterdrücken.

»Hast du immer noch was von dem Geld des alten Mistkerls? Es gibt da nämlich einen neuen Gärbottich, auf den ich schon länger ein Auge geworfen habe.«

Dieses Mal ließ ich das Lächeln zu. Ich mochte Frauen, die Bierbraugeräte Schmuck vorzogen. »Wie wäre es mit ein paar Siphonschläuchen oder einem CO_2-Tank?«

Sie schlug die Beine übereinander und atmete scharf ein. »Oh, ich liebe es, wenn du so schmutzige Sachen zu mir sagst.«

6. Kapitel

PIPER

»Du hast mir nicht gesagt, dass wir in das *Original Pancake House* gehen. Ich bin völlig underdressed.«

Blake musterte mich, während er seine Mütze abnahm und sich mit der Hand durch die Haare fuhr. Es war fast unmöglich, ihn nicht anzustarren. Aber ich riss mich zusammen. Das hier war ein *geschäftliches* Pfannkuchenessen.

»Das Beste ist gerade gut genug, wenn ich ein Mädchen ausführe«, sagte er und schob mich sanft nach vorne, damit ich der Hostess folgte.

Die Einrichtung mit den Holztischen und -stühlen und der geblümten Tapete erinnerte mich an das Haus meiner Großmutter. Das Restaurant war brechend voll, und um uns herum war der übliche Kanon aus Stimmen und dem Klappern von Tellern und Besteck zu hören. Doch das Einzige, worauf ich mich konzentrieren konnte, war der leichte Druck von Blakes Hand an meinem Rücken. Als wir unsere Nische erreichten, löste er sich von mir, und sofort vermisste ich das Gefühl.

Die Hostess reichte uns laminierte Speisekarten und erklärte uns, dass unser Kellner gleich bei uns wäre.

Blake gönnte der Karte keinen Blick, sondern fing an, mit den Zuckertüten zu spielen und sie alle in die gleiche Richtung auszurichten.

»Du weißt schon, was du willst?«, fragte ich.

»Vier mit zwei«, sagte er und machte sich daran, die Marmeladenpäckchen zu stapeln.

»Was ist das?«

»Vier Pfannkuchen mit zwei Eiern dazu.« Er hob den Kopf und neigte den Kopf, als ich ihn auslachte. »Was ist?«

Ich zeigte auf den Halter mit den nun ordentlich gestapelten Marmeladenpäckchen. »Was soll das?«

Er versuchte, ein Grinsen zu unterdrücken. »Ich mag es gerne ordentlich.«

»Ich wette, du legst auch deine Spannbettlaken richtig zusammen«, zog ich ihn auf.

Nun sah er mich verlegen an.

»Nein, das tust du nicht, oder?«

»Doch.« Er nickte.

»Wie? Und warum? Niemand legt seine Spannbettlaken zusammen.«

»Ich habe mal ein Tutorial auf YouTube gesehen.«

Ein ungläubiges Lachen schlüpfte über meine Lippen, und er lachte mit. »Ich schwöre, dann passen sie besser in den Wäscheschrank.«

»Okay«, sagte ich kopfschüttelnd und warf einen Blick auf die Speisekarte.

»Was magst du?«

»Ich weiß es nicht.« Ich hatte schon zu Mittag gegessen, aber der Duft nach Bacon, Zimt und Kaffee, der aus der Küche kam, ließ mir das Wasser im Mund zusammenlaufen.

Der Kellner, der aussah, als ginge er noch auf die Highschool, stellte Eiswasser und Kaffeebecher vor uns auf den Tisch. »Sind Sie schon so weit?«

Blake sah mich fragend an, und ich nickte: »Für mich bitte die Schoko-Chips-Pfannkuchen.«

Blake bestellte ebenfalls und wandte sich dann mir zu. »Ah, du bist ein kleines Schleckermäulchen.«

Ich stützte die Arme auf den Tisch so wie er und beugte mich leicht vor. »Eher ein großer Schleckermund.«

Grinsend ließ er seinen Blick zu besagtem Mund wandern, und ich ging meine Worte im Kopf noch einmal durch.

»Das habe ich nicht so gemeint«, sagte ich und versuchte, meine Beschämung zu verbergen, indem ich einen Schluck Wasser trank und seinem prüfenden Blick auswich.

Seine haselnussbraunen Augen, die heute dunkler wirkten, brachten mich innerlich zum Schmelzen, und ich wollte nicht im *Original Pancake House* die Fassung verlieren, noch bevor ich meine Pfannkuchen auf dem Tisch hatte. Aber es war schwer, das Flattern in meinem Magen zu ignorieren, als er mich anlächelte: »Ich stehe auf Schleckermünder.«

Hitze stieg mir in die Wangen, und ich wusste, dass ich knallrot geworden war. Ich war hier so überhaupt nicht in meinem Element. Seit der Trennung von Oskar und meinem Umzug in die Staaten war ich nicht mehr mit einem Mann ausgegangen. Meine Fähigkeit zu flirten war also mehr als ein bisschen eingerostet, um es milde auszudrücken. Aber glücklicherweise war das hier ja kein Date.

Ich musste mir keine Sorgen darüber machen, dass ich zu sehr auf meine Karriere konzentriert war oder dass ich mir manchmal wochenlang nicht die Beine rasierte. Ich musste mich nicht daran erinnern, dass ich Männern generell aus dem Weg ging, weil ich mich nicht zwischen meinem Beruf und einem netten Lächeln entscheiden wollte. Nein, über all dies musste ich mir überhaupt keine Gedanken machen.

Ich spielte mit meinem Besteck. »Erzähl mir von Connor und Bear. Kennt ihr euch schon lange?«

Er lehnte sich auf seinem Stuhl zurück und kratzte sich das stoppelige Kinn. Dabei entstand ein leicht schabendes Geräusch, und mit einem Mal war ich sehr an der Textur seiner Stoppeln interessiert. Wie würden sie sich in meiner Handfläche anfühlen? An meiner Wange? Meinen Lippen?

Durfte ich mich während eines Nicht-Dates Träumereien hingeben? Das musste ich dringend im Regelbuch nachschlagen – wenn es so etwas denn überhaupt gab.

Durch meine Überlegungen verpasste ich den Anfang von seinem Satz und musste noch mal nachfragen. Er lachte leise auf, als wüsste er genau, warum ich mich nicht konzentrieren konnte, und wiederholte: »Wir haben uns auf der Highschool kennengelernt, wo wir alle im gleichen Footballteam waren.«

»Du hast Football gespielt?« Den großen schlanken Blake mit diesem Hübscher-Junge-Gesicht konnte ich mir überhaupt nicht als Footballspieler vorstellen.

»Ja, ich war Receiver. Allerdings kein sonderlich guter. Ich habe das mehr wegen der Mädchen und der Anerkennung gemacht.«

»Wenigstens gibst du es zu.« Ich gab drei Tütchen Zucker in meinen Kaffee.

Blake grinste. »Möchtest du ein wenig Kaffee zu deinem Zucker?«

Ich winkte ab und trank einen Schluck, wobei sein Blick wieder den Bewegungen meiner Lippen folgte. Ich hasste es, das auf diesem Nicht-Date zugeben zu müssen, aber er brachte mich wirklich zum Schmelzen, und ich fürchtete, als Pfütze auf dem Boden zu enden.

»Welche Position hatte Bear?«, wollte ich wissen, da der Kerl aussah, als könnte er das gesamte Spielfeld terrorisieren.

»Das weiß ich nicht mehr. Im Sophomore-Jahr ist er gute fünfzehn Zentimeter in die Höhe geschossen und hat ab dann Eishockey gespielt. Hast du ihn nicht erkannt?«

Als ich den Kopf schüttelte, nahm er sein Handy und rief ein Foto auf. Bear im Trikot der Chicago Blackhawks, ein feines Lächeln auf den Lippen. Es war ein offizielles Spielerfoto, wie sie es bei der Mannschaftsvorstellung im Fernsehen einblendeten.

»Bear hat professionell Eishockey gespielt?«

Blake nickte. »Sie haben ihn direkt aus der Highschool heraus verpflichtet. Erst letztes Jahr hat er sich aus dem Sport zurückgezogen.«

Ich stellte meine halb leere Tasse ab. »Ich habe noch nie ein Eishockeyspiel angeschaut.«

»Aber du wohnst in Minnesota. Da *musst* du mindestens ein Spiel gesehen haben.«

Ich schüttelte den Kopf. Sport interessierte mich nicht wirklich. »Alles, was ich über Eishockey weiß, habe ich aus dem Film *Mighty Ducks*.«

»Du hattest keinen Freund, der Eishockey geguckt hat?«

»Nein«, schnaubte ich. »Mein Ex war kein großer Sportfan. Er war eher der ... intellektuelle Typ.«

»Du sagst das, als wäre das was Schlechtes«, erwiderte er ein wenig defensiv.

»Nein, das ist es nicht.« Während ich nach Worten suchte, um Oskar zu beschreiben, trommelte ich mit den Fingern auf die Tischplatte. »Aber er glaubte gerne, alles besser zu wissen.«

»Ah.« Er nickte verständnisvoll. »Okay, ich nehme dich mal zu einem Spiel mit. Du wirst es lieben.«

Das bezweifelte ich, aber trotzdem fiel es mir schwer, die Einladung abzulehnen. Also reagierte ich einfach gar nicht darauf, sondern wechselte das Thema. »Und wie lautet Connors Geschichte?«

In diesem Moment kehrte der Kellner mit unseren Bestellungen zurück, und Blake rückte ein Stück vom Tisch ab, um Platz für sein Essen zu machen. Nachdem er sich bedankt hatte, begann er zu essen. »Er ist auf ein Footballinternat gegangen, hat sich aber das Knie verletzt und musste aufhören. Jetzt unterrichtet er Geschichte und ist Trainer an der Jackson High.«

»Und du? Was hast du nach der Highschool gemacht?«

Er kaute und schluckte, bevor er antwortete. »Ich bin auf die Northwestern gegangen, genau wie mein Vater. Habe Jura studiert, genau wie mein Vater. Dann bin ich nach St. Paul zurückgezogen, um in derselben Firma wie mein Vater zu arbeiten.«

»Ich erkenne da ein Muster«, sagte ich und kratzte mit der Gabel ein kleines Stück geschmolzene Schokolade von meinem Teller.

»Und dieses Muster habe ich durchbrochen, als ich gekündigt habe, um *The Public* zu eröffnen. Mein Vater war davon ausgegangen, dass ich in seine Fußstapfen trete.«

Er verdrehte die Augen, und ich streckte meinen Arm aus und tätschelte seine Hand. »Weißt du, was du brauchst? Ein gutes Motivationsposter in deinem Büro. Etwas wie ›Verliere nie das Ziel aus den Augen.‹«

Sein Grübchen tauchte auf. »Hast du ein Motivationsposter?«

»Ja«, ich nickte. »Das mit der Katze, die an einem Seil hängt. Darunter steht ›Durchhalten‹.«

Er lachte aus vollem Hals und sagte dann leise: »Wieso habe ich dich nicht früher kennengelernt?«, bevor er sich ein weiteres Stück Pfannkuchen in den Mund steckte.

Ich wusste nicht, ob das eine rhetorische Frage war oder ob ich sie überhaupt hören sollte. Auf jeden Fall zog sich mein Magen bei seinen Worten zusammen, und ich konnte nichts mehr essen.

Stattdessen lauschte ich seinen Geschichten über Connor und Bear, und er stellte mir Fragen über meine Familie und meine Schwestern. Als er aufgegessen hatte, zog er meinen Teller zu sich heran und machte sich darüber her.

Die Rechnung kam, und ich bot an, meine Hälfte zu übernehmen, aber davon wollte er nichts hören. Er warf mit einer zusammengeknüllten Serviette nach mir und sagte: »Lass mich ein Gentleman sein.«

Das bewies er dann, indem er mir die Beifahrertür aufhielt, als wir seinen Wagen erreichten. Die Fahrt zurück zum Pub dauerte ein wenig länger, weil der Berufsverkehr eingesetzt hatte, aber das machte mir nichts aus. Blake war der geborene Erzähler, lustig und intelligent. Ich konnte mir vorstellen, dass er ein guter Anwalt geworden wäre, der die Aufmerksamkeit des Gerichts gefesselt hätte. Ganz zu schweigen davon, dass er in einem Anzug vermutlich umwerfend aussah.

»Danke für das zweite Mittagessen«, sagte ich, nachdem er geparkt hatte.

»War mir ein Vergnügen. Wir sollten das bei Gelegenheit wiederholen.«

Ich nickte und öffnete meine Jacke, weil mir mit einem Mal ein wenig zu warm war. Wo eben noch viel Platz zwischen uns gewesen war, waren jetzt nur noch ein paar Zentimeter, als er sich zu mir herüberbeugte. Ich fühlte mich von einer unbekannten Gravitationskraft angezogen. Im Radio lief irgendein Popsong aus den Top-40, aber über das Rauschen in meinen Ohren konnte ich ihn kaum hören. Blake legte eine Hand an meine Wange und kam noch näher.

Sein Atem roch süß, wie Ahornsirup. Ich schloss die Augen und wartete darauf, dass seine Lippen meine berührten.

Es war lange her, dass ich geküsst worden war. Und noch länger, dass ich meinen Schutzwall runtergelassen hatte. In den letzten Jahren hatte ich hart gearbeitet und auf vieles verzichtet – auch auf Romantik –, um mein Geschäft ins Rollen zu bringen. Und jetzt, da es langsam Früchte trug …

»Warte. Warte«, sagte ich und legte meine Hände an seine Brust, als mir bewusst wurde, dass ich nur zwei Sekunden davon entfernt war, meine Lippen auf seine zu pressen. Egal, wie sehr ich es wollte, es war eine schlechte Idee. »Warte eine Sekunde.«

»Was ist?« In seinen aufgerissenen Augen schimmerte etwas, das vermutlich den Ausdruck in meinen Augen widerspiegelte.

»Das geht nicht«, sagte ich. »Ich kann das nicht.«

Er zog sich ein paar Zentimeter zurück. »Warum nicht?«

Ich strich mir die Haare glatt und zog an meiner Jacke, als wäre sie meine Rüstung. »Das Braugeschäft ist ein kleiner Markt.«

Geduldig wartete er darauf, dass ich weitersprach.

»Ich will nicht als die Frau bekannt werden, die mit jemandem geschlafen hat, um ihr Bier zu verkaufen.«

In diesem Moment tauchte sein Grübchen wieder auf. »Also ...« Sanft legte er seine Hände um meine Oberarme und zog mich wieder an sich. »Das bedeutet, du willst mit mir schlafen?«

»Blake.« Das Wort war halb ein Wimmern, halb eine Warnung, denn ja, ich wollte mit ihm schlafen. Ich wollte seinen Mund überall auf mir spüren. Ich wollte jeden seiner Muskeln kennenlernen, die sich, wie ich wusste, unter seinem dünnen Pullover verbargen. »Geschäftspartner, weißt du noch? Für eine Minute habe ich meinen Kopf verloren, aber wir dürfen das nicht tun. Ich weigere mich, mich auf ein Stereotyp reduzieren zu lassen.«

Sehr lange schaute er mir sehr tief in die Augen, bevor er nachgab und sich auf seinen Sitz zurückzog. »Okay. Ich verstehe.«

Da ich ihn nicht ansehen konnte, senkte ich den Blick und nahm meine Handtasche. Ein Blick auf sein Grübchen oder sein charmantes Lächeln, und ich würde weich werden.

Also legte ich die Hand auf den Türgriff, doch Blake hielt mich mit einer sanften Berührung am Ellbogen zurück. »Kommst du diese Woche trotzdem zur Eröffnung? Bring ein paar Freunde mit. Alle werden dein Bier lieben.«

Ich riskierte einen Blick über die Schulter. Mein erster Impuls war, Nein zu sagen, aber ich freute mich für ihn, für mich, wollte live mitbekommen, was die Leute von *Out of the Bottle* hielten, also nickte ich. »Ich werde da sein.«

»Super. Dann sehen wir uns.«

Ich sprang aus dem SUV und winkte Blake durch die getönte Scheibe zu. Keine Ahnung, ob er mich sehen konnte oder nicht, aber ich hatte das Gefühl, dass er mich beobachtete, als ich zu meinem Wagen ging.

Es gefiel mir nicht, dass ich von ihm beobachtet werden *wollte*. Es gefiel mir nicht, dass ich ihn wirklich mochte. Es gefiel mir nicht, dass mein Traum zum ersten Mal in meinem Leben ein echtes Problem darstellte.

7. Kapitel

BLAKE

Ich hatte versucht, mich vor dem monatlichen Dinner bei meinen Eltern in ihrem Haus in St. Paul zu drücken. Vor der Eröffnung gab es noch zu viel zu tun, aber meine Mutter hatte tief in die Kiste mit den Schuldgefühlen gegriffen.

»Hier stehen gerade sehr viele Veränderungen an, und wir brauchen dich«, hatte sie gestern am Telefon zu mir gesagt. »Kannst du dir nicht ein klein wenig Zeit freischaufeln und zum Essen kommen? Es ist wirklich wichtig.«

Für sie war *alles* wichtig. Die Mittagessen mit ihren Mädchen, die Cocktailpartys, das Familiendinner an jedem dritten Sonntag im Monat – alles war wichtig.

Aber nicht für mich.

Nichts davon bedeutete irgendetwas. Sinnloses Geplapper mit geistlosen Menschen. Und meine Mutter war der ultimative Pfau inmitten all der bunten Vögel.

Mein Vater war nicht viel besser. Sicher, äußerlich war er sehr charmant, aber im Inneren war er ein Mistkerl. Seine Gemeinheit grenzte teilweise schon an Grausamkeit, vor allem gegenüber seinen Angestellten. Seine scharfen Worte waren oft genug gegen mich gerichtet gewesen, sodass ich mich davor hütete, seinem Lächeln zu vertrauen.

Das Problem war: Ich hatte nur diese eine Familie.

Doch bei der Vorstellung, quälende Stunden mit ihnen zu verbringen, wenn ich zu Hause oder im *Public* sein und Wichtiges erledigen könnte, schien es mir beinahe verlockend, meinen Wagen von der Ford-Parkway-Brücke zu lenken. Es gab nur wenige »sichere« Themen, an die ich mich halten konnte, bevor wir anfangen würden zu streiten. Meistens ging es um meine Art zu leben oder um Politik. Manchmal auch darum, ob ich zum Friseur musste oder ob meine Schuhe zu meinem Gürtel passten. Das kam darauf an, wie viel meine Mutter getrunken hatte.

An diesem Abend erwartete ich nichts anderes.

Ich bog in die Summit Avenue ein und parkte vor dem Haus meiner Eltern, einer alten Villa im Kolonialstil. Das Viertel mit seinen Anwesen aus der Zeit der Jahrhundertwende war eine Touristenattraktion. Die Pracht dieser Straße war nicht zu leugnen, aber als ich die Wagentür öffnete und ausstieg, drehte mir die Schönheit den Magen um. Das Haus, in dem ich aufgewachsen war, stand für meine Familie – wunderschön von außen, kalt im Inneren. Es war riesig, wesentlich größer, als vier Leute es bräuchten, aber es befand sich schon so lange im Besitz der Familie, dass meine Eltern vermutlich nie darüber nachgedacht hatten, irgendwo anders zu wohnen.

Ein letztes Mal schaute ich auf mein Handy und betete für einen Notfall von irgendjemandem. Eine »Komm schnell her«-Nachricht. Aber nichts.

Seufzend ging ich den Weg zur Haustür hinauf, und noch bevor ich anklopfen konnte, machte meine Mutter auf.

»Darling«, sagte sie lächelnd und legte ihre Hände auf meine Schultern, um mich ein paar Zentimeter zu sich herunterzuziehen, damit sie mir zwei Küsse auf die Wangen geben konnte. Als wäre sie Pariserin oder so – meine Mutter ist auf einer Farm in Northfield aufgewachsen.

»Hey Mom.« Ich trat über die Schwelle. Sanfte klassische Musik erklang im Hintergrund, und Sandra, die Haushälterin, nahm mir den Mantel ab. Sandra war relativ neu; sie war vor einem knappen Jahr gekommen, nachdem Michelle gegangen war.

Michelle war eine fantastische Frau und alleinerziehende Mutter. Als ihr Kind von der University of Minnesota angenommen worden war, hatte sie meine Eltern um eine Gehaltserhöhung gebeten. Sie hatten ihr im Gegenzug gekündigt.

»Hey Sandra, schön, Sie wiederzusehen.«

Sie lächelte, sagte aber nichts. Vermutlich führte meine Mutter nun ein noch strengeres Regiment, nachdem Michelle angeblich in »unpassender Weise« den Mund aufgemacht hatte.

»Komm, Blake, deine Schwester und dein Vater sind im Salon«, sagte Mom. Ihre Absätze klackerten auf dem Parkettboden, als wir den Flur hinuntergingen. Nicht ins Wohnzimmer. In den *Salon*.

»Hey Dad. Tiff.«

Tiffany, meine Schwester, die Kim Kardashian von Minnesota. Wenn Selfies ein Sport wären, hätte sie vermutlich eine Medaille bei den Olympischen Spielen für Schwachköpfe gewonnen. Einmal hatte ich wirklich gedacht, ihr Gesicht würde mit diesem dummen Schmollmund einfrieren oder dass sie blind davon würde, zu lange auf ihr Handydisplay zu starren, aber bisher war das noch nicht passiert.

Keiner von beiden sah auf. Mein Dad hielt seinen Crown Royal auf Eis in der einen und sein iPad in der anderen Hand. Meine Schwester tippte auf ihrem Handy herum.

»Honey, was möchtest du trinken?«, fragte meine Mutter von der Bar neben dem Kamin.

Eine Flasche Schnaps. »Im Moment nichts, danke.«

Sie nickte und setzte sich mit ihrem Martini.

»Wie geht es dir?«

Ich streckte meine Beine aus und legte die Arme auf die Rückenlehne des unbequemen Sofas, auf dem ich Platz genommen hatte. »Gut. Es ist fast alles fertig für die Eröffnung.«

Mein Vater schnaubte.

»Kommt ihr?«, fragte ich allgemein in die Runde.

Tiff hob den Kopf und grinste. »Klar. Natürlich komme ich, um meinen großen Bruder zu unterstützen.« Ihr ging es allerdings nicht darum, mich zu unterstützen, sondern um die kostenlosen Getränke an dem Abend.

»Dad?«, fragte ich, obwohl ich die Antwort bereits kannte.

Er klappte die Hülle seines iPads zu und setzte sich auf. »Deine Mutter und ich gehen an dem Abend auf eine Spendengala.«

»Wofür?« Die Frage stellte ich weniger aus Höflichkeit oder Neugierde als vielmehr in dem Versuch, die tote Luft zwischen uns zu füllen.

»Darüber wollte ich mit dir reden.« Er räusperte sich. »Tiffany, leg dein Handy weg, das hier ist wichtig.«

Sie tippte noch ein paar Sekunden weiter, doch nach einer Ermahnung durch meine Mutter legte sie das Handy schließlich mit dem Display nach unten neben sich ab.

»Ich habe in den letzten Wochen ein paar Mal mit Fred gesprochen, und wir haben entschieden, dass jetzt der richtige Zeitpunkt für mich ist, als Senator zu kandidieren.«

»Aber du bist doch schon Senator«, merkte mein gehirnloses Wunder einer Schwester an.

»Er meint auf Bundesebene«, sagte ich. »Du weißt schon, für den United States Congress.«

Sie nickte, aber ich bezweifelte, dass sie es verstand. Meine Schwester schwebte auf ihrem guten Aussehen und ihrer funkelnden Persönlichkeit durchs Leben.

Dad sah mich an. »Das bedeutet, ich werde mehr reisen, sobald die Kampagne losgeht. Dann muss jeder sein Bestes geben.«

Was bedeutete: Vermasselt mir das nicht.

»Es würde einen guten Eindruck machen, wenn ich meine Familie bei Vorträgen und großen Veranstaltungen an meiner Seite habe.« Er legte eine Hand auf Tiffanys Knie. »Alle Augen werden auf uns gerichtet sein. Ihr müsst aufpassen, mit wem ihr redet, was ihr sagt, was ihr in den sozialen Medien postet.« Dann wandte er sich wieder mir zu. »Vielleicht solltestd du darüber nachdenken, jemand anderem die Leitung der Bar zu übertragen.«

»Warum?«

Dad bedachte mich mit einem herablassenden, schwelenden Blick, als wäre ich ein Kind. Dazu wirbelte er mit dem Zeigefinger durch die Luft. »Du hattest deine kleine Auszeit, aber nun ist es an der Zeit, in die echte Welt zurückzukehren. Du hast dir mit deinem Laden deinen Wunsch erfüllt, sodass du ihn jetzt hoffentlich vergessen und wieder richtig arbeiten kannst.«

»Ich werde gar nichts vergessen. *The Public* ist genau das, was ich will, und es wird niemand anderes übernehmen. Und ich werde auch nichts anderes übernehmen.«

»Es ist eine *Bar*«, sagte meine Mutter und verschluckte sich beinahe an dem Wort.

»Es ist ein Gastropub und kein Hurenhaus.«

Mom presste sich eine Hand aufs Herz. »Blake, achte bitte auf deine Sprache.«

Ich ignorierte sie und schaute meinem Vater direkt in die Augen. »Wäre das nicht gut für dich? Dein einziger Sohn eröffnet sein eigenes Geschäft und unterstützt so die Wirtschaft?«

»Es ist eher, dass mein einziger Sohn eine Bar eröffnet, um Alkohol auszuschenken. Gott allein weiß, an wen. Und was da sonst noch los sein wird.«

Ich beugte mich vor und vergrub die Hände in meinen Haaren. »Mein Gott, Dad. Du tust gerade so, als würde ich Meth aus dem Kofferraum verkaufen. Ich mache etwas, das mir am Herzen liegt. Darauf solltest du stolz sein.«

»Es würde mich mit Stolz erfüllen, wenn du in die Firma zurückkehrst. Du hattest dort eine gute Position und warst auf dem Weg, Partner zu werden. Unser Name steht auf dem Firmenschild, Himmel noch mal.«

Natürlich ging es ihm eigentlich darum. Mein Weggang von Morris, Jacobson & Reed ließ ihn schlecht dastehen.

»Aber das will ich nicht«, stieß ich aus.

»Wie sieht das in Interviews aus, wenn neben deinem Namen steht: *Blake Reed, Barkeeper*?«

»Ich bin ein Bar*besitzer*. Und na und? Ich muss keine Interviews geben. Mir ist das egal.«

Dad seufzte schwer durch die Nase, das sichere Zeichen, dass er frustriert war. »Wir haben das doch alles schon mal durchgekaut, bei meiner ersten Kandidatur, und jetzt wird es noch schwieriger werden.«

»Und lass dir endlich die Haare schneiden«, warf meine Mutter als Sahnehäubchen auf dem Thema ein. »Es wird viele Fototermine geben.«

»Das Dinner ist fertig«, verkündete Sandra gerade zum rechten Zeitpunkt.

Ich eilte an ihr vorbei ins Esszimmer und plante, so schnell wie möglich zu essen. Je eher mein Teller leer war, desto eher konnte ich gehen.

Meine Mutter setzte sich als Letzte. Sie lächelte wie immer und streckte ihre Hände zum Tischgebet aus, als wäre sie die Jungfrau Maria. Wie üblich senkte sie den Kopf und murmelte ihr Dankgebet, damit, wenn sie in der Öffentlichkeit über ihre moralischen Werte sprach, nicht alles gelogen war.

Ich griff beim Braten zu, als wäre er meine letzte Mahlzeit, und versuchte, das Geplapper meiner Schwester über ihren aktuellen Job als Assistentin in einer PR-Firma zu ignorieren, doch nachdem sie all ihre Aufgaben aufgezählt hatte – sich um den Terminplan ihres Chefs kümmern, Meetings organisieren, das Mittagessen für die Angestellten vorbereiten –, konnte ich nicht länger schweigen.

»Du bist eine Sekretärin«, sagte ich.

»Nein. Ich bin die Assistentin der Geschäftsleitung. Also die Assistentin des Assistenten des Vizepräsidenten.«

»Das ist nur ein hochtrabender Ausdruck für eine Sekretärin.« Ich biss in ein Brötchen.

Sie verzog das Gesicht zu einer Miene, die ich als ihr Denk-Gesicht kannte.

Meine Mutter schalt mich mit einem leichten Schlag ihrer Serviette auf den Arm. »Sei nicht so herablassend, Blake.«

»Das bin ich gar nicht. Ich sage nur, dass du dafür bezahlt wirst, die Assistentin des Assistenten zu sein.« Mit dem Finger zeigte ich erst auf sie, dann auf mich, während ich mich an meine Eltern wandte. »Euch gefällt nicht, dass ich einen *eigenen* Laden habe, aber ihr habt nichts dagegen, dass sie ihren Collegeabschluss vergeudet?«

In diesem Moment fiel mir Piper ein. Während meine Schwester ihre Tage in der Firma zweifelsohne mit Social Media verbrachte und sich durch das Leben flirtete, rackerte Piper sich ab und versuchte, sämtliche Hürden zu überwinden, um ihre eigene Marke aufzubauen.

Mein Vater seufzte wieder einmal. »Ganz schön hochtrabende Worte aus deinem Mund. Zumindest hat Tiffany einen sicheren Job mit Zusatzleistungen und Zukunft.«

Jetzt reichte es mir. Es hatte keinen Sinn, mit ihnen zu streiten, denn das war eine Schlacht, die ich nicht gewinnen konnte.

Dreißig Minuten später verließ ich eiligst das Esszimmer, trotz der Proteste meiner Mutter, dass es doch noch Nachtisch gäbe, und schob mich an Sandra vorbei, um meinen Mantel zu holen.

Ich brauchte sofort ein Bier.

Auf dem Weg zum Auto schickte ich meinen Jungs eine Nachricht, und zum Glück waren sie bereits alle bei Connor. Die Fahrt ließ mir ausreichend Zeit, um die größte Wut auf meine Familie abzuschütteln.

Ich betrat das Haus, nickte meinen Freunden kurz zu und ging direkt in die Küche. Dort nahm ich mir die erstbeste Flasche aus Connors Kühlschrank und kehrte ins Wohnzimmer zurück.

Bear hob seine Flasche in meine Richtung. »Was ist dir denn über die Leber gelaufen?«

»Dinner mit der Familie.«

Bear schnaubte. »Was ist dieses Mal passiert?«

»Jacob Reed kandidiert für den U.S.-Senat, und deswegen muss ich mir offenbar einen respektablen Job suchen, um ihn gut dastehen zu lassen.«

»Also das Übliche?« Bear lachte, dann deutete er auf Connor. »Wenigstens hat dieser Kerl gute Neuigkeiten.«

Ich drehte mich zu Connor um. »Erzähl.«

»Nelson geht in Rente«, sagte er und richtete seine Baseballkappe.

Beinahe hätte ich mein Bier ausgespuckt. Zum einen, weil es nicht schmeckte, aber hauptsächlich vor Schock. »Wirklich?«

Dick Nelson war seit über dreißig Jahren der Footballtrainer an der Highschool. Er war eine Legende, auch wenn die Ergebnisse der Mannschaft in den letzten Jahren schrecklich gewesen waren. »Und du bekommst den Job?«, fragte ich.

»Das weiß ich noch nicht.« Connor trank einen Schluck von seinem Bier.

»Na klar kriegst du den«, sagte Bear. »Du bist der Angriffstrainer und ein super Coach. Also bist du die logische Wahl.«

Ich nickte zustimmend, und Connor zuckte mit den Schultern. »Das hoffe ich. Ich könnte das Geld gut gebrauchen, und den Jungs täte ein Sieg gut.«

Ich legte meine Füße auf die Ottomane, als *SportsCenter* im Fernsehen aus der Werbepause zurückkehrte, und ließ meine Gedanken zum vermutlich hundertfünfzigsten Mal an diesem Tag zu Piper zurückkehren.

Piper war erfrischend. Klug und geistreich. Sie hatte keine Angst, ihre Gedanken frei auszusprechen. In den wenigen Stunden, die ich mit ihr verbracht habe, hatte sie sich nie selbst zensiert. Sie war nur wenig geschminkt und hatte die hässlichsten Springerstiefel getragen, die ich je gesehen hatte. Sie hatte nicht mal die Schnürsenkel zugebunden. Piper war unbeschwert, und ich wäre ihr, ohne zu zögern, überallhin gefolgt, wohin der Wind sie trug.

Leider blies sie der Wind nicht in meine Richtung.

Ich hatte ihr gesagt, dass ich sie mal zu einem Eishockeyspiel mitnehmen würde, und ich hatte vor, dieses Versprechen zu halten. Doch sie schien nicht sonderlich erpicht darauf zu sein, sich privat mit mir zu treffen.

Diesen Wunsch musste ich akzeptieren, so wenig er mir auch gefiel.

Ich verstand ihre Argumentation. Es war schwer, sich als Frau in einer von Männern beherrschten Welt durchzusetzen, die auch noch dazu neigten, aufgeblasene Besserwisser zu sein – die abschätzigen Blicke hatte ich am eigenen Leib erfahren, als ich einmal ein belgisches Witbier mit einem Hefeweizen verwechselt hatte. Diese Leute waren schwer zufriedenzustellen, und noch schwerer war es, von ihnen akzeptiert zu werden. Ich verstand durchaus, dass es einen schlechten Eindruck machen könnte, wenn sich zwischen uns eine Beziehung entwickelte, aber andererseits – wen interessierte das?

Ich wollte Piper.

»Hey.« Bear stieß mich mit dem Fuß an. »Du siehst aus, als wärst du besessen oder so. Deine Augen sind ganz glasig.«

Ich schüttelte die Gedanken an Piper ab und trank noch einen Schluck Bier. Mein Gott, Pipers Bier war so viel besser als dieser Mist. Und das sagte ich meinen Freunden auch.

»Dann bring sie dazu, uns was zu geben. Wo wir gerade davon sprechen, braucht sie zufällig einen Tester? Ich würde mich glatt freiwillig melden«, meinte Bear.

Ich stellte die Flasche auf den Couchtisch. »Sie kommt am Freitag, dann kannst du sie selbst fragen.«

Er zog die Augenbrauen hoch. »Oh, ich kann sie am Freitag kommen lassen, darauf kannst du wetten.«

»Halt den Mund«, sagte ich und warf ein Kissen nach ihm.

»Zu sagen ›darauf kannst du wetten‹ macht deinen Kommentar nicht weniger schmierig, Kumpel«, warf Connor ein.

»Mal ernsthaft jetzt, hat sie einen Freund?« Bear wackelte mit den Augenbrauen.

Ich verdrehte die Augen. »Du bist nicht ihr Typ.«

Er schob sich ein Kissen hinter den Kopf. »Und ich schätze, du weißt, was ihr Typ ist?«

»Nun, ich gehe davon aus, dass ich es bin, nachdem wir vor Kurzem beinahe miteinander rumgemacht hätten.« Sobald die Worte raus waren, gab ich mir im Geiste eine Ohrfeige. Sicher wollte Piper nicht, dass die Jungs erfuhren, was zwischen uns passiert war. Und ich wollte garantiert nicht ihre neugierigen Blicke auf mir spüren wie jetzt.

Connor musterte mich unter dem Schirm seiner Baseballkappe heraus. »Beinahe?«

Als Antwort zuckte ich nur mit den Schultern.

»Wie üblich hat er den Sack nicht zumachen können«, kommentierte Bear kopfschüttelnd.

»Hey.« Ich setzte mich auf, was mir die volle Aufmerksamkeit meiner beiden Freunde einbrachte. »So war das nicht. Piper ist super.« Connor und Bear nickten, doch ich sah ihnen an, dass der plötzliche Wandel in meinem Verhalten sie irritierte. »Und wir haben eine geschäftliche Beziehung miteinander. Also … ihr wisst schon …«

»Nein.« Bear bedeutete mir mit einer Handbewegung, weiterzusprechen. »Wir wissen nicht.«

»Geschäft und Vergnügen sollte man nicht vermischen.«

Connor grinste. »Das wäre überzeugender gewesen, wenn du nicht deine Augenbraue berührt hättest.«

»Das machst du immer, wenn du lügst«, fiel Bear mit ein.

»Ich brauche neue Freunde«, grummelte ich und drückte mich so tief in die Couch, wie ich nur konnte, in dem vergeblichen Versuch, die Wahrheit vor meinen Kumpels zu verbergen.

Bear lachte auf. »Ach was. Du würdest uns niemals ersetzen. Mit wem würdest du dir dann gegenseitig die Haare flechten?«

8. Kapitel

PIPER

Rund um das *Public* gab es keine Parkplätze, was ich als gutes Zeichen deutete. Anstatt mich also darüber zu beschweren, dass ich in meinen hochhackigen Stiefeln drei Blocks laufen musste, genoss ich jeden Schritt durch den Matsch. Je näher ich der Bar kam, umso mehr Lärm hörte ich und umso mehr Leute sah ich draußen auf dem Bürgersteig stehen. Es war der Eröffnungsabend, und Blake hatte einen Coup gelandet.

Nach unserem Beinahe-Kuss in seinem Auto hatte ich hin und her überlegt, ob ich heute Abend kommen sollte. Ich wollte ihm nicht den falschen Eindruck vermitteln, dass unsere Beziehung etwas anderes war als rein geschäftlich. Aber am Ende hatte Sonja mich zum Kommen und zu den Stiefeln überredet. Allerdings konnte sie mich nicht begleiten, weil sie eine Loserin war, die am nächsten Morgen eine frühe Trainingsstunde eingeplant hatte, und so war ich allein auf mich gestellt. In diesen Stiefeln, die an den Zehen drückten.

Die Bar war gerappelt voll, und ich schirmte meine Handtasche ab, damit das Poster, das ich mitgebracht hatte, nicht zerknickt würde. Langsam kämpfte ich mich in den hinteren Bereich durch, wo ich hoffte, Blake zu finden. Er war nicht da, aber Bear und Connor standen lachend mit ein paar anderen Männern zusammen.

»Hey.« Ich tippte Connor auf die Schulter, und er schenkte mir ein kleines Lächeln.

»Hey Piper.«

»Hast du Blake irgendwo gesehen?«

»Er muss hier irgendwo sein.« Er hob sein Glas. »Die Gray Haired Lady«, sagte er und salutierte.

»Da ist sie ja!« Kräftige Arme schlangen sich um meine Mitte und hoben mich hoch, bevor sie mich wieder absetzten. »Das Mädchen der Stunde.« Ich drehte mich um und zuckte zurück. Wegen der Arme hatte ich gedacht, dass es Bear war, aber ohne seinen buschigen Bart war ich mir nicht mehr so sicher.

»Du hast dich rasiert.« Meine Worte klangen eher wie eine Anklage als wie eine Frage.

Er strich sich über das glatte Kinn. »Im Winter ziehe ich mich in meine Höhle zurück und lasse mir einen Bart wachsen. Sobald das Wetter wärmer wird, rasiere ich ihn ab.«

»Klingt logisch.« Ich starrte ihn an. Ohne den Bart sah man, wie attraktiv er war, trotz seiner vielen Tattoos und dem unordentlich aussehenden Man-Bun.

Er zeigte auf die Männer, die bei uns standen. »Ich habe sie alle dazu überredet, dein Bier zu trinken. Sie lieben es.«

Alle nickten mir zu, und ich lächelte. »Super.«

Bear stellte mich Danny, Johnny und Tyler vor – glaube ich. Mit ihren karierten Hemden und den Bärten war es schwer, sie auseinanderzuhalten.

»Zieh deine Jacke aus und bleib ein bisschen«, sagte Bear und deutete auf einen freien Hocker an der Bar.

Ich setzte mich und bestellte mein Amber Ale bei einer hübschen Barkeeperin mit violetten Strähnen im Haar.

»Schreib es auf meinen Deckel«, sagte Bear, wurde jedoch sofort übertönt.

»Nein, auf meinen.«

Ich drehte mich um, und da stand Blake, nur wenige Zentimeter von mir entfernt. Sein Grübchen schien mir zuzuzwinkern. Er bedeutete mir, eine Sekunde zu warten, während er ein paar saubere Gläser wegräumte und bei einem Gast abkassierte. Dann kam er um die Bar herum, wischte sich die Hände an seiner Jeans ab und streckte die Arme aus.

»Danke, dass du gekommen bist«, flüsterte er mir ins Ohr, als ich ihn umarmte.

Das hätte ich vermutlich nicht tun sollen, aber in meiner Freude über seinen Erfolg und darüber, ihn wiederzusehen, konnte ich nicht anders. Ich hielt mich an seinen Schultern fest, um nicht ins Stolpern zu geraten, als ich zurücktrat. Er musterte mich von Kopf bis Fuß. »Du siehst heute hübsch aus. Und größer als sonst.«

Seine Komplimente lösten stets ein Flattern in meinem Magen aus, als wäre ich wieder dreizehn und würde mich mit dem süßesten Jungen der Klasse unterhalten. Ich hob meinen Fuß, um ihm die Absätze zu zeigen. »Normalerweise trage ich solche Schuhe nicht. Ich kann von Glück sagen, wenn ich mir heute Abend nicht den Hals breche.«

»Warum hast du sie dann angezogen?«

»Meine Freundin meinte, dass meine Beine darin gut aussehen würden.«

Sein einer Mundwinkel hob sich auf sehr sinnliche Weise. »Da kann ich nicht widersprechen.« Er hielt meine Hand, während ich mich wieder auf den Hocker setzte. »Ich freue mich, dass du hier bist. Alle lieben dein Bier.«

Vom vielen Lächeln brannten die Muskeln in meinen Wangen. »Freut mich, das zu hören.« Ich hob die Tasche auf, die ich mitgebracht hatte. »Für dich.«

»Noch ein Geschenk?« Er riss die Plastikhülle von dem Poster und entrollte es. »Du hast mir tatsächlich ein Poster gekauft.«

»Ja.« Es zeigte eine Giraffe, und daneben standen die Worte: *Kopf hoch!*

»Es ist wunderbar«, sagte er lachend und zeigte es seinen Freunden. Sie fanden es nicht lustig, aber sie waren ja auch nicht dabei gewesen, als wir uns über das Katzenposter unterhalten hatten. Mir war es egal. Für mich zählte nur Blakes Lächeln.

»Danke.« Er beugte sich vor, als wollte er mich küssen, richtete sich dann aber wieder auf und rollte das Poster zusammen.

Sofort war ich verunsichert. Andererseits war es doch genau das, was ich wollte, oder? Ich würde nicht mit ihm ausgehen oder ihn küssen oder mich womöglich in einem schwachen Moment meinen heimlichen Träumen hingeben.

»Ich bin gleich zurück«, versprach er und verschwand in Richtung seines Büros. Ich drehte mich auf meinem Hocker herum und betrachtete die Gäste. Einige sahen aus wie Geschäftsleute, die direkt von der Arbeit gekommen waren, aber ich sah auch viele Jeans und Flanellhemden an rauen Minnesota-Kerlen. Außerdem schien das Verhältnis zwischen Männern und Frauen ziemlich ausgewogen, was für die Zukunft der Bar nur Gutes verheißen konnte.

Ich entdeckte Tim, für den ich in der *Twin Cities Brew Company* gearbeitet hatte. Er saß an einem der hohen Tische in einer Ecke und war in eine Unterhaltung mit zwei anderen Männern vertieft, die mir irgendwie bekannt vorkamen. Vermutlich ebenfalls Brauer. Wieder einmal wurde mir bewusst, wie klein die Szene der Braumeister war und dass ein guter Ruf hier alles bedeutete. Wir gingen alle freundlich miteinander um, halfen einander mit Verkostungen und auf Festivals, und ich würde nie etwas tun, das diese Unterstützung gefährdete. Wenn sie auch nur vermuten würden, dass zwischen mir und Blake etwas lief, wäre das mein Untergang. Es war eine Gratwanderung, die einzige Frau zu sein, die Bier braute, und ich wollte keinesfalls riskieren, in den Abgrund zu stürzen.

Natürlich kam Blake in genau diesem Moment wieder in mein Sichtfeld. Das Universum hatte sich gegen mich verschworen.

Er war wie immer, lächelte charmant und schüttelte Hände. Nichts war ihm zu schwierig, für nichts war er sich zu schade. Er half beim Aufräumen hinter der Bar und beim Auffüllen der Regale. Sprang hinter den Zapfhahn, um einzuschenken, und unterhielt sich mit jedem Gast, der sich ihm näherte. Seine Eltern waren verrückt, wenn sie ihm das ausreden wollten.

Das hier war sein Element, hierfür war er bestimmt.

»Hey Jungs.«

Die sinnliche Stimme riss mich aus meinen Tagträumen über Blake, und ich warf einen Blick über meine Schulter. Zwischen den Männern neben mir stand auf einmal eine wunderschöne Frau. Kokett legte sie ihren Kopf an – war es Tylers Schulter? Vielleicht war es auch Johnnys – und zupfte an ihren dunklen Locken, die ihr über die Schultern fielen.

Als sie sich vorbeugte, rutschte der seidige Stoff ihres Kleids ein Stück herunter und offenbarte ihr beinahe perfektes Dekolleté. Was der Aufmerksamkeit der Männer scheinbar nicht entging.

»Ich hab dich lange nicht gesehen«, sagte die Frau zu Bear und legte ihm eine Hand auf den Rücken.

Er sah kurz zu ihr herunter. »Wie läuft es so, Tiff?«

»Gut. Gut. Und bei dir?«

Er nickte, nippte dabei aber an seinem Drink. Eindeutig ein Zeichen, dass die Unterhaltung für ihn zu Ende war. Connor ignorierte sie einfach, indem er den Blick fest auf den Fernseher über der Bar gerichtet hielt.

Ganz eindeutig waren die Jungs keine großen Fans von ihr, aber ich wusste nicht, warum. Sie war schön wie ein Model mit einer zierlichen Taille und endlos langen Beinen, die in Schuhen mit noch höheren Absätzen als meine steckten. Ich schaute an mir herunter und kam mir mit meiner langen Tunika und der schwarzen Skinny-Jeans auf einmal wie ein Troll vor. Und *das hier* war mein Ausgeh-Outfit …

Der Mann neben mir bot der schönen Frau seinen Platz an, und sie setzte sich lächelnd, dann musterte sie mich einmal kurz von Kopf bis Fuß. Ganz eindeutig war ich keine Konkurrenz für sie, also kümmerte sie sich nicht weiter um mich. Sie lehnte sich mit dem Rücken an die Bar, tippte auf ihrem Handy herum und sah kaum auf, als die Barkeeperin fragte: »Was darf es bei dir sein?«

»Dirty Martini mit Extra-Oliven. Und setz es auf Blakes Rechnung.«

Ich zog verwundert die Augenbrauen hoch. Diese Frau kannte Blake offensichtlich sehr gut. Und von ihrer Vertrautheit mit allen und ihrem Aussehen her nahm ich an, dass die beiden vielleicht zusammen waren. Aber das war mir egal.

Okay, nicht wirklich.

Ich hatte keine Ansprüche an Blake. Wir waren nicht zusammen. Wir waren nur Geschäftspartner.

Obwohl ... Ich musste herausfinden, wer sie war. Aus reiner Neugierde. Als ich mich räusperte und sie mich trotzdem nicht wahrnahm, probierte ich eine andere Taktik. »Entschuldigung?«

Sie wandte den Blick nicht von ihrem Handy. »Ja?«

»Kennst du Blake?«

Sie nickte und erwiderte zerstreut: »Er ist mein Bruder.«

Oh. Ich fühlte mich gleichzeitig beschämt, glücklich und ein bisschen verwirrt. Seit meiner Beziehung mit Oskar hatte ich die Angewohnheit, mich zu unterschätzen. Meistens nur im Beruf, aber manchmal auch bei Männern. Die Überzeugung, nicht gut genug zu sein, überfiel mich immer in den schlimmsten Momenten, so wie jetzt, wenn ich neben einer Frau saß, mit der ich meiner Meinung nach nicht mithalten konnte.

Seufzend trank ich einen großen Schluck von meinem Bier und beschäftigte mich mit meinem Handy. Ich rief Twitter auf und las ein paar Tweets, bevor ich etwas Interessantes von *@BeerasaurusRex* fand. Er war ein Einheimischer, der einen Blog über Craft-Biere schrieb. Und offensichtlich war er heute Abend hier im Pub. Er hatte ein Foto von mehreren Flaschen gemacht, die vor ihm auf dem Tisch aufgereiht waren, und die Namen dazugeschrieben. Und da, ganz am Ende, stand meiner: Natural Red!

Innerlich ganz kribbelig lächelte ich vor mich hin. Mit dem

Bein wippend las ich alle Besprechungen der einzelnen Biere, bis ich zu meinem kam.

***@BeerasaurusRex** Das* Natural Red *kommt von @OutOfTheBottleBrewery und ist für ein echtes Amber ein wenig zu malzig. Scheint, als wäre es doch nicht ganz so natürlich. Es gehört wieder zurück in die Flasche.*

Mein Magen zog sich zusammen. Es schmeckte ihm nicht. Meine erste Rezension war ein »Daumen runter«, und wäre ich nicht von so vielen Leuten umgeben gewesen, hätte ich vermutlich geweint. Ich versuchte, es abzuschütteln, aber je länger ich an der Bar saß, desto angespannter wurde ich. Um mich abzulenken, schaute ich noch mal zu dem Tisch, an dem Tim saß, und sah, dass die Männer ihre Köpfe zusammengesteckt hatten. Zu meiner Linken musterte mich irgendein Typ, und ich überlegte angestrengt, ob ich ihn kannte. Direkt hinter mir flüsterte ein Pärchen. War *BeerasaurusRex* einer von ihnen?

Ich fühlte mich klaustrophobisch.

Ich musste gehen.

Ich stand auf und winkte Bear, Connor und ihren Freunden zu. »Es war schön, euch wiedergesehen zu haben.«

»Du willst schon gehen?« Bear legte einen Arm um meine Schultern. »Du bist doch gerade erst gekommen.«

»Ich brauche meinen Schönheitsschlaf«, sagte ich mit einem, wie ich hoffte, aufrichtig wirkenden Lächeln. Bear und seine Freunde sollten nicht wissen, dass ich soeben gedemütigt worden war.

»Bist du sicher?« Bear ließ seinen Blick über die Bar gleiten. »Du hattest doch noch kaum Gelegenheit, mit Blake zu reden.«

»Ist schon gut.« Ich löste mich von ihm. »Ich muss jetzt los.«

Aber Bear achtete nicht mehr auf mich. Er winkte Blake, der sofort zu uns kam. »Hey, dein Mädchen will schon gehen.«

»Was?« Blakes Kopf schoss zu mir herum, während er eine Hand an meine Taille legte. »Wirklich?«

Gegen meinen Willen gefiel mir seine Berührung. Trotzdem trat ich einen Schritt zurück. Ich musste standhaft bleiben. »Ja. Deine Freunde sind hier und …«

»Die sind mir egal.« Er zog mich von der Gruppe weg. »Es ist noch früh. Nicht einmal neun.«

»Ich weiß. Ich habe einen langen Tag hinter mir«, log ich. »Und hier sind so viele Leute. Es ist ein wenig …« Ich spreizte die Finger und öffnete meinen Mund wie zu einem Schrei.

Blake lächelte tatsächlich. »Verrückt, oder? Es ist rappelvoll. Aber das ist gut.«

Ich nickte und zog meine Jacke an. »Danke für die Einladung. Es war toll. Deine Bar wird sicher ein Erfolg.« Ich rückte die Handtasche auf meiner Schulter zurecht.

Dann versuchte ich, so schnell wie möglich zu verschwinden, aber mit meinen Absätzen ging ich eher wie ein Kleinkind, das Laufen lernt, und Blake holte mich mühelos draußen vor der Tür ein und packte meinen Ellbogen.

»Hey. *Hey.*«

Ich drehte mich zu ihm um. Er sah mich an, sein Blick glitt über mein Gesicht. Das gefiel mir an ihm mit am besten.

Wenn er mich ansah, sah er mich *wirklich* an.

»Piper. Ich wünschte, du müsstest nicht schon gehen. Ich würde gerne …«

Ich wusste nicht, was mich in dem Moment überkam, aber ich stellte mich auf die Zehenspitzen, beugte mich vor und gab ihm einen Kuss auf die Stelle seiner Wange, wo normalerweise sein Grübchen war. Ihm stockte der Atem. Er umfasste meine Oberarme, um mich festzuhalten, und dann waren seine Lippen plötzlich auf meinen.

Außer mir und Blake existierte nichts mehr. Ich spürte, wie ich immer tiefer fiel, in eine Welt, in der es keine Geräusche, keine anderen Menschen, kein Licht und keine Dunkelheit gab, sondern nur uns, die einander bis in die Ewigkeit küssten.

Das laute Zuknallen einer Tür katapultierte uns zurück in die Realität. Ich zuckte zusammen und spürte, wie mich jemand ansah. Und es war nicht Blake.

Ich drehte den Kopf nach links, und da stand Tim. Er wirkte erschrocken, mich zu sehen, und seine Augen verengten sich, als er die Situation erfasste. Ich ließ meinen Kopf sinken und versuchte verzweifelt, mir eine Ausrede einfallen zu lassen. Irgendetwas, um diesen Kuss zu erklären. Aber bevor mir etwas einfiel, räusperte Tim sich. »Willst du uns einander nicht vorstellen?«

Ich atmete tief durch und erwiderte seinen Blick. »Blake, das ist Tim, Oberbraumeister der *Twin Cities Brew Company* und mein ehemaliger Boss. Tim, das ist Blake, mein …«

Blake ergriff Tims ausgestreckte Hand und beendete meinen Satz: »Ich bin der Besitzer«, sagte er und zeigte auf das *Public*.

»Oh.« Tim schaute zwischen uns hin und her, bevor er zu Blake sagte: »Netter Laden.«

»Danke.«

Während der folgenden, unangenehmen Pause, die Jahrhunderte zu dauern schien, verlagerte ich mein Gewicht von einem Fuß auf den anderen. Schließlich sagte Tim: »Ich hatte heute dein Brunette. Arbeitest du gerade an etwas Neuem?«

»Im Moment nicht. Ich konzentriere mich erst einmal darauf, meinen Namen bekannt zu machen«, antwortete ich.

Tim nickte, und sein Schweigen sagte mehr als tausend Worte. Er war eine Art Mentor für mich gewesen, als ich für ihn gearbeitet hatte, und ich wusste, was auch immer er heute gesehen hatte, es gefiel ihm nicht. Ich vertraute Tim. Er war klug und ehrlich; manchmal ein wenig zu ehrlich. Er hatte mich gezwungen, stark zu sein, nicht aufzugeben, wenn mir Kritik entgegenschlug. Er hatte mir außerdem viele Leute vorgestellt und mich ermutigt, mich auf eigene Füße zu stellen. Wenn er glaubte, dass hier etwas Verdächtiges vor sich ging, würde ich nicht nur sein Vertrauen verlieren, sondern auch das der vielen Leute, auf die er Einfluss hatte.

»Nun«, sagte er nach einer weiteren Pause und legte mir eine Hand auf die Schulter. »Es war schön, dich wiederzusehen.« Dann an Blake gewandt: »Und schön, dich kennenzulernen.«

Er warf mir noch einen Blick zu; eine Warnung, die mir riet, mein Ziel nicht aus den Augen zu verlieren. In meiner Spur zu bleiben. Jeglichen Verwicklungen aus dem Weg zu gehen. Also quasi das genaue Gegenteil von dem, was ich gerade machte.

Sobald Tim außer Hörweite war, umfasste Blake mein Handgelenk. »Piper, ich …«

»Nicht.«

»Du weißt doch gar nicht, was ich sagen will.«

»Was auch immer es ist, du darfst es nicht aussprechen. Ich will es nicht hören. Und wir dürfen uns auf keinen Fall noch mal küssen.«

Blake ließ mich los. »Gut.«

Aber ich hatte keine Zeit, sein angeschlagenes Ego aufzupäppeln. Ich musste mich jetzt selbst retten. Meinen Zug davor bewahren zu entgleisen. Ich hatte Blake nicht nur gegen alle meine Vorsätze geküsst, sondern ich hatte es auch noch in aller Öffentlichkeit getan.

Ich schoss davon und fuhr nach Hause. Zu meinem Bett. Und hoffentlich zu einem Neustart am nächsten Morgen.

9. Kapitel

PIPER

»Sonja!« Ich schlug die Haustür hinter mir zu. »Du bist hoffentlich noch wach!« Ich rannte nach oben und stolperte dabei über Leo, der auf der vorletzten Stufe herumlungerte.

Ungerührt beobachtete er, wie ich über ihn hinwegstieg und zu Sonjas Zimmer eilte. Ich stürmte herein, ohne anzuklopfen, und sie sah vom Boden zu mir auf, wo sie mit gespreizten Beinen saß. »Versuchst du, die Nachbarschaft mit deinem Geschrei zu wecken?«

»Wenn du nicht diesen unglaublich fitten Körper hättest, würde ich denken, du bist neunzig, weil du schon um acht ins Bett gehst.«

»Ich bin nicht im Bett«, sagte sie und zeigte auf den Teppich. »Und es ist nicht acht.«

»Okay, neun Uhr dreiundzwanzig. Auch nicht viel besser.« Ich ließ mich auf ihr Bett fallen und starrte an die Zimmerdecke.

»Und, wie war's?«

»Grauenhaft.«

»Was? Wieso? Was ist passiert?«

Ich drehte mich auf den Bauch und sah zu, wie sie ihre Beine ausschüttelte und sie vor sich ausstreckte, um dann die

Füße abwechselnd zu beugen und zu strecken. »Beerasaurus-Rex hasst mein Bier, und Blake hat mich geküsst.«

»Wie bitte? Warte mal.« Sie kniete sich hin und verzog das Gesicht. »Eines nach dem anderen. Was ist ein Beerasaurus?«

»Das ist ein Bierblogger, der etwas über mich getweeted hat. Er mochte mein Bier nicht.«

Sie schnaubte. »Und er nennt sich Beerasaurus?«

Ich nickte. »Rex. BeerasaurusRex. Und er mochte mich nicht.«

»Er hat deinem Bier eine schlechte Bewertung gegeben. Nicht dir.«

»Das ist dasselbe.«

Sie rollte ihren Kopf einmal im Kreis, bevor sie mich wieder ansah. »Das ist *nicht* dasselbe. Er mag dein Bier nicht. Und er ist dumm. Nächstes Thema.« Ich lachte, als sie Beerasaurus wie ein lästiges Insekt wegwedelte. »Du hast Blake geküsst.«

»Nun ...« Ich biss mir auf die Unterlippe. »Technisch gesehen hat er mich geküsst.«

»Bei dir klingt das, als wäre das was Schlechtes. War es schlecht? Küsst er wie ein Bernhardiner?« Sie erschauerte. »Erinnerst du dich noch an diesen Rob, der aussah wie Steph Curry? Er war so ein nasser Küsser. Wirklich eine Schande.«

Ich schüttelte den Kopf. »Nein. Es war gut. Fantastisch sogar.« Ich ließ den Kopf auf meinen Arm sinken. »Vermutlich der beste Kuss meines Lebens.«

Sonja rutschte näher ans Bett heran und legte ihren Kopf neben meinen. »Das musst du mir erklären. Bist du sicher, dass du die Definition von ›grauenhaft‹ kennst?«

Mit einem tiefen Stöhnen begann ich zu erzählen. »Tim hat uns gesehen.«

»Was? Ich verstehe dich nicht, wenn du dein Gesicht in die Matratze drückst.«

Ich stützte mein Kinn in die Hand. »Wir standen draußen, vor dem Pub, als es passiert ist, und genau in dem Moment kam Tim heraus.«

»Tim, dein ehemaliger Boss bei *Twin Cities*?«

»Das war so peinlich.«

Sie legte den Kopf schief. »Und noch mal frage ich nach: Hattest du einen Spuckefaden am Mund hängen oder so?«

»Igitt, nein. Wieso glaubst du, dass alle Männer wie Tiere küssen?«

»Wo ist dann das Problem?« Sie zuckte mit den Schultern. »Du hast einen süßen Kerl geküsst. Darüber solltest du dich freuen.« Sie stupste mit dem Finger gegen meinen Oberarm. »Du musst aufhören, dir ständig Sorgen darüber zu machen, was die Leute über dich denken. Gott verhüte, dass du dich wie eine Frau benimmst und nicht wie ein Roboter, der Bier braut.«

Das musste gerade sie sagen. Sonja war zu hundert Prozent auf ihre Ziele fokussiert und ließ nur selten Raum für anderes, einschließlich Männer. »Oh, okay, Miss ›Ich kann nicht ausgehen, weil ich morgen um sechs trainieren muss‹.«

Sie kniff die Augen leicht zusammen und sah mich an. »Hey, es ist nichts Schlimmes, *organisiert* zu sein. Ich lasse durchaus Zeit für Männer; sie müssen nur in die fünfzehn Minuten passen, die ich frei habe.«

»Du wildes, wildes Ding.«

»Komm. Meditier mit mir. Danach fühlst du dich besser.«

Als ich wie unter Schmerzen aufstöhnte, zog sie an meiner Hand, und ich ließ mich unelegant aus dem Bett in ihren Schoß rollen. »Das wird dich entspannen«, versprach sie und schaute auf mich herunter.

Aber es funktionierte nicht. Weder die Meditation mit Sonja noch das heiße Schaumbad, das ich danach nahm, auch nicht das weiße Rauschen über meine Kopfhörer, das ich anschaltete, um einschlafen zu können. Kurz nach Mitternacht gab ich auf und schnappte mir mein Handy, um Blake auf jeder Social-Media-Plattform zu stalken, auf der ich ihn finden konnte. Er war ein beliebter Mann, und es gab viele Fotos anzugucken und Facebookeinträge zu dechiffrieren.

Als ich mich endlich Stunden später zwang, mein Handy auszuschalten, warf ich mich im Bett hin und her. Mein Kopf wollte einfach nicht runterfahren. In Gedanken ging ich den Abend immer wieder durch. Erinnerte mich daran, wie er mich gehalten hatte, an den Duft seines Aftershaves. Ich spürte noch seine Lippen auf meinen, und wo seine Fingerspitzen meine Wange berührt hatten.

An jedem anderen Ort, zu jedem anderen Zeitpunkt hätte ich die Chance, mit Blake auszugehen, mit beiden Händen ergriffen. Aber an diesem Punkt, wo mir vier Verkostungen in Bars und ein Bierfestival bevorstanden, musste ich mich konzentrieren und weiterarbeiten. Jetzt war nicht der richtige Zeitpunkt, um eine Beziehung anzufangen, schon gar nicht mit jemandem, der meine Karriere auf negative Weise beeinflussen konnte.

Als ich endlich einschlief, dämmerte es bereits, also bekam ich nur ungefähr drei Stunden Schlaf. Ich schleppte mich in die Küche, um mir einen Kaffee zu machen. Normalerweise war ich kein Kaffee-Typ, aber ich brauchte alle Unterstützung, die ich kriegen konnte, um die nächsten Stunden, in denen ich brauen würde, zu überstehen.

Am Kühlschrank hing ein Zettel unter einem Hummel-Magneten. Darauf stand in Sonjas geschwungener Handschrift: »Ich bin gegen Mittag zu Hause.« Ich las mir den Rest laut vor: »Lass die Finger vom Hühnchen.« Unterzeichnet hatte sie mit einem Smiley.

Kurz war ich geneigt, das ganze Hühnchen zu essen, nur um sie zu ärgern. Sonja war eine hervorragende Köchin und kochte immer für mich mit, aber sie hielt sich an einen speziellen Mahlzeitenplan. Einmal zu viele komplexe Kohlenhydrate, und ihr Tag war gelaufen. Und da sagte sie mir, ich solle mich entspannen?

Schmunzelnd ging ich hinaus, um meinen Tag zu beginnen. Nachdem ich die Tür zur Garage geöffnet hatte, atmete ich tief ein. Sofort wurde ich ruhiger. Das Brauen war meine eigentliche Meditation. Ich schaltete Musik an, denn so musste ich nicht nachdenken, während ich mich daranmachte, meine Apparate zu sterilisieren, um eine weitere Charge Platinum Blonde zu brauen.

Es dauerte ungefähr sechs Stunden vom Anfang bis zu dem Zeitpunkt, an dem ich den Gerstensaft in den Gärkessel geben würde, aber ich hatte eine kleine Pause, während die Würze kochte. Ich stellte den Timer auf sechzig Minuten und begann damit, Etiketten für meine Flaschen auszuschneiden. Ich hatte erst ein paar Blätter geschafft, als mein Handy klingelte. Es war Tim.

Und auf einen Schlag war meine Gelassenheit komplett verschwunden.

Ich drückte den grünen Knopf und legte mir eine fröhliche Begrüßung zurecht in der Hoffnung, dass Tim mir zu meinem ersten Verkauf gratulieren wollte, obwohl ich spürte, dass das nicht der Fall war. »Hey Tim, vermisst du mich schon wieder?«, witzelte ich. Er brummte ein Hallo, und ich wappnete mich für diese Unterhaltung. »Was gibt's?«

Tim war keiner, der um den heißen Brei herumredete, und das tat er auch jetzt nicht. »Ich war aufrichtig überrascht, als ich dich und Blake gestern Abend gesehen hab.«

Ich schwieg, weil ich nicht wusste, was ich darauf sagen sollte.

»Du weißt, dass du die erste und einzige Frau bist, die je bei *Twin Cities* gearbeitet hat.«

»Ja, ich weiß.«

»Du hast großes Talent.«

»Danke.«

»Warum hältst du es dann für eine gute Idee, dich Blake Reed an den Hals zu werfen?«

Ich hielt das nicht notwendigerweise für eine gute Idee, aber so, wie er mich schalt, regte sich der Trotz in mir, und ich wollte widersprechen. »Um ehrlich zu sein, ich habe gestern Abend an gar nichts gedacht, als du aus dem *Public* kamst. Und eigentlich geht dich das auch nichts an, oder?«

»Ich habe für dich gebürgt.«

»Und?«, schnaubte ich.

»Dein Bier ist gut. Du brauchst keine Hilfe von irgendwem.«

»Das ist vermutlich das verquerste Kompliment, das ich je gehört habe. Ich bekomme keine Hilfe. Weder von Blake noch von sonst jemandem.« Ich begann, auf und ab zu gehen, und unter dem Drang, mich verteidigen zu müssen, fing mein Puls an zu rasen.

»Du musst verstehen, wie es für mich ausgesehen hat, Piper. Was, wenn jemand anderes herausgekommen wäre? Was, wenn es ein anderer Barbesitzer gewesen wäre, der nun das Gleiche von dir erwartet, um dein Bier in sein Angebot aufzunehmen?«

»Das wäre ein ziemlich schlechter Mensch, meinst du nicht? Ich lasse mich aber nicht auf schlechte Menschen oder Männer ein, die mich sexuell belästigen.«

Einen Moment schwieg er, während meine Gefühle mit mir durchzugehen drohten.

»Piper, dein Privatleben interessiert mich nicht. Wirklich nicht. Aber du schon.«

Ich atmete durch die Nase ein und durch den Mund wieder aus, so wie Sonja es mir immer wieder sagte. Ja, Tim war mein Boss gewesen, und ein sehr guter, möchte ich anmerken. Aber ich hatte mir meine Position bei *Twin Cities* verdient. Dass ausgerechnet *er* nun etwas anderes andeutete, war mehr als beleidigend. Ich schätzte es gar nicht, dass er mich behandelte, als könnte ich nicht selbst entscheiden, was ich tun oder lassen sollte. Als wüsste ich nicht, wie es ist, als Frau in diesem Beruf zu arbeiten.

»Ich sollte dir nicht sagen müssen, dass als alleinige Besitzerin deiner Brauerei alles auf dich zurückfällt. Du bist der Brauer *und* der Verkäufer. Du musst dich aus allen Verstrickungen raushalten.«

»Ich muss mir aber auch nicht von einem Mann das Geschäft erklären lassen.«

»Ich weiß nicht, was du meinst.«

»Natürlich nicht.« Ich lachte. »Du hast es selbst gesagt, ich bin die einzige Frau, die je bei *Twin Cities* als Brauerin gearbeitet hat. Und ich bin normalerweise immer die einzige Frau, wenn es ums Brauen geht, also erzähl mir bitte nicht, wie es aus deiner Perspektive aussieht. Ich bin mir wohl bewusst, was die Männer über mich denken, egal, was ich tue, egal, ob es stimmt oder nicht.«

»Piper, ich wollte nicht …«

»Vergiss es einfach.« Genervt fuhr ich mit der Hand durch die Luft. »Ich weiß deine Sorge zu schätzen, aber ich kann mich um mich selbst kümmern. Glaub mir, ich treffe meine Entscheidungen nicht leichtfertig.«

Wieder summte er. »Tja, ich schätze, das war es dann. Es war schön, dich zu sehen, Piper. Viel Glück mit allem. Und das meine ich ernst.«

»Danke.« Ich legte auf und ließ mich in meinen Stuhl sinken. Der Adrenalinrausch verebbte langsam. Manchmal zweifelte ich an mir, manchmal mangelte es mir an Selbstbewusstsein, aber wenn es darauf ankam, konnte ich kämpfen.

Nachdem mein Puls wieder normal schlug, schnitt ich weiter Etiketten aus. Mit jedem Schnitt ließ mein Ärger weiter nach. Fast ging es mir wieder gut, als der Alarm meiner Uhr losging und mich wieder hochfahren ließ.

»So eine Megasch …« Ich sprang auf und ging zum Kochkessel. Ich hatte den Zeitpunkt für die Zugabe des Hopfens verpasst, womit diese Charge hinüber war. »Verdammt!«

Meine Rezepte hatte ich nach vielen Versuchen und Kostproben entwickelt und eine wahre Wissenschaft daraus gemacht. Aber weil ich keine automatische Ausrüstung zur Verfügung hatte, musste ich manuell in allen Details unglaublich präzise sein, damit jedes Bier aus derselben Linie genau gleich schmeckte. Etwas zu viel Malz oder eine zu kurze Fermentationszeit beeinflussten den Geschmack. Weil ich den richtigen Zeitpunkt verpasst hatte, den Lemon-Drop-Hopfen in die kochende Bierwürze zu geben, würde diese Charge Platinum Blonde ganz anders schmecken.

Es mochte trotzdem ein gut trinkbares Bier werden, aber es passte nicht zu meiner Marke. Also konnte ich es nicht verkaufen. Was einen totalen Verlust an Geld, Zeit und Ressourcen bedeutete.

Am liebsten hätte ich geschrien oder mir die Haare ausgerissen.

Stattdessen schaltete ich den Kocher aus. Vielleicht könnte ich dieses markenlose Bier als Geburtstagsgeschenk an meine Freunde verschenken. Ich kühlte die Würze ab und goss sie in den Gärkessel, bevor ich aufräumte und ins Haus ging, wobei ich Tim, den Anruf, diesen Tag und das ganze Wochenende verfluchte.

Ich war nicht in der richtigen Stimmung. In meinem Kopf schwirrten zu viele Gedanken an Blake und *Out of the Bottle* herum. Sonja kam direkt nach mir in die Küche, warf ihre Kopfhörer auf die Arbeitsplatte und ließ ihre Sporttasche auf den Boden fallen.

»Na, du siehst heute ja aus wie der reinste Sonnenschein«, sagte sie, als ich mich mit den Ellbogen auf die Arbeitsplatte stützte und meinen Kopf hängen ließ. »Was ist passiert?«

Ich hatte keine Lust zu antworten, also schüttelte ich nur den Kopf.

Sie wusch sich die Hände an der Spüle, bevor sie sich aus dem Obstkorb eine Banane nahm. »Erzähl es mir.«

Ich berichtete ihr von meinem Telefonat mit Tim und dass ich deswegen mein Bier versaut hatte. »Und alles läuft wieder auf *ihn* hinaus«, sagte ich. »Wenn Blake nicht wäre, hätte ich mich nicht mit Tim gestritten und nicht den Zeitpunkt für den Hopfen versäumt. Das ist alles seine Schuld.«

Sonja lachte zweifelnd. »Hast du je darüber nachgedacht, dass du, wenn du ein wenig entspannter wärst, nicht so ein wandelndes Elend sein würdest? Seitdem du ihn kennengelernt hast, stellst du alles infrage. Folge deinem Bauchgefühl. Du magst ihn, also guck, was daraus wird.« Sie legte einen Arm um meine Schultern. »Wenn nicht, könnte es noch damit enden, dass du die Garage abbrennst.«

In mir regte sich ein starker Kampf-oder-Flucht-Reflex. Wenn es um *Out of the Bottle* ging, kämpfte ich immer. Aber wenn es um mein Privatleben ging, flüchtete ich stets. Vielleicht war es an der Zeit, die Boxhandschuhe herauszuholen.

»Ja, vermutlich hast du recht.«

Sonja schüttelte mich, bis ich lächelte. »Hast du Lust, ins Kino zu gehen? Ich lade dich ein.«

»Du weißt immer genau, was ein Mädchen hören will.« Ich lachte.

Sie drehte sich um und zwinkerte mir über die Schulter zu. »Wenn es nur mit allen so einfach wäre wie mit dir.«

10. Kapitel

BLAKE

Seit der Eröffnung des *Public* waren beinahe zwei Wochen vergangen, und bisher hatte es nur gute Rezensionen bekommen. Tag und Nacht suchte ich nach kritischen Stimmen, stöberte auf Yelp, TripAdvisor und Blogs, um zu sehen, was die Leute dachten. Ich war regelrecht süchtig danach und brauchte die Bestätigung, dass der Pub gut laufen würde, dass er das Risiko wert war.

Ich saß gerade in Connors Auto, als Bear mir vom Rücksitz aus das Handy aus der Hand schlug. »Steck das weg, Kumpel. Du wirst noch verrückt.«

»Das bin ich schon«, sagte ich, steckte das Handy aber weg.

»Ich glaube, man kann mit einiger Sicherheit sagen, dass du deine Investition schon bald dreifach heraushaben wirst«, sagte Connor und bog auf den State-Fairgrounds-Parkplatz. »Ich schätze, in dieser Saison wird es der neue Treffpunkt für die Coaches nach dem Spiel werden.«

»Hast du noch mal was wegen der frei werdenden Stelle gehört?«, fragte ich, während ich ihn gleichzeitig auf einen freien Parkplatz aufmerksam machte.

Er schüttelte den Kopf. »Ich versuche nur, das Team auf das nächste Jahr vorzubereiten. Mehr, als sie im Kraftraum schwitzen zu lassen, kann ich im Moment nicht tun.«

Ich wusste, wie wichtig die Position als Cheftrainer für ihn war, und tätschelte ihm die Schulter, wobei ich auf das Beste hoffte.

Nachdem Connor den Motor abgestellt hatte, öffnete ich die Tür und wurde von einem Schwall kalter Luft empfangen. Doch die Kälte schien niemanden davon abgehalten zu haben, zum Craft-Beer-Festival zu kommen. Es waren drei Zelte aufgebaut, und die Leute drängten sich darin und davor zusammen. Über einhundert verschiedene Biere aus dem ganzen Land wurden zur Verkostung angeboten, was für mich eine gute Gelegenheit war, verschiedene Bierarten zu probieren und möglicherweise einige für das *Public* auszuwählen.

Connor ging wie üblich zu der Bar mit der kürzesten Schlange davor, aber Bear und ich waren ein wenig wählerischer. Ich holte mir ein IPA von einer Brauerei in Milwaukee, Bear entschied sich für ein Porter von *Devils Backbone,* und Connor nahm ein Lager.

Wir standen eine Weile herum, quatschten und probierten verschiedene Biere. Einmal wurde Bear sogar um ein Foto gebeten. Das passierte nicht mehr so oft, aber offensichtlich kam der Fan aus Chicago und hatte ihn sofort erkannt. Als Bear mit ihm fertig war, erblickte ich ein Schild in dem letzten Zelt, auf dem ein mir vertrautes Logo prangte. Und davor stand Piper.

Ich ging zu ihr, noch bevor ich bewusst den Entschluss dazu gefasst hatte. Seitdem sie vom Pub weggelaufen war, als stünde sie in Flammen, hatte ich sie nicht mehr gesehen. Und das war meine Schuld.

Ich hatte sie geküsst.

Ich hatte nicht anders gekonnt. Nicht, nachdem sie sich an mich gelehnt, ihre süßen Lippen auf meine Wange gepresst hatte. Sie hatte so gut gerochen und sich so warm angefühlt. Sie war alles, was ich am liebsten mochte, und ich fragte mich, ob sie das wusste, als sie zu mir aufschaute.

»Hey du.«

»Hi.« Ihre Augen wurden kurz etwas weicher, bevor sie den Blick abwandte und sich einen Lappen schnappte, um ein paar Tropfen verschütteten Biers vom Tisch zu wischen. »Was kann ich dir bringen?«

Ich sah mir ihre Auswahl an. Platinum Blonde oder Natural Red. »Ich nehme ein Blonde.«

Sie füllte meinen Becher und reichte ihn mir, wobei unsere Finger einander streiften. Da erst fiel mir auf, dass sie mich noch nicht angelächelt hatte, und bevor ich den Versuch unternehmen konnte, das zu ändern, stieß ihr eine Frau den Ellbogen in die Seite.

»Hi, ich bin Sonja«, sagte sie und streckte mir die Hand hin. Sonja war klein und hatte ein hübsches Gesicht. Ihre Haut und ihre Augen hatten den gleichen warmen Braunton, und ihr süßes Lächeln täuschte über ihren festen Händedruck hinweg.

»Blake«, sagte ich. »Arbeitest du mit Piper zusammen?«

»Wir sind Freundinnen und wohnen zusammen.« Sonja warf Piper einen kurzen Blick zu. »Du bist der Besitzer des *Public*?«

Als ich nickte, stützte sie sich mit den Händen auf den Tisch vor sich und beugte sich vor. Mir fiel das Box-Logo auf ihrem Hoodie auf, doch bevor ich sie danach fragen konnte, sagte sie: »Piper hat mir erzählt, dass dein Gastropub ziemlich sensationell ist. Das muss ich mir mal ansehen, vor allem, wenn du ihr Bier ausschenkst. Das ist nämlich das einzige Bier, das ich trinke.«

Ich lächelte Piper an. »Da hast du aber eine ziemlich gute Freundin.«

Das brachte sie zum Lächeln, aber es galt nicht mir, sondern Sonja. »Die Beste.«

In dem Moment gesellten sich Bear und Connor zu uns und begrüßten Piper, die ihnen wiederum Sonja vorstellte.

Sie zeigte auf Bear. »Du kommst mir irgendwie bekannt vor. Kennen wir uns?«

»Ich habe mal professionell Eishockey gespielt«, erwiderte er, und Sonja schnippte mit den Fingern.

»Ach ja. Du bist Thomas Behr. Du hast für die Blackhawks gespielt.«

Connor lachte leise. »Jetzt bist du schon zweimal an einem Tag erkannt worden. Bald kommst du noch auf die Titelseite.«

»Halt den Mund«, beschied Bear ihm, bevor er sich wieder Sonja zuwandte. »Bist du Eishockeyfan?«

Sie zuckte mit einer Schulter. »So wie jedes Mädchen in Minnesota. Darf ich ein Foto mit dir machen?«

»Gerne.«

Sonja kam um den Tisch herum, musste sich aber auf die Zehenspitzen stellen, weil Bear fast dreißig Zentimeter größer war als sie. Dann warf sie Connor ihr Handy zu, der einen Schritt zurückmachte, um das Foto zu schießen, und mit einem Mal waren Piper und ich mehr oder weniger allein.

Mein Blick fiel auf meinen inzwischen leeren Becher. »Können wir über das reden, was am Eröffnungsabend passiert ist?«

Sie hob abwehrend die Hand. »Es war ernst gemeint, als ich gesagt habe, dass es nicht richtig ist, wenn wir beide miteinander ... ausgehen. Für mich hängt hiervon«, sie zeigte auf ihren Stand, »sehr viel ab. Das will ich nicht vermasseln.«

Ich wollte widersprechen, aber das hier war nicht der richtige Zeitpunkt für diese Diskussion. Vor allem nicht, weil auf dem Festival auch alle anderen aus ihrer Zunft anwesend waren. Das wäre ein ganz schlechter Moment, um zu sagen: *Vergiss sie, und küss mich noch mal.*

Vier Männer näherten sich ihrem Stand, und sofort veränderte sich Pipers Verhalten. Sie setzte ein strahlendes Lächeln auf, und ihre Schultern entspannten sich, sodass sie freundlich und selbstbewusst wirkte.

»Du schmeißt den Laden also?«, fragte einer der Typen.

»Ich bin die Besitzerin und Braumeisterin«, erwiderte sie und grinste stolz.

Einer der anderen Männer, der offensichtlich schon etwas angetrunken war, lehnte sich über den Tisch in ihren Bereich und schenkte ihr ein, wie er vermutlich meinte, flirtiges Grinsen, das in Wahrheit aber nur schmierig war.

»Tja, du siehst mich überrascht«, sagte er und sabberte förmlich wie ein Hund. »Ich habe noch nie eine Frau getroffen, die Bier braut. Bist du sicher, dass du dafür verantwortlich bist, oder bist du nur das hübsche Mädchen, das das Bier verkauft?«

Pipers Kiefermuskeln spannten sich an. »Ja, ich bin mir sicher.«

Dann zeigte dieser Armleuchter auf das Logo auf ihrem Shirt, und sein Finger war dabei für meinen Geschmack viel zu nah an ihrer Brust. Piper schob seine Hand mit einem leichten Lachen weg und machte zwei Schritte zurück, während sie die Becher füllte.

Ich wollte etwas sagen, um sie vor diesem Kerl zu retten, aber das musste ich nicht. Seine Kumpel zogen ihn mit sich zum nächsten Stand, und ich atmete erleichtert aus. Pipers und mein Blick trafen sich. Ihre Wangen waren gerötet. Ich wusste nicht, ob vor Wut oder vor Scham, aber egal wieso, es gefiel mir nicht.

»Passiert dir das oft?«

Sie zuckte nur mit den Schultern, aber ich wusste es. Eine schöne Frau, die ständig von betrunkenen Kerlen umgeben war ... Ich konnte mir gut vorstellen, was sie sich da anhören musste.

»Das ist echt mies«, sagte ich.

Sie winkte ab und straffte die Schultern. »Egal.«

Ich trat so nah an sie heran, wie es der Tisch zwischen uns zuließ. »Das ist nicht egal. Niemand sollte so mir dir reden. Das ist einfach nicht in Ordnung.«

»Hör mal.« Sie schaute zu mir auf, wofür sie den Kopf ein wenig in den Nacken legen musste. »Ich habe ein dickes Fell, okay? Er hat meine Gefühle nicht verletzt. Mir geht es gut. Wenn es nicht so wäre, würde ich das hier nach all den Jahren nicht immer noch machen.«

Ich nickte stolz. »Gesprochen wie ein wahrer Chef.«

Ihr Grinsen wurde breiter. »Wie ein verdammt wahrer Chef.«

Mist. Jetzt wollte ich sie noch mehr küssen. Aber ich gab mich mit einem High-Five zufrieden.

Dann schlang ich meine Finger um ihr Handgelenk und kostete jede Sekunde dieser kleinen Berührung voll aus.

Schließlich zog sie sich von mir zurück, und ich ließ es widerstrebend zu.

»Sieht so aus, als verstehen die beiden sich gut«, sagte sie und zeigte über meine Schulter.

Ich folgte ihrem Blick und sah, dass Bear sich über Sonjas Schulter gebeugt hatte und gemeinsam mit ihr auf ihr Handy schaute. »Ja, sieht ganz so aus.«

»Gut.« Sie drehte sich ein Stück, womit sie mir wohl näher kam, als sie beabsichtigt hatte, denn ihre Augen weiteten sich. »Vielleicht können die beiden die ganzen Sportsachen zusammen machen, zu denen Sonja mich immer zwingen will.«

Ich neigte den Kopf und bewunderte für einen Moment die Sommersprossen auf ihrer Nase. »Du hast es nicht so mit Sport?«

»Nicht mit ihr.« Sie nickte in Richtung Sonja. »Sie schafft es, jeder Wanderung den letzten Spaß zu nehmen. ›Ach komm, lass uns bis auf den Gipfel laufen, das wird lustig. Hey, warum kommst du nicht mit mir ins Studio zum Boxen, das wird gut.‹ So geht das bei ihr ständig.« Piper hob die rechte Hand. »Einmal habe ich mir dabei sogar den Mittelfinger gebrochen. Weißt du, wie schwer es ist, Bier zu brauen, wenn deine Finger alle zusammengeklebt und verbunden sind?«

Ich strich mit dem Daumen über besagten Mittelfinger. »Ich schätze, das ist ziemlich schwer.«

Sie erwiderte nichts, sondern hielt den Blick fest auf die Stelle gerichtet, die ich gerade berührt hatte. Nach einem Moment hob sie den Kopf und schaute hierhin und dorthin, nur um mich nicht ansehen zu müssen. »Ich frage mich, wo Connor abgeblieben ist.«

Ich ließ meinen Blick über die Menge schweifen und erblickte seine abgetragene Baseballkappe vom Footballteam der Highschool. Dann verengte ich den Blick, um zu sehen, mit wem er sprach. Die Frau war älter. Hübsch, aber definitiv älter. »Da drüben«, ich zeigte mit meinem leeren Becher in die Richtung. »Er hat eine Schwäche für ältere Frauen.«

Piper hob die Augenbrauen. »Wirklich? Bei Bear hätte mich das nicht erstaunt, aber bei Connor?«

»Stille Wasser sind tief«, flüsterte ich verschwörerisch.

Sie grinste. »Das werde ich mir merken.«

Sonja kam an den Tisch zurück, und Bear folgte ihr.

Eine weitere Gruppe näherte sich Pipers Stand, also machte ich ein bisschen Platz. »Vielleicht sehen wir uns später noch?«

Sie warf mir ein schnelles, von einem Lächeln begleitetes Nicken zu, und ich wünschte mir, dass jetzt schon später wäre.

11. Kapitel

PIPER

»Ich bin fertig angezogen und weiß immer noch nicht, wohin wir gehen«, rief ich aus dem Wohnzimmer. Dabei strich ich mit den Fingern durch Leos dichtes Fell und achtete darauf, dass keine Haare an meiner Jeans oder meinem Lieblingsshirt hängen blieben. Heute war eine besondere Gelegenheit, also hatte ich das eng anliegende Shirt mit dem V-Ausschnitt rausgeholt. Zusammen mit meinen Dessous von Victoria's Secret darunter hatte ich sogar so etwas wie ein Dekolleté.

»Schnapp dir den Tequila. Wir trinken einen«, rief Sonja, die gerade die Treppe heruntergeflitzt kam.

Ich drehte mich zu ihr um. Sie trug einen süßen Shorts-Overall und dazu Leggins. Das würde ich niemals tragen können. »Du willst einen Kurzen?«

Mit einem vernichteten Blick marschierte sie an mir vorbei in die Küche. »Heute ist mein Geburtstag, und ich werde nur einmal im Leben siebenundzwanzig. Also trinke ich Tequila.«

Ich erhob mich vom Sofa und folgte ihr. »Okay.«

Sie schnappte sich die Flasche *Patron,* die wir nur selten anrührten, und zwei Schnapsgläser, dann schenkte sie beide bis zum Rand voll.

Ich nahm mein Glas und wischte die übergelaufene Flüssigkeit mit dem Daumen ab. »Auf meine beste Freundin.«

»Auf meinen Geburtstag.«

»Auf hundert weitere.«

»Darauf, immer siebenundzwanzig zu bleiben«, sagte sie, und wir stießen an, dann kippte ich den Tequila runter und verzog das Gesicht, als er brennend durch meine Kehle floss. Sonja füllte die Gläser sofort wieder auf, prostete mir zu und kippte auch den zweiten hinunter.

Sonja machte keine halben Sachen. Und heute Abend ...

»Ich werde mich betrinken!«

Ich wiederholte ihren Ausruf und trank meinen zweiten Tequila. Ich konnte nicht zulassen, dass meine beste Freundin sich allein betrank, aber ich hielt sie davon ab, mir einen dritten einzuschenken, und rief die Uber-App auf meinem Handy auf. »Wo wollen wir hingehen?«

Ich hoffte, dass sie das *Public* nennen würde. Als ich Blake das letzte Mal gesehen hatte, auf dem Bierfestival, hatte er diesen süßen, hoffnungsvollen Blick gehabt. Er hatte mich gefragt, ob wir uns später sehen, und sich dann vorgebeugt und mir ins Ohr geflüstert: »Lieber früher als später, Piper.«

Und dann war ich gestorben.

Mein Herz hatte sich angefühlt, als hätte es für gute fünf Sekunden aufgehört zu schlagen, nachdem er meinen Namen gesagt und mir kurz sein Grübchen gezeigt hatte, bevor er mit Bear und Connor im Schlepptau in der Menge verschwunden war.

Seitdem hoffte ich kribbelig darauf, ihn und sein schiefes Grinsen wiederzusehen. Seine Stimme zu hören. Und in seine blau-grün-braunen Augen zu schauen. Aber natürlich war ich auf keinen Fall verzweifelt.

Wirklich nicht.

»Natürlich ins *Public*«, sagte Sonja und kippte den dritten Tequila.

Meine beste Freundin – sie ließ mich eben nie im Stich.

»Wir müssen doch deinen Freund besuchen«, fügte sie an.

Ich tippte die Adresse in die Uber-App. »Er ist nicht mein Freund!«

In nervtötend akkurater Imitation einer Zehnjährigen sagte sie: »Aber du hättest gerne, dass er es ist.«

Dem konnte ich schlecht widersprechen, also nahm ich die Herausforderung, mich ebenfalls wie eine Zehnjährige zu benehmen, an und ahmte sie mit nervig nasaler Stimme nach. Dann zeigte ich ihr mein Handy. »Unsere Mitfahrgelegenheit ist in fünf Minuten da.«

»Das reicht für noch einen Tequila.«

Ich schenkte ein Glas Wasser ein. »Oder hierfür.« Sie trank es widerstrebend, während ich den Tequila wegstellte. »Ich helfe dir gerne dabei, dich zu betrinken, aber ich werde nicht dein Erbrochenes aufwischen.«

»Du bist mir ja eine tolle Freundin.«

Ich tat, als boxte ich ihr gegen die Schulter, was sie mit einem angetäuschten rechten Haken parierte. Gott möge verhüten, dass er wirklich landete, dann würde ich heute Abend nämlich garantiert nicht ausgehen.

Wir schnappten uns unsere Handtaschen und gingen nach draußen, wo Lucy auf uns wartete, unsere sechsundsechzigjährige Fahrerin, die uns mit der Geschichte darüber unterhielt, wie sie sich an ihrem einundzwanzigsten Geburtstag bei einem Konzert hinter die Bühne geschlichen und Peter Frampton einen Blowjob gegeben hatte. Offensichtlich war sie im Mittleren Westen ein bekanntes Groupie gewesen.

»Vielen Dank«, sagte ich, als ich ausstieg.

»Es war mir ein Vergnügen.«

Winkend drehte ich mich um.

Sonja legte schnell noch etwas Lipgloss auf. »Lucy ist echt großartig.«

»Ja, oder?«

Es war Freitagabend und schon warm genug, dass viele Leute auf Kneipentour durch die Innenstadt zogen. Und angesichts der Menschenmenge im Pub schien es, als wenn viele von ihnen im *Public* eingekehrt waren.

»Da ist Bear.« Sonja zeigte in Richtung Bar, und mir entging nicht, wie sie dabei mit der Hand über ihre Haare strich.

»Sonja«, sagte ich und blieb stehen. »Stehst du auf Bear?«

Sie schnaubte. »Nein.«

Ich sah sie an.

»Nein. Wir haben nur viele Gemeinsamkeiten. Manchmal chatten wir. Ich habe keine Zeit für einen Mann, das weißt du doch.«

Ich nickte, aber mein Misstrauen verstärkte sich, als Bear sich umdrehte und bei unserem Anblick breit grinste.

»Hey, Geburtstagskind!« Er klatschte mit ihr ab, dann legte er einen Arm um ihre Schultern und zog sie an sich.

Connor stand hinter Bear. Er winkte mir zu. Sein Gesicht konnte ich unter dem Schirm seiner Baseballkappe kaum ausmachen. »Hey.«

Ich stützte mich mit dem Ellbogen auf die Bar. »Was ist das hier? *Cheers*?«

»Wo jeder deinen Namen kennt«, summte Bear die Titelmelodie der Serie.

Mit einem Mal tauchte Blake hinter der Bar auf.

»Bin ich dann Sam?«, fragte er an niemand Besonderen gewandt, doch sein Blick blieb an mir hängen. Er musterte mich von Kopf bis Fuß, und als seine Augen aufleuchteten, war ich unglaublich froh, dass ich auf der Suche nach einem Top eine halbe Stunde auf dem Grabbeltisch von *Express* herumgewühlt hatte.

Ich nickte als Antwort auf seine Frage, und dafür schenkte er mir ein selbstzufriedenes Lächeln. »Willst du meine Diane sein?«

Ich unterdrückte ein Lächeln und versuchte, die Stimme in meinem Kopf zum Schweigen zu bringen, die schrie: *Ja! Ja! Ja!*

»Wie wäre es, wenn du dieser Lady einen Geburtstagsdrink bringst?«, fragte ich stattdessen und zog Sonja an mich.

»Was darf es denn sein?«

Sonja trank beinahe nie Alkohol, aber wenn doch, dann meistens Wodka mit einem kleinen Twist. Das hatte irgendetwas damit zu tun, dass man Alkohol wegen des Zuckers und der Kohlenhydrate besser pur und nicht als Longdrink trinkt, bla, bla, bla. Aber heute warf sie alle Vorsicht über Bord.

»Ich nehme dein feinstes Bier, bitte.«

Blake klopfte zweimal mit den Fingerknöcheln auf den Tresen, bevor er ein Glas in die Hand nahm und Sonja ein Natural Red einschenkte und vor sie stellte. »Nur das Beste.«

Dann schaute er mich fragend an. »Ich nehme heute das Brunette.«

Er schenkte auch das gekonnt ein, sodass sich oben nur eine hauchdünne Schaumschicht bildete. »Eine Brunette Beauty direkt aus der Flasche.« Er reichte mir das Glas, und ich hatte das Gefühl, dass seine Finger meine mit Absicht streiften. »Weißt du, das ist eines meiner am meisten verkauften Biere.«

Ich hätte vor Stolz platzen können und drehte mich tanzend im Kreis herum. Eines meiner Biere war ein Verkaufsschlager. *Ich* war ein Verkaufsschlager!

Und BeerasaurusRex konnte mir den Hintern küssen.

Über meine Schulter sah ich, wie Blake besagten Hintern anstarrte, und genoss die Aufmerksamkeit. Es fiel mir immer schwerer, mein Verlangen zu kontrollieren, wenn ich in seiner Nähe war. Ich wusste, dass es keine gute Idee war, mit ihm zusammen sein zu wollen, doch solange er mich mit seinem hitzigen Blick anschaute, war mir das egal.

»Wenn es sich gut verkauft, bin ich glücklich.«

»Ich auch. Hör mal«, er stützte sich mit den Unterarmen auf dem Tresen ab und sprach leise zu mir. »Ich weiß, das ist nicht der beste Zeitpunkt, um über Geschäfte zu reden, aber ich dachte, für den Sommer könnte ich …«

Bear schaltete sich in die Unterhaltung ein. »Hey. Keine Geschäfte am Esstisch.«

»Das hier ist kein Esstisch«, sagte ich.

Er nahm einen Pommes frites von dem Teller, auf dem sein Sandwich serviert worden war. »Aber so was in der Art.«

Sonja schnappte sich den Pommes frites und steckte ihn sich in den Mund.

Bear zeigte mit dem Finger zwischen sich und Sonja hin und her. »Ach, so wird das zwischen uns also laufen?«

»Jepp.«

»Pass lieber auf«, zog er sie auf. »Nächstes Mal könntest du deine Hand verlieren.«

Sie winkte ab. »Heute ist mein Geburtstag.«

»Das ist überhaupt eine gute Idee«, sagte ich. »Wir brauchen eine Grundlage für den Alkohol.« Ich wandte mich wieder an Blake. »Kann ich eine Portion Pommes haben?«

»Klar. Alles, was du willst.«

»Und einen Tequila!«, rief Sonja.

Bevor ich widersprechen konnte, deutete Bear mit dem Finger einen Kreis an und sagte: »Eine Runde für uns alle.«

Connor klatschte einmal in die Hände und drehte seine Kappe mit dem Schirm nach hinten. »Bear bezahlt.«

Bear nickte. »Fahr auf, Reed.«

Blake sah mich unter fragend hochgezogenen Augenbrauen an, und ich zuckte mit den Schultern. »Du hast den Mann gehört.«

Er stellte fünf Schnapsgläser auf den Tresen und schenkte aus einer Flasche vom obersten Regal ein. Ich verteilte die Gläser, dann kam Blake um die Bar herum und stellte sich direkt hinter mich.

Wir erhoben unsere Gläser. Blake schob verstohlen seinen Arm um meine Taille und zog mich an sich, und mir fiel es wahnsinnig schwer, nicht vor Zufriedenheit laut zu seufzen.

Er sagte etwas, das mir entging, weil ich zu gefesselt war von dem Gefühl seiner Brust an meinem Rücken und dem Zitrus-Zedern-Duft seines Aftershaves. Ich wollte nichts mehr als noch einmal seine Lippen schmecken, und aus dem Augenwinkel sah ich, wie es um seine Mundwinkel zuckte, als wüsste er genau, was er mir gerade antat.

Mit einem tiefen: »Happy Birthday«, riss Bear mich aus meiner Trance.

Wir stimmten mit ein und stießen miteinander an, bevor wir den Tequila tranken. Sonja warf die Hände in die Luft und hüpfte auf und ab. »Der Champion ist hier!«

Das war für mich der dritte Tequila in weniger als neunzig Minuten – ich war immer noch klar genug im Kopf, um zu wissen, dass es auch mein Letzter wäre, aber auch angeschickert genug, um mich ohne nachzudenken in Blakes Armen umzudrehen und meine Hände an seine Brust zu legen.

Er fühlte sich so gut an, und ich musste mich beherrschen, um ihm nicht mit den Fingernägeln über den Bauch zu fahren.

Wir waren nur wenige Zentimeter voneinander getrennt, und er neigte den Kopf zu mir. »Geht es dir gut?«

»Es geht mir fabelhaft.«

Er wollte einen Schritt zurück machen, aber ich hielt ihn auf, indem ich meine Finger um sein Handgelenk schlang. Mit geschürzten Lippen schaute er auf mich herab, wie ein Erwachsener ein ungezogenes Kind ansah. »Was ist?«

»Bleibst du nicht hier bei uns? Bei mir?«

Er ließ ein kleines Lächeln aufblitzen. »Du willst, dass ich bei dir bleibe?«

Ein heißer Schauer jagte mir über den Rücken »Ja.«

Mit den Fingern strich er mir durchs Haar, schob eine Strähne hinter mein Ohr und legte dann eine Hand auf meine Schulter. »Ich mag es, wenn du die Haare offen trägst.«

»Ich mag …« Meine Worte verstummten, als sein Daumen über meine Kehle strich.

»Du magst … was?«

Die Mischung aus Alkohol und Blakes Händen hatte mein Gehirn abgeschaltet. Ich konnte nicht denken. Nicht reden.

Er lächelte vielsagend. »Ich hole dir ein paar Pommes frites. Halte mir meinen Platz frei.«

Sobald er außer Hörweite war, wandte Sonja sich mir zu. »Das sind aber ganz schön heftige Herz-Emojis, die du ausstrahlst.«

Ich hob das Glas an die Lippen und trank einen Schluck, um ein wenig Zeit zu schinden. »Blödsinn.«

Sie warf mir einen vernichtenden Blick zu. »Ich würde sagen, du bist nur wenige Stunden von dem Emoji mit dem Herz zwischen den Händen entfernt.« Sie trank ebenfalls einen Schluck, dann fragte sie: »Du weißt, welches ich meine?«

»Hör mir auf mit deinen Emojis.« Ich lachte. »Oder besser noch, kümmere dich um deine eigenen.« Ich drängte sie sanft gegen Bear, bevor ich mich zum Tresen drehte und mein Bier trank. Keine Minute später erhielt ich eine Textnachricht von Sonja. Einige Herz-Emojis, Flamencotänzerinnen, Katzen mit Herzchenaugen und ungefähr fünfzehn Auberginen und Kirschen. Sonderlich subtil war sie ja nicht.

12. Kapitel

BLAKE

Es war schon weit nach Mitternacht, als wir alle an einen der Tische umzogen und beschlossen, ein Trinkspiel zu spielen. Zuerst »Quartern«, wo wir versuchen mussten, ein Quarterstück einmal auf dem Tisch aufspringen zu lassen, um es in ein Glas zu befördern. Wer es schaffte, durfte bestimmen, wer einen Kurzen trinken musste. Wer verlor, musste selbst trinken. Connor gewann das Spiel dank seiner Konzentration. Danach spielten wir ein Spiel, bei dem es darauf ankam, Begriffe zu einem bestimmten Oberbegriff zu finden. Allerdings waren wir alle schon ziemlich angetrunken, und so konnten wir hier keinen echten Gewinner mehr ermitteln.

Noch etwas später war unser Alkoholpegel weiter gestiegen und irgendjemand – ich weiß nicht mehr, wer – schlug vor, dass wir Karten spielen. Ich holte die Karten und warf sie auf den Tisch, dann setzte ich mich neben Piper. Sie war bezaubernd. Ich wusste nicht, ob ich dieses Wort je zuvor benutzt hatte, aber ich fand, dass es in der modernen Gesellschaft viel zu selten benutzt wurde.

Ich legte meine Hand an ihren Nacken, direkt unter den Wasserfall aus roten seidigen Wellen. »Habe ich dir schon gesagt, dass du heute Abend bezaubernd aussiehst?«

Sie schenkte mir ein träges Lächeln. »Nein.«

»Du siehst heute Abend bezaubernd aus.«

Sie kicherte und lehnte ihren Kopf an meine Schulter. Ich ließ meine Hand zu ihrer Taille gleiten und zeigte mit der anderen auf die Karten. »Was spielen wir?«

Sonja, die ihrem Status als selbst ernannter »Champion« alle Ehre gemacht hatte, indem sie bei den Getränken mit Bear mitgehalten hatte, mischte die Karten. *»Bullshit?«*

Niemand widersprach, also teilte sie die Karten aus. Piper rührte sich nicht von meiner Seite, weshalb ich leichte Schwierigkeiten hatte, meine Karten mit nur einer Hand zu sortieren, aber ich brachte es einfach nicht über mich, sie loszulassen. Außerdem konnte ich so viel besser in ihre Karten schauen.

Sie warf drei Karten mit dem Bild nach unten auf den Tisch. »Drei Vieren.«

Während Sonja es laut rief, flüsterte ich es ihr ins Ohr: »Bullshit.«

Sie drehte den Kopf zu mir herum, sodass meine Lippen ihre Ohrmuschel und ihre Schläfe streiften, und ich bemerkte, dass sie leicht zitterte.

Grummelnd setzte sie sich aufrechter hin und nahm den Kartenstapel auf. Dann sah sie mich über ihre Schulter an und bemerkte, wie gut ich ihr in die Karten schauen konnte. Als sie ihre grimmige Miene nicht länger aufrechterhalten konnte, brach sie in lautes Lachen aus und lehnte sich an mich. Ihr linkes Bein presste sich gegen mein rechtes, ihre Hüfte berührte meine, ihre Schulter war unter meinem Arm.

Als die letzte Runde ausgerufen wurde, bewegten wir uns alle sehr langsam. Piper stand als Erste auf und zeigte in Richtung Waschräume, um uns wortlos wissen zu lassen, wohin sie ging. Connor, die Baseballkappe schief auf dem Kopf, setzte sich auf. Seine Augen wirkten müde und waren ganz rot. Er warf seinen Autoschlüssel auf den Tisch. »Ich bin fertig. Jemand soll mir ein Taxi rufen.«

Sonja runzelte die Stirn. »Wo findet die Afterparty statt?«

Bear tippte auf seinem Handy herum. »Wollen wir uns ein Uber teilen?«

Connor murmelte seine Antwort in seinen Ellbogen, auf den er seinen Kopf gelegt hatte. Sonja nahm den Vorschlag an und trank ihr Glas aus.

»Der Wagen ist in einer Minute hier«, verkündete Bear.

Sonjas Miene erhellte sich. »Ist es Lucy?«

»Wer ist Lucy?«, fragte ich.

In ihrem betrunkenen Zustand ignorierte Sonja mich und tanzte stattdessen mit wedelnden Händen herum und sang dazu: »Lucy in the Sky with Diamonds.«

»Okay. Ich glaube, die Party ist offiziell zu Ende.« Bear warf sie sich über die Schulter und ging zur Tür, doch ich sprang auf, um sie aufzuhalten.

»Was ist mit Piper?«

Connor trottete an mir vorbei. »Die ist auf der Toilette.«

»Das weiß ich. Ich meine, wartet ihr nicht auf sie?«

»Nö.« Sonja hob den Kopf, ihr Gesicht war ganz rot, vermutlich wegen der Mischung aus Alkohol und kopfüber hängen. »Sie gehört ganz dir. Schnapp sie dir«, sagte sie kichernd. Bear tat, als würde er sie fallen lassen, und sie kreischte auf. »Das ist deine Chance!«

Bear salutierte kurz vor mir, bevor er in einem Gewirr aus Armen und Beinen den Pub verließ. Connor folgte ihm pflichtbewusst. Auf dem Weg nach draußen tätschelte er meinen Arm und sagte etwas in der Art wie: »Vermassel es nicht.«

Und von Connor, der nur selten etwas zu seinem Liebesleben sagte, geschweige denn zu dem anderer Leute, war das der beste Rat, den ich je bekommen würde.

Ich ging gerade hinter die Bar, als Piper aus der Toilette kam. »Wo sind denn alle hin?«

»Weg. Sonja war ziemlich betrunken.«

Pipers Kopf wirbelte zur Tür und wieder zurück. Dann sah sie mich verwirrt an. »Wie kommt sie nach Hause?«

»Die Jungs teilen sich mit ihr ein Uber.« Unter ihrem misstrauischen Blick hob ich in Verteidigung meiner Freunde die Hände. »Sie bringen sie sicher nach Hause.«

»Das bezweifle ich nicht. Selbst eine betrunkene Sonja könnte dir den Kiefer brechen.« Sie ließ sich auf den Barhocker vor mir fallen, den Blick immer noch verengt.

»Wir können hier noch ein wenig abhängen, oder du kannst nach Hause fahren. Was immer du willst«, sagte ich, doch für mich war es nicht *was immer du willst*. Ich wollte, dass sie blieb.

Sie senkte den Blick auf ihre Finger, die mit ein paar Kondenswassertropfen von einem leeren Glas spielten, aber da sie sich sonst nicht rührte, nahm ich an, dass sie nicht so bald gehen würde. Ich half den Barkeepern beim Aufräumen und Abschließen. Dann waren Piper und ich allein.

»Es ist so still«, sagte sie, also steckte ich mein Handy in die Anlage und schaltete Musik an, bevor ich mich neben sie setzte.

Dann nahm ich die Karten in die Hand. »Was meinst du? Spielen wir noch eine Runde?«

Während sie einen Schluck trank, musterte sie mich über

den Rand ihrer Bierflasche, und wieder einmal war ich an diesem Abend versucht, sie zu küssen. »Was spielen wir denn?«

»Nimm dir eine Karte«, sagte ich und legte den Stapel zwischen uns. »Der mit der niedrigeren Karte muss ein Geheimnis erzählen.«

Sie beugte sich vor – was mir einen hübschen Blick in ihr Dekolleté erlaubte. Ihr BH war dunkelrot und hatte an jedem Träger eine winzige Schleife. Es kostete mich schier übermenschliche Kraft, meinen Blick wieder davon zu lösen.

»Okay, ich bin dabei.«

Gleichzeitig griffen wir nach einer Karte. Unsere Hände stießen zusammen, aber ich zog mich zurück und ließ sie zuerst ziehen. Sie zeigte mir ihre Drei. Ich zog eine Neun.

»Ich hasse gekochtes Gemüse.«

»Was?«, schnaubte ich. »Das ist kein Geheimnis.«

»O doch, das ist es.«

»Verkochte Karotten zu hassen ist eine Abneigung, aber kein Geheimnis.«

Sie ignorierte meinen Einwand und zog eine weitere Karte. Dieses Mal den Buben. Ich zog eine Sechs. »Ich wähle deine Angsthasenroute und sage, ich mag keine Milch.«

Sie sah mich an, als wäre ich verrückt. »Du magst keine Milch?«

»Nein.«

»Aber was gibst du auf dein Müsli?«

Ich trank einen großen Schluck von meinem Bier. »Ich esse eigentlich kein Müsli.«

»Du isst kein Müsli?« Als ich über ihren ungläubigen Aufschrei lachte, schlug sie mit der flachen Hand auf die Bar. »Aber was isst du dann zum Frühstück?«

»Kaffee. Manchmal einen Proteinshake oder ein paar Eier. Pfannkuchen, wenn mir gerade danach ist.«

Eine Hand auf ihr Herz gepresst, starrte sie mich fassungslos an. »Ich bin von Müsli besessen. Das ist eines meiner Lieblingsessen. Cocoa Puffs, Apple Jacks, Cheerios, Frosted Flakes und zu Halloween Boo Berry.«

»Boo Berry.« Ich klatschte mir amüsiert auf den Oberschenkel. Weil ich betrunken war. »Die hatte ich ganz vergessen.«

»Ich liebe Boo Berry. Noch mehr als Count Cholula oder Franken Berry.«

»Bist du so was wie ein Cornflakes-Connoisseur?«

Sie nickte ernst. »Ja. Ja, so könnte man das nennen.«

Ich lächelte ununterbrochen, wenn ich mit diesem Mädchen zusammen war, und heute Abend fiel es mir schwer, meine Hände bei mir zu behalten. Was ihr allerdings nichts auszumachen schien. Ich strich mit den Fingern über ihre Wange und legte meine Hand dann an die Außenseite ihres Oberschenkels, um sie so zu mir herumzudrehen, dass wir uns gegenübersaßen und ihre Knie zwischen meinen waren.

»Du bist dran«, sagte ich und deutete auf die Karten.

Sie zog eine Zehn, ich eine Dame.

»Aber dieses Mal ein echtes Geheimnis.«

Ihr Blick ging zur Decke, und sie fuhr abwesend mit dem Zeigefinger über den Tresen. »Okay.« Sie konzentrierte sich auf mich. »Ich kann nicht schwimmen.«

Überrascht legte ich den Kopf schief. »Du hast es nie gelernt?«

»Als ich noch sehr klein war, hat mich ein anderes Kind in den Pool geschubst, und ich wäre beinahe ertrunken. Seitdem habe ich Angst vor Wasser.«

»Wow.« Ich spreizte meine Finger auf ihrem Oberschenkel. »Du gehst überhaupt nicht ins Wasser?«

»Doch, aber nur bis maximal zur Taille. Nur bis dahin, wo ich noch stehen kann.«

»Weit genug, um nass zu werden«, sagte ich so lasziv wie möglich.

Lachend boxte sie mir gegen die Schulter. »Geh nach Hause, du bist betrunken.«

Doch stattdessen zogen wir beide noch eine Karte. Dieses Mal hatte ich die niedrige. »Ich kenne den gesamten Text von *Big Willie Style*.«

»Der Song von Will Smith?«

Ich zögerte kurz. »Das ganze Album.«

Sie lachte laut auf und klatschte in die Hände. »O bitte, rap für mich.«

Ich lehnte mich zurück und räusperte mich, bereit, meine beste Performance von »Gettin' Jiggy with It« zu geben. Nachdem ich die ersten paar Zeilen gerappt hatte und gerade richtig in Fahrt kam, unterbrach Piper mich, indem sie kichernd zusammenbrach. »O mein Gott. Das ist großartig!« Sie setzte sich auf und wischte sich die Lachtränen weg. »Du bist echt tough. So richtig hardcore.«

»Das war meine allererste CD. Damals fand ich mich supercool. Ich habe sogar jeden Abend die Tanzschritte vor dem Spiegel geübt.« Ich zeigte es ihr, ließ meine Schultern poppen und ahmte den einzigartigen *Fresh Prince* nach.

Wieder lachte sie, und dieses Mal fiel ich mit ein. Es schien eine Ewigkeit zu dauern, bis wir uns wieder einkriegten.

Dann zogen wir noch mal eine Karte, und wieder hatte ich die niedrigere. »Ich habe, bis ich fünf war, ins Bett gemacht.«

»Aber dem bist du inzwischen entwachsen, oder?«

Ich grinste. »Warum? Hast du vor, in nächster Zeit in meinem Bett zu übernachten?«

Sie blinzelte langsam und schüttelte den Kopf, sodass ihre Haare ihr vors Gesicht fielen, aber ich sah dennoch die Röte in ihren Wangen. »Zieh noch mal, Pinkelkönig.«

Ich schnalzte mit der Zunge und zog eine Dame. »Aha! Die höhere Karte.«

Sie presste die Lider fest zu und zog eine Karte. Dann öffnete sie die Augen und grinste. »Auch eine Dame. Was jetzt?«

»Wir trinken was und ziehen noch mal?«

Das fand ihre Zustimmung. Wir stießen miteinander an und zogen eine weitere Karte. Sie hielt eine Sieben hoch, und wieder war ich der Verlierer mit meiner Sechs.

»Ich habe das Gefühl, du hast das Kartenspiel gezinkt«, sagte ich und warf meine Karte auf den Tresen.

»Habe ich nicht.« Aber sie lächelte wie ein Schurke. »Los. Verrate mir noch ein Geheimnis.«

Ich seufzte. »Auf dem College war ich auf einer Mottoparty und ging als Hulamädchen mit einem Bastrock und einem BH aus Kokosnüssen.«

Noch bevor ich zu dem guten Teil kam, brach Piper bereits in heilloses Kichern aus.

»Ich dachte, es wäre eine gute Idee, Tarzan zu spielen, also packte ich eine Lichterkette, um mich daran in den Pool zu schwingen, den sie für den Abend aufgebaut hatten. Wie sich herausgestellt hat, können Lichterketten einen erwachsenen Mann nicht halten, also landete ich mit dem Gesicht zuerst auf dem Betonboden. Ich bekam eine Gratisfahrt ins Krankenhaus mit meinem Bastrock und dem Kokosnuss-BH.

Und diese Narbe hier.« Ich berührte die kaum sichtbare weiße Linie an meinem Kinn.

»Und eine großartige Geschichte.« Sie strich mit dem Daumen über die Narbe, und da unsere Köpfe so nah beieinander waren, hätte es von meiner Seite keine große Anstrengung bedeutet, sie zu küssen. Ich glaube, das merkte sie auch, denn sie richtete ihren Blick für eine gefühlte Ewigkeit auf meine Lippen, bevor sie mir in die Augen sah.

»Du bist dran, Miss Kichererbse«, sagte ich leise.

»Halt deine Unterhose fest, Pinkelkönig.« Sie lachte über ihren eigenen Witz, was mich ebenfalls zum Lachen brachte. Dann zog sie eine Acht. Dieses Mal schlug ich sie mit einem Ass.

»Also, als ich noch jünger war, war ich so flach wie ein Bügelbrett.« Sie verzog das Gesicht. »Das bin ich immer noch.«

Ich hielt mich zurück, zu sagen: *Mir gefallen deine Brüste*, und entschied mich stattdessen für: »Ich mag dich genau so, wie du bist.«

Sie schnippte mir gegen die Nase. »Du bist süß. Was hatte ich gerade gesagt? Ach ja, Brüste. In der neunten Klasse habe ich mir für den Schulball meinen BH mit Socken ausgestopft – echt kreativ, ich weiß –, und dieser ältere Schüler, Tyler Haas, der sooo süß war, hat mich zum Tanzen aufgefordert. Während wir tanzten …« Piper tanzte auf ihrem Hocker. »Hatten wir echt viel Spaß. Als er mich dann also fragte, ob ich mit ihm in den Flur hinausgehen will, bin ich mitgegangen. Wir haben ein wenig rumgemacht, und er hat mich in eines der Klassenzimmer gezogen und wurde ein wenig zudringlich. Um es kurz zu machen: Tyler Haas wusste meine Socken-Brüste nicht zu schätzen und ist gegangen.«

Bei der Erinnerung runzelte sie die Stirn. »Ich war am Boden zerstört und habe die ganze Nacht geheult. Am Montag habe ich versucht, mit Tyler zu reden, aber er hatte schon all seinen Freunden von dem Vorfall erzählt. Den Rest des Jahres habe ich meine Mittagspause dann in der Schulbücherei verbracht.«

Eine vollkommen irrationale Wut strömte durch meine Adern. Diese Geschichte war Jahre her, und doch fragte ich mich, wie dieser kindische Arsch es hatte wagen können, sie zum Weinen zu bringen.

»Ich hasse Tyler Haas«, sagte ich.

Sie lachte, aber als ich nicht darauf einging, beugte sie sich zu mir. »Ich hasse ihn auch.«

Ich atmete sie ein, den Hauch von Bier in ihrem Atem und ein Parfüm, das sie in meiner Gegenwart noch nie getragen hatte, doch selbst das konnte meine Erschöpfung nicht in Schach halten. Es war schon nach drei Uhr morgens, und es war an der Zeit zu gehen. »Was meinst du – wollen wir langsam aufbrechen?«

Sie sah auf die Uhr auf ihrem Handy. »O mein Gott. Ja.« Sie rief die Uber-App auf, aber mir war nicht wohl bei dem Gedanken, sie so spät in der Nacht allein bei einem Fremden mitfahren zu lassen.

»Ich begleite dich.«

»Nein, das ist albern.«

»Piper, es ist schon spät. Ich fühle mich nicht wohl, dich allein nach Hause fahren zu lassen.«

»Ich komme schon klar«, sagte sie gähnend.

Mir kam ein Gedanke, aber ich wusste nicht, ob sie ihn gut finden würde. »Meine Wohnung liegt in Laufweite. Du kannst bei mir übernachten, wenn du magst. Oder nach Hause fahren, aber nicht allein. Du hast die Wahl.«

Sie zappelte mit den Füßen, während sie überlegte. Die Unentschlossenheit war ihr deutlich anzusehen. »Ich will dir nicht zur Last fallen.«

»Das tust du nicht.«

Sie tippte eine kurze Nachricht, dann sagte sie: »Okay, ich komme mit zu dir. Aber nur, weil ich fix und fertig bin.«

»Verstanden.« Ich holte Handy und Jacke von hinter der Bar und schaltete die Lichter aus. Dann schloss ich die Eingangstür ab und nahm Pipers Hand, um zur Hintertür rauszugehen. Es war mitten in der Nacht, und die Temperatur war so weit gefallen, dass unser Atem in Wolken vor uns schwebte. Aber mit Pipers Fingern in meinen spürte ich die Kälte nicht.

»Es ist nur ein paar Straßen weiter«, sagte ich und schlug den Weg zu meiner Wohnung ein.

Nach ein paar Schritten fragte Piper: »Wie weit ist es noch?«

»Nur sechs Straßenzüge.«

»O mein Gott. Es fühlt sich an wie zehn Meilen. Ich bin sooo müde. Ich kann nicht mehr laufen.«

»O doch, das kannst du.« Ich zog sie mit mir.

»Kann ich nicht. Mir fallen die Füße ab. Meine Zehen sind schon ganz taub.«

»Du bist nur betrunken.«

»Genau wie du«, erwiderte sie und stieß mir in die Seite.

»Ganz genau. Ich bin auch betrunken, also hör mit dem Gejammer auf.« Das sagte ich ohne jeglichen Ernst in der Stimme. Im Gegenteil, ich lachte wieder, weil Piper auch lachte.

»Hör *du* mit *deinem* Gejammer auf.« Sie ließ meine Hand los und blieb stehen.

»Was ist?«

Sie rührte sich nicht; offensichtlich protestierte sie dagegen, weiter laufen zu müssen.

»Soll ich dich tragen?«

»Ja. Huckepack. Eins, zwei, drei.«

Nach einer Nacht mit zu viel Alkohol waren meine Reflexe nicht mehr sonderlich gut, und so glitt Piper von meinem Rücken, nachdem sie darauf gesprungen war wie ein wildes Tier. Ich sagte ihr das, und sie schlug mir auf den Arm, aber wir versuchten es noch einmal. Dieses Mal zählte ich. Sie sprang wieder, und ich packte ihre Beine und zog sie um meine Taille, während Piper ihre Arme um meinen Hals schlang. Die betrunkene Piper war umwerfend und lustig. Die schläfrige Piper, die ihren Körper an mich presste und sich an mir festhielt, war unglaublich.

»Schon viel besser«, sagte sie an meinem Nacken, dann schwieg sie zwei Blocks lang.

»Bist du noch da?«

»Hmm. Ich genieße nur den Ritt.«

Irgendwo in diesen Worten lag ein zweideutiger Witz, der nur auf eine Erwiderung wartete, aber ich war nicht mehr genug bei Sinnen, und deshalb hielt ich den Mund und konzentrierte mich auf Pipers langsame Atemzüge an meiner Wange.

Gerade als ich mein Wohnhaus erreichte, sagte sie. »Weißt du, was ich an dir mag, Blake?«

»Das ich umwerfend attraktiv bin?«

»Nein.« Sie gähnte. »Du bist toll im Huckepack.«

Ich ließ sie langsam von meinem Rücken gleiten und drehte sie zu mir herum. Sie schlief beinahe im Stehen, und ihre Augen waren halb geschlossen, aber ich ging trotzdem ein wenig in die Knie und gab ihr einen keuschen Kuss auf den Mund.
»Und du bist schrecklich in zweideutigen Anspielungen.«

13. Kapitel

PIPER

Ich erwachte mit dem trockensten Mund seit Menschengedenken und einem grauenhaften Hämmern in meinem Kopf. Es dauerte ein paar Minuten, bis ich ganz wach war, und als ich meine Augen vorsichtig aufschlug, wusste ich nicht, wo ich mich befand. Die Wände waren hellgrau und so ganz anders als die cremefarbenen Wände in meinem Schlafzimmer. Zwischen den gestreiften Vorhängen an den beiden Fenstern hatte man – im Gegensatz zu dem jämmerlichen Anblick meines Gartens – einen wunderschönen Ausblick auf die Innenstadt. Und die Bettdecke, unter der ich lag, war schlicht dunkelblau und nicht bunt gemustert.

Ich schmatzte mit den Lippen und versuchte, über meine sich wie Schmirgelpapier anfühlende Zunge zu schlucken. Dann drehte ich mich auf die Seite – und wurde von dem Anblick von Blakes nacktem Oberkörper begrüßt. Sofort vergaß ich meine Verwirrung für eine Minute und bewunderte die schlafende Schönheit. Einen Arm hatte er über seinen Kopf geworfen, seine Haare waren zerzaust. Er atmete gleichmäßig durch leicht geöffnete Lippen, und ich kuschelte mich näher an ihn und passte meine Atemzüge seinen an.

Langsam erinnerte ich mich wieder an den Heimweg und daran, wie ich Blake gezwungen hatte, mich huckepack zu tragen. Aber sobald wir in seiner Wohnung angekommen waren und ich mich hingesetzt hatte, war ich eingeschlafen, also wusste ich nicht, wie ich in Blakes Bett gelandet war. Aber ich war immer noch vollständig bekleidet.

Blake Reed, der Gentleman.

Auch wenn ich wusste, dass letzte Nacht nichts zwischen uns passiert war, war ich fröhlich über die Grenze hinweggetanzt, die ich gezogen hatte, um mich von ihm fern- und unsere Beziehung rein geschäftlich zu halten.

Es war nicht zu leugnen: Ich wollte Blake.

Ich wusste nur nicht, wie ich das damit vereinbaren sollte, mein Bier weiterhin in seinem Pub zu verkaufen. Das passte nicht zusammen. Der äußere Schein war alles, und wenn es aussah, als würde ich mit unlauteren Mitteln arbeiten, würde niemand mich oder mein Bier ernst nehmen.

Doch das Problem konnte ich jetzt nicht lösen. Dafür sorgte der Kater. Der mich außerdem dazu veranlasste, meine Hände tun zu lassen, was ihnen gerade verdammt noch mal gefiel.

Mit einer Fingerspitze strich ich sanft über Blakes Bartstoppeln. Als er sich rührte, aber nicht aufwachte, fuhr ich mit meiner Erkundung fort. Ich strich über seine Kehle, den Adamsapfel bis zu seinem Schlüsselbein und ließ meinen Fingernagel leicht darüber kratzen, bis er aufwachte.

»Guten Morgen.« Seine normalerweise samtweiche Stimme klang verschlafen und rau.

»Hi.«

Er senkte den Kopf, blinzelte ein paar Mal, und griff dann nach einer Brille mit breitem Gestell, die auf dem Nachttisch lag. »Wie hast du geschlafen?«

»Gut. Ich war wie ohnmächtig.«

Er drehte sich auf die Seite und stützte den Kopf in die linke Hand. Seine rechte Hand legte er unter der Decke auf meine Hüfte. »Ja, das warst du. Ich habe es kaum geschafft, dir die Schuhe auszuziehen, um dich ins Bett zu bringen.«

Der Gedanke daran, dass er sich um mich kümmern musste, während ich betrunken war, ließ mich innerlich zusammenzucken. Nach einer alkoholgeschwängerten Nacht in seinem Bett aufzuwachen war nicht der Eindruck, den ich hinterlassen wollte – weder privat noch professionell. »Danke, dass ich hier schlafen durfte.«

»Kein Problem.« Er spreizte die Finger an meiner Hüfte und musterte mich sehr lange, um mich wissen zu lassen, dass er in diesem Moment definitiv nicht auf professionelle Weise an mich dachte. Von der Spur, die sein heißer Blick auf meinem Körper hinterließ, würde ich mich vermutlich nie mehr erholen. Ich war zwar angezogen, fühlte mich aber unter seinen Blicken mehr als nackt.

Seine Augen waren groß, die Pupillen dunkel, und als er langsam seine Hand hob, erwartete ich, dass er mich an sich ziehen würde, aber stattdessen strich er mit dem Zeigefinger über meine Unterlippe. Das war eine sehr intime Berührung. Eine, bei der wir endlose Augenblicke damit verbrachten, den Atem des anderen einzuatmen und einander in die Augen zu schauen.

Dann ließ er seinen Finger zu meinem Kinn gleiten und umfasste es sanft mit seiner Hand. »Wenn du nirgendwo hinmusst, willst du dann zum Frühstück bleiben?«

»Ich dachte, du frühstückst nicht?«

Lächelnd tippte er mir an die Nase, bevor er sich herumrollte, sein Handy vom Fußboden aufhob und mir dabei einen Blick auf die schlanken Muskeln rechts und links neben seiner Wirbelsäule schenkte.

»Zum Glück ist es schon halb elf. Gerade die richtige Zeit für einen Brunch. Wie wäre es mit einem Konterbier? Ich habe auch Bagels. Und etwas Obst, wenn du magst.«

Er war so bezaubernd zerzaust, die Augen wirkten so groß hinter seiner Brille, und ich sagte sofort Ja und wollte ihn genauso glücklich machen wie er mich. Er setzte sich auf und schlug die Decke zurück, und in dem Moment kehrten meine Kopfschmerzen zurück.

»Autsch.« Ich legte meine Hände an die Schläfen und beugte mich vor. »Ich könnte eine Kopfschmerztablette gebrauchen.«

»Magst du Orangensaft?«

»Ja.«

Da ich den Blick immer noch gesenkt hatte, hörte ich nur, wie er ging. Eine Minute später sah ich seine nackten Füße wieder ins Zimmer kommen.

»Hier.«

Ich schaute auf und war einen Moment verblüfft, als ich sah, dass Blake in abgeschnittenen Jogginghosen schlief, die tief auf seinen Hüften saßen. Diese Shorts waren fadenscheinig und beinahe pornografisch. Falls ihm mein Starren auffiel, ließ er es sich nicht anmerken. Er wartete einfach mit der ausgestreckten Hand, auf der zwei Tabletten lagen, und einem Glas O-Saft in der anderen. Dankbar nahm ich beides an und spülte die Tabletten mit dem Saft runter. Ich musste husten, als das Brennen vom Alkohol sich mit dem Saft vermischte.

»Und ein wenig Wodka«, sagte er lächelnd. »Du weißt schon, als eine Art Konterbier.«

»Richtig.« Ich stand auf, doch mein Blick glitt zurück zu seinem unfair leckeren Körper, und ich kam nicht umhin, zu denken, wie gut er aussah, während ich hier in meinem zerknitterten Klamotten stand und mir das Bündchen meiner Jeans in die Seite schnitt. Ich vermutete, dass mein Make-up über Nacht verlaufen war und ich höchst wahrscheinlich wie ein Clown aussah.

»Ich glaube, ich mache mich mal etwas frisch. Wo ist das Bad?«

Er führte mich ein paar Schritte den Flur hinunter zu seinem Badezimmer. Es war weiß gefliest, und auf dem Boden lagen Klamotten und Handtücher. Er murmelte etwas und schob sich an mir vorbei, um alles aufzuheben und in den Wäschekorb zu werfen, der in einem Schrank versteckt war. »Willst du duschen? Die Handtücher sind hier drin.«

Ich betrachtete mich im Spiegel. Meine Waschbäraugen und das Vogelnest in meinen Haaren waren die passenden Accessoires zu den Kissenabdrücken auf meiner Wange. »Ich glaube, das wäre nicht schlecht.«

Unsere Blicke trafen sich im Spiegel, und es vergingen ein paar Sekunden, in denen uns beiden bewusst wurde, wie absurd diese Situation war. Wir machten das Morgen-danach-Ding nach einer Nacht ohne jegliche Ausschweifungen.

Langsam verzog sich sein Mund zu einem trägen Grinsen, dann verließ er das Bad. »Sag Bescheid, wenn du etwas brauchst.«

Er schloss die Tür hinter sich, und ich setzte mich auf den Klodeckel. Ich wusste nicht, ob ich über meinen Morgen mit

Blake zu Tode beschämt oder begeistert sein sollte. Wenn die Erinnerung mich nicht trog, neigte die betrunkene Piper zu übermäßigem Körperkontakt. Ich erinnerte mich, dass ich nachts, nachdem er die Wohnungstür hinter uns abgeschlossen hatte, versucht hatte, ihn zu küssen. Er hatte sich herumgedreht, und ich hatte meine Arme um seinen Nacken geschlungen, aber er hatte mich gebremst und sanft gelächelt.

»Nicht so. Ich will dich küssen, wenn du dich daran erinnern kannst.«

Tja, ich erinnerte mich. Und ich wollte mich ohrfeigen. Gott sei Dank war Blake ein zu netter Kerl, um es anzusprechen.

Ich schluckte schwer. Ich war so was von dehydriert. Vorsichtig beugte ich mich über das Waschbecken und trank direkt aus dem Wasserhahn, bevor ich nach der Zahnpasta griff. Daneben stand eine rot-weiß-gestreifte Zahnbürste, und ich zögerte nur eine Sekunde, bevor ich sie mir nahm. Keine Ahnung, wie die Zahnbürstenregeln lauteten, aber wenn ich in seinem Bett geschlafen hatte, durfte ich sie bestimmt benutzen.

Mit einem dicken Klecks Zahnpasta versuchte ich, den schlechten Geschmack aus meinem Mund zu spülen. Dann stellte ich die Dusche an und zog mich aus. Ich war gerade dabei, mir die Haare mit seinem männlich riechenden Shampoo zu waschen, als es an der Tür klopfte. Einen Moment später wurde sie einen Spaltbreit geöffnet.

»Piper? Ich habe das Wasser laufen gehört und dachte, dass du vielleicht etwas anderes anziehen möchtest. Ich leg die Sachen hier hin.« Als ich meinen Kopf hinter dem Vorhang herausstreckte, lächelte er mich an. »Okay?«

Ich wischte den Schaum ab, damit er mir nicht in die Augen lief. »Ich fühle mich wie zu Hause.«

»Gut.« Er kam auf die Dusche zu. Seine Augen funkelten verschmitzt, als er den Vorhang direkt unter meiner Hand festhielt. »Brauchst du Hilfe?«

Mir fiel keine gewitzte Entgegnung ein, weil ich tatsächlich Hilfe brauchte, um mein durch seine Flirtereien durcheinandergewirbeltes Gehirn wieder zu ordnen. »Ich glaube, im Moment komme ich allein klar.«

Er beugte sich vor und wischte mir einen Wassertropfen von der Augenbraue. »Sicher?«

»Sicher«, sagte ich, doch es klang atemlos und abgehackt.

»Okay. Sag einfach Bescheid, wenn sich das ändert.«

Ich nickte und zog den Vorhang zu, bevor Blake sehen konnte, wie mein Körper auf sein spielerisches Lächeln reagierte. Kurz darauf hörte ich die Tür zufallen. Ich duschte in Ruhe zu Ende und trocknete mich dann ab. Kurz überlegte ich, ob ich meine Unterwäsche und den BH von letzter Nacht wieder anziehen sollte, wurde aber abgelenkt, als ich sah, was er mir zum Anziehen dagelassen hatte: ein *Mumford & Sons*-Konzert-T-Shirt und eine Frauenleggins. Die Klamotten vom Vorabend ließ ich in einem Haufen auf dem Boden liegen und zog mich an. Die Neugierde brachte mich fast um.

Das Erste, was mir über die Lippen kam, als ich ihn in der Küche traf, war: »Warum hast du pink-grau gemusterte Leggins in deinem Schrank?«

Er neigte den Kopf, während er träge meinen Körper musterte. Es dauerte eine lange Sekunde, bis er antwortete, aber ich wusste, dass er nicht log. »Vor ein paar Monaten hat meine Schwester hier übernachtet. Sie war abends etwas trinken und hat mitten in der Nacht an meine Tür geklopft. Sie hat die Leggins dagelassen, als ich sie am nächsten Morgen in einer von meinen Jogginghosen im Taxi nach Hause geschickt habe.« Er kam einen Schritt näher und berührte mich beinahe, als er an mir vorbeigriff, um eine Schublade zu öffnen. »Aber mir gefällt, wie eifersüchtig du gerade geklungen hast.«

Ich protestierte. »Ich bin nicht eifersüchtig. Es gibt nichts, worauf ich eifersüchtig sein müsste. Außerdem bin ich grundsätzlich nicht eifersüchtig.«

Er nickte sarkastisch und öffnete eine Packung Frischkäse. »Ja, klar.«

Ich verschränkte die Arme und beobachtete wie ein trotziges Kind, wie er die Bagels aus dem kleinen Ofen auf der Arbeitsplatte nahm. »Übrigens, ich habe deine Zahnbürste benutzt.«

Er hielt im Bestreichen der Bagel mit Frischkäse inne und sah mich kurz an. »Okay.«

Ich hätte gedacht, dass er entsetzter reagieren würde. Ich wollte mich rächen, weil er mich eifersüchtig genannt hatte. Aber dieser Kerl war unerschütterlich.

Mit dem Kopf deutete er in Richtung Wohnzimmer. »Komm. Setz dich.«

Ich folgte ihm in einen großzügigen Raum mit zwei gepolsterten Sofas und einem großen Fernseher. Schnell legte er Untersetzer und Servietten auf den Couchtisch, bevor er den Teller mit den Bagels abstellte. Ich ließ mich neben ihn aufs Sofa fallen. Dabei fielen mir ein ordentlicher Stapel Bücher auf einem kleinen Regal und Turnschuhe auf einem Schuhregal in der Ecke auf. Er mochte es wirklich ordentlich. Ich nahm mir vor, zu überprüfen, ob er seine Spannbettlaken tatsächlich zusammenfaltete.

Er nahm die Fernbedienung in die Hand und schaltete den Fernseher ein. »Was willst du gucken?«

»Mir egal. Ich bin nicht wählerisch.«

Er zappte durch ein paar Sender, und ich knabberte an einem Apfelstück. Er entschied sich schließlich für ESPN und schnappte sich im Zurücklehnen eine Bagelhälfte. »*30 for 30*. Das ist eine der besten Sendungen«, erklärte er mir und zeigte auf den Fernseher. »Es geht um Mike Ditka und die Bears von 1985.«

»Faszinierend.« Ich zog das Wort absichtlich in die Länge, damit kein Zweifel blieb, was ich von Mike Ditka und den Bears hielt.

»Du hast gesagt, es ist dir egal.«

Ich nahm mir auch einen Bagel und zog meine Beine unter, sodass meine Füße nur wenige Zentimeter von seinem Oberschenkel entfernt waren. »Ich dachte nicht, dass du mir irgendeine lahme Sendung über Football andrehst.«

»Das ist keine lahme Sendung«, protestierte er und zeigte mit dem halb gegessenen Bagel auf mich. »Das ist lehrreich.«

Ich musterte ihn einen Moment, bevor ich nachgab. Nennt mich rückgratlos, pessimistisch oder einen Feigling, es ist mir egal. Legt mir einfach Blakes Hand auf den Unterschenkel und ich würde allem zustimmen, was er will.

»Okay.«

Er behielt seine Hand auf meinem Bein und strich mit dem Daumen leicht über meinen Knöchel. Was es mir sehr schwer machte, mich darauf zu konzentrieren, was der Reporter über Mike Ditka sagte. Irgendwann zog Blake meinen Fuß ohne Vorwarnung auf seinen Schoß, und damit war mein Interesse an den Bears vollends erloschen.

»Wie fandest du es?«, fragte Blake, als der Abspann über den Bildschirm rollte.

Ich hatte keine Ahnung. Der beste Teil war der gewesen, als er meinen Zeh enthusiastisch gekniffen hatte, während die Werbung für einen neuen Film kam, den er sehen wollte. Aber auf keinen Fall durfte ich ihn in dem Glauben lassen, dass er, wann immer er wollte, eine Sportsendung einschalten konnte und ich damit einverstanden wäre.

Mit einem Mal kam mein Gehirn kreischend zum Stehen.

Wann immer er wollte? Seit wann dachte ich daran, ständig hier zu sein? Mein Gehirn war mir drei Schritte voraus und plante unsere Zukunft basierend auf unseren Fernsehgewohnheiten.

Ich fand diese Vorstellung nicht schlecht, musste ihr aber dennoch ernsthaft einen Riegel vorschieben. Auch wenn unbestreitbar etwas zwischen uns lief, war ich noch lange nicht bereit, mich kopfüber in eine Beziehung zu stürzen. Seltsamerweise hatte ich diese Probleme bei Oskar nicht gehabt. Das hat mich dann später kalt erwischt, als er mich bat, mehr aufzugeben, als ich wollte. Doch Blake hatte mich nur um ein wenig Zeit gebeten, und ich war noch nicht bereit.

»Willst du einen Film gucken?«, fragte er und nahm meinen Fuß von seinem Schoß, um aufzustehen und zu dem Stapel DVDs auf seinem Entertainmentcenter zu gehen. »Ich habe *Ocean's Eleven* sowie die neuen und die originalen Versionen von allen *Der Pate*-Verfilmungen, *Tombstone*, *Mission: Impossible*, *Frankenstein Junior*, *Herkules und die Sandlot Kids* ...«

»*Sandlot, Sandlot*«, rief ich und zeigte aufgeregt auf die DVD, die er gerade hochhielt. »Das ist mein Lieblingsfilm.«

Er legte die DVD ein, kam zu mir zurück und zog mich an sich. »Meiner auch.«

Sobald der Film begann, sprach er jede Zeile mit, bis ich ihm mit dem Handrücken gegen den Bauch schlug. »Du bringst mich um, Smalls.«

Er lachte leise an meinen Haaren. »Wir sollten ausgehen. So richtig. Auf ein Date.«

Das war keine Frage, und ich wusste nicht, was ich sagen sollte.

Eine Minute verging. Dann: »Piper? Date? Morgen?«

Ich schüttelte den Kopf. Meine Gedanken waren ein wirres Durcheinander. Auch wenn mein Herz auf einem geraden, schmalen Pfad zu ihm unterwegs war, hielt ich es für keine gute Idee, Ja zu sagen, bis ich mir nicht absolut sicher war, dass er es wert war, für ihn den Ruf meiner Firma aufs Spiel zu setzen.

Blake rutschte tiefer in die Kissen und zog mich mit sich. Ich ließ meinen Kopf auf seine Brust fallen und legte einen Arm über ihn. Mir war bewusst, wie seltsam es war, so mit ihm zu kuscheln, nachdem ich seinen Vorschlag, auszugehen, zwischen uns in der Luft hatte hängen lassen, aber es war zu gemütlich, als dass ich mich hätte rühren können oder wollen. Und ihm schien es nichts auszumachen, denn er begann, mit seinen Fingern sanft über meinen Rücken zu streichen.

Wir lachten an denselben Stellen des Films, sprachen teilweise die Sätze mit, bis Squints in den Pool sprang, um Wendy Peffercorns Aufmerksamkeit zu erregen. Da fragte

Blake mich noch einmal: »Wie wäre es mit nächster Woche? Dinner? Vielleicht ein Spätfilm im Kino?«

Er war einfach zu süß. Ehrlich. Aber der Gedanke daran, ein anderer potenzieller Kunde oder Barbesitzer könnte herausfinden, dass ich mit ihm ausging, und daraus falsche Schlüsse ziehen, machte mich nervös. »Lieber nicht.«

»Du hast bereits meine Zahnbürste benutzt. Du trägst mein T-Shirt. Wir sind praktisch verheiratet. Da kannst du auch mit mir ausgehen.«

Ich lachte kurz auf und legte den Kopf in den Nacken, um Blake anzusehen. Er trug mein liebstes Blake-Lächeln – leicht schief und mit Grübchen.

»Nein.«

Spielerisch verdrehte er die Augen, dann legte er seine Arme um mich und ließ das Thema fallen, bis Benny *Das Biest* besiegte. »Geh mit mir aus. Bitte, bitte, bitte, mit einer Kirsche obendrauf?«

Ich richtete mich auf. »Du bist wirklich stur.«

Er senkte den Kopf und strich mit den Lippen über meinen Hals, wobei er murmelte: »Wenn ich etwas will, dann schon.«

Der sanfte Druck seiner Lippen an meiner Kehle löste bei mir eine Gänsehaut aus.

»Bitte, Piper.«

Ich schloss die Augen und wusste, dass ich ihn nicht länger abwehren konnte. Vor allem, wenn er seine Stimme senkte und meinen Namen auf diese raue Art aussprach. Mein Gehirn und meine Eierstöcke würden nicht viel mehr davon ertragen. »Okay. Hör zu.«

Er hob den Kopf und lauschte aufmerksam.

»Das *Public* verkauft mein Bier, aber es würde einen schlechten Eindruck machen, wenn Gerüchte über uns aufkommen und du die einzige Bar mit meinem Bier bist. Also werde ich nicht eher mit dir ausgehen, bis ich nicht zwei weitere Bars als Kunden gewonnen habe.«

Er verengte den Blick und nickte dann langsam, bevor er seine Hand ausstreckte. »Abgemacht, Miss Williams.« In dem Moment, wo ich meine Finger um seine Hand legte, um einzuschlagen, riss er mich zu sich heran und flüsterte sinnlich: »Und geh ruhig davon aus, dass ich das ganze Programm auffahren werde. Ich will, dass es dein bestes erstes Date aller Zeiten wird.« Seine Lippen waren so nah an meinen, dass ich die Hitze seines Atems spürte. »Ich will, dass es überhaupt das beste aller Zeiten für dich wird.«

Ich schloss die Augen und wartete auf den Kuss. Einen Kuss, nach dem ich mich so sehnte. Doch er kam nicht. Also öffnete ich die Augen und sah, dass er sich wieder in die Kissen zurückgelehnt hatte und mich unter hochgezogenen Augenbrauen ansah. »Wenn ich warten muss, musst du das auch.«

Schnaubend warf ich mich in die andere Ecke der Couch. Verdammt.

14. Kapitel

BLAKE

Nach meinem seligen Wochenende war ich wieder bei der Arbeit. Mürrisch und verstimmt. Bear zog mich während unseres gemeinsamen Trainings auf. Er meinte, ich sähe aus, als litte ich unter Verstopfungen. Aber in Wahrheit vermisste ich einfach nur Piper.

Kitschig, ich weiß, aber wir hatten den gesamten Sonntag zusammen verbracht, Netflix geschaut und gechillt. Allerdings ohne Sex. Und es hatte mir nicht mal etwas ausgemacht. Ich würde mit Piper jeden Tag netflixen und chillen – wirklich chillen –, wenn ich könnte. Was mich am meisten störte, war, dass ich nicht wusste, wann ich sie wiedersehen würde. Zwei weitere Bars mussten ihr Bier kaufen, und erst *dann* konnten wir ausgehen.

Irgendwann wäre es so weit, davon war ich überzeugt. Vor allem, nachdem ich ihr Bier ein paar Freunden angepriesen hatte, die es ohne Zweifel in ihr Angebot aufnehmen würden. Ich musste nur Geduld haben.

Leider war Geduld nicht gerade eine meiner Stärken.

Also saß ich hier in meinem Elend und machte die Gehaltsabrechnungen in meinem Büro fertig, als mein Handy klingelte. Die Nummer meiner Mutter leuchtete auf. Im Moment hatte ich wirklich keine Zeit, um mit ihr über welche Krise auch immer sie befallen hatte zu reden, aber ich konnte sie auch nicht ignorieren. Immerhin war sie meine Mutter.

»Hey Mom.«

»Hi Darling. Hast du einen Moment Zeit?«

Nein. »Klar. Was gibt's?«

»Dein Vater und ich kommen gerade vom Lunch, und wir wollten wissen, ob wir kurz vorbeischauen können.«

»Ich bin im Moment nicht zu Hause, sondern in der Bar.«

»Ja. Das ist okay. Wir wollten sie … mal sehen.«

Geschockt riss ich den Mund auf und schloss ihn gleich wieder. Sie wollten meine Bar sehen! Ich wusste, es war verrückt zu glauben, dass sie ihre Meinung über meine Tätigkeit vielleicht ändern würden, aber die Hoffnung stieg trotzdem in mir auf. Ich war eben ein ewiger Optimist. »Klar. Ich bin hier.«

»Dann bis gleich«, sagte meine Mutter, und ich legte auf. Aber gerade als ich mich wieder meinem Buchhaltungsprogramm zuwendete, klopfte Darren, der Koch, an die offen stehende Tür.

»Hey Boss, ich mache mir ein Schinken-Käse-Sandwich zum Lunch. Willst du auch eins?«

Darren war mindestens zehn Jahre älter als ich, und ich hatte mich immer noch nicht daran gewöhnt, dass er mich »Boss« nannte. Aber ich wusste die Bedeutung zu schätzen. Ohne von den Tabellen vor mir aufzusehen, nickte ich. »Ja, danke. Das wäre super.«

Wenige Minuten später hatte Darren es sich auf dem Stuhl vor meinem Schreibtisch gemütlich gemacht, nachdem er mir einen Teller mit dem Sandwich gereicht hatte.

Ich hatte es dankbar angenommen. »Wie läuft es bei dir?«
»Gut.«
»Das Küchenteam arbeitet gut zusammen?«

Darren hatte einen Freifahrtschein, was das Essen und seine Mitarbeiter anging. Das Zugpferd des *Public* war natürlich der Alkohol, aber alle wussten, dass das Essen zum Bier passen musste – diese Kombination machte die Gäste glücklich. Ich hatte Darren angestellt, weil er über ausreichend Erfahrungen verfügte, um die Küche allein zu leiten. Somit konnte ich mich ganz auf die geschäftliche Seite der Bar konzentrieren. Außerdem war er ein Bierkenner. Bei unserem Vorstellungsgespräch hatten wir eine gemeinsame Liebe für ein paar Biersorten entdeckt, über andere Bars in der Gegend gesprochen, die uns gefielen, und festgestellt, dass wir die gleiche Vision für das *Public* hatten.

Unsere Speisekarte war nicht groß, aber was hier serviert wurde, war köstlich: die üblichen Pub-Gerichte mit einem saisonalen Twist und immer passend zu den Bieren im Angebot. Die momentanen Verkaufsschlager waren gegrillter Käse mit Bacon und Tomate, Shrimpspieße und unsere speziellen, hausgemachten Pommes frites.

»Ja. Die passen alle echt gut zusammen, aber ich wollte mit dir darüber reden, noch jemanden einzustellen. Für den Anfang vielleicht nur Teilzeit, um an den Wochenenden auszuhelfen. Wir brauchen noch jemanden für die Zubereitung.«

Ich konnte nicht sofort antworten, da ich gerade einen großen Bissen von dem Sandwich abgebissen hatte. Es war meine erste Mahlzeit heute, und ich genoss die schlichte Kombination aus Schinken und Käse auf Weißbrot, als handelte es sich um Darrens köstliche geschmorte Ochsenbrust.

Und es war auch ganz gut, dass mein Mund voll war, denn so konnte ich das Ganze im Kopf kurz überschlagen.

Sicher, es war toll, dass wir so viel zu tun hatten und noch jemanden einstellen mussten. Aber ich musste aufpassen, wo und wie ich mein Geld ausgab, vor allem im ersten Geschäftsjahr. Die ersten paar Monate nach einer Eröffnung sind immer gut, weil da der Neuheitsfaktor zieht; es waren die folgenden Jahre, auf die man achtgeben musste. Doch es gab schlimmere Probleme als zu viele Bestellungen, die in der Küche eingingen.

»Okay.« Ich wischte mir die Krümel von den Händen. »Schwebt dir schon jemand vor?«

Darren schaute kurz zu Boden, bevor er mir in die Augen sah. »Ehrlich gesagt, ja. Mein Neffe fängt im Herbst auf der Kochschule an. Er könnte die Stunden gebrauchen.«

Ich nickte und trank einen Schluck Wasser aus der Aluminiumflasche, die ich immer mit mir herumtrug. »Schick ihn mal vorbei, damit ich ihn kennenlernen kann.«

Er lächelte. »Das mache ich. Danke.«

Er stand auf und nahm seinen Teller. Ich erhob mich ebenfalls. »Danke, Darren. Du leistest hervorragende Arbeit. Ohne dich würde das *Public* lange nicht so gut dastehen.«

Ich hatte keine Zeit, mich wieder zu setzen, weil ich in diesem Moment die nasale Stimme meiner Mutter hörte, die meinen Namen rief. Bei Gott, ich musste die Gehaltsabrechnung vor sechzehn Uhr abgeben, sonst würden meine Mitarbeiter diese Woche keinen Lohn bekommen.

Ich ging in den Hauptraum hinaus, wo meine Eltern bei Missy, der Barmanagerin, standen. Mein Vater sah gelangweilt aus, die Hände in den Hosentaschen, während meine

Mutter entsetzt Missys neue, fuchsiafarbenen Strähnen und ihre tätowierten Arme anstarrte.

»Hey«, sagte ich winkend.

Missy sah mich entschuldigend an. »Sie haben draußen gewartet, als ich kam.«

»Ist schon gut. Danke.«

Sie schob sich zwischen meinen Eltern und mir durch, bevor sie richtigerweise erriet, dass sie sich lieber in Deckung begeben sollte. Sie kam immer früher, um die Bar vorzubereiten, aber heute zeigte sie in die andere Richtung. »Ich bin dann in der Küche.«

Nachdem sie gegangen war, führte ich meine Eltern zu einem der hohen Tische am Fenster. Meine Mutter ging auf Zehenspitzen, als würde sie um Hundescheiße auf dem Bürgersteig herumsteigen. Mein Fußboden war makellos sauber. Ich sollte es wissen, denn ich hatte ihn persönlich am Morgen gewischt. Sie setzten sich, aber mein Vater behielt den Mantel an.

»Entspann dich, Dad«, sagte ich absichtlich, um seine Knöpfe zu drücken. »Bleibt doch ein wenig.«

Er starrte aus dem Fenster und ignorierte mich.

»Kann ich euch etwas zu trinken anbieten?«, fragte ich und zeigte zur Bar.

Dad schüttelte den Kopf, aber Mom sagte: »Ich hätte gerne einen Chardonnay, Darling. Danke.«

»Ich habe keinen Wein.«

Mit gerunzelter Stirn schaute sie sich um. »Das hier ist doch aber eine Bar, oder?«

»Ein Gastropub. Ich habe fünfzig Craft-Biere im Ausschank und eine kleine Auswahl an Schnäpsen.«

Sie rümpfte die Nase. »Wasser. Hast du welches mit Kohlensäure?«

»Nein. Nur aus dem Hahn.«

Widerstrebend nickte meine Mutter, während mein Vater schnaubte. Man musste kein Genie sein, um zu erkennen, dass er nicht beeindruckt war. Ich ging, um zwei Gläser Wasser zu holen, und schenkte mir ein Bier ein, bevor ich mich wieder zu ihnen setzte. »Also, was führt euch in mein bescheidenes Heim?«

Mom faltete die Hände im Schoß. Sonnenlicht fiel durch das Fenster, brach sich in ihrem Diamantarmband und warf Regenbögen an die Wände. »Nun, dein Vater und ich wollten mit dir reden.«

Sie sah meinen Vater aus leicht verengten Augen an. Offensichtlich eine Aufforderung an ihn, etwas zu sagen. Also räusperte er sich und schob sein Wasserglas ein paar Zentimeter von sich. »Du warst letztes Wochenende nicht beim Familiendinner.«

»Ich habe Mom gesagt, dass ich hier viel um die Ohren habe.«

Er hob abwehrend die Hände. »Im Moment sehe ich keine Gäste.«

»Weil wir erst in zwei Stunden aufmachen.« Er wusste, dass noch nicht geöffnet war. Immerhin hatte Missy ihnen die Tür aufschließen müssen.

Er legte seine verschränkten Arme auf den Tisch. »Das ist unsere einzige feste Verabredung jeden Monat«, sagte er, und es klang, als wäre das Familiendinner ein Geschäftsessen. »Hast du den Respekt vor deiner Mutter verloren, als du diesen Weg eingeschlagen hast? Sie wendet sehr viel Zeit dafür auf, diese Dinner für dich vorzubereiten.«

»Sandra kocht bei euch«, sagte ich, ohne mich von seinem vernichtenden Blick einschüchtern zu lassen. Doch nach zehn Sekunden des Blickkontakts ohne Blinzeln wusste ich, dass er nicht nachgeben würde. Also wandte ich mich seufzend an meine Mutter. »Es tut mir leid, Mom.«

Sie tätschelte meine Wange. »Du fehlst mir, wenn du nicht kommst.« Sanft strich sie durch die Haare an meiner Schläfe. »Du warst immer noch nicht beim Friseur.«

Ich schüttelte ihre Hand ab und konzentrierte mich wieder auf meinen Dad. Er schlug ein Bein über das andere. Seiner Miene war kein Gefühl anzusehen. Doch das Schlimmste war, wenn er glücklich war – falls das jemals vorkam –, sah er genauso aus wie wenn er wütend war. In seiner politischen Karriere hatte sich das als Vorteil erwiesen, aber in seinem Leben als Vater war das echt ätzend.

»Ich werde nächsten Monat öffentlich meine Kandidatur verkünden. Ich erwarte, dass du dabei bist. Neben deiner Mutter und Tiffany.«

Das war weder eine Frage noch eine Bitte oder ein Vorschlag, sondern eindeutig ein Befehl.

Ich strich mit dem Finger über den Rand meines Glases, während ich seine Instruktionen, was ich tragen sollte, weil das Ganze im Fernsehen übertragen wurde, ignorierte. Ich hatte noch nicht mal eingewilligt hinzugehen, aber ich schätzte, das musste ich auch nicht. Ich war ein Reed, da gab es gewisse Erwartungen.

Nicht ein einziges Mal bedankte er sich oder zeigte überhaupt ein Anzeichen von Dankbarkeit, und auch wenn es mich nicht überraschte, hoffte ich, dass er zu seiner Wählerschaft netter sprach als zu seinem Sohn.

»Ja, okay, ich werde da sein«, sagte ich aus reiner Loyalität der Familie gegenüber.

Er nickte einmal und stand auf, wobei er sich den Mantel zuknöpfte. Meine Mutter folgte ihm und senkte die Stimme. »Dieser Pub ist … nett. Aber ich glaube, er könnte ein wenig mehr Leichtigkeit vertragen. Vielleicht etwas Farbe an den Wänden.«

»Klar. Ich werde darüber nachdenken.« Ich half ihr in den Mantel und begleitete sie zur Tür.

Mein Vater schaute sich noch einmal um, und ich sah kurz das Missfallen in seinen Augen aufblitzen. Selbst mit seiner offensichtlichen Abneigung gegen das, was ich tat, musste ich ihm zugutehalten, dass er hergekommen war. Was das Mindeste war. »Danke, dass ihr vorbeigeschaut habt.«

»Nun, ich musste mir ja mal anschauen, womit du deine Zeit vergeudest.«

Mit einem Lächeln hielt ich den Schwall an Flüchen zurück, der mir auf der Zunge lag, und ballte die Hände zu Fäusten. »Tja, wir können nicht alle Senatoren sein.«

»Nein, das könnt ihr nicht.«

Damit drehte er sich auf dem Absatz um und stolzierte zur Tür hinaus. Meine Mutter gab mir einen Kuss auf die Wange und folgte ihm, wobei sie wieder auf Zehenspitzen ging. Ich stieß meinen angehaltenen Atem aus. Als ich mich umdrehte, sah ich Darren und Missy, die ihre Köpfe aus der Küchentür steckten.

Missy verzog mitfühlend das Gesicht. »Das waren deine Eltern, hm?«

»Jepp.«

»Sie wirken … nett.«

Darren machte einen Schritt auf die Bar zu. »Ich wusste nicht, dass dein Dad Jacob Reed, der Politiker, ist.«

»Ja, der unvergleichliche Jacob Reed.« Ich setzte mich wieder an den Tisch, um mein Bier auszutrinken.

»Wolltest du nicht in Daddys Fußstapfen treten?«, zog er mich grinsend auf.

»Nee. Ich wollte kein Arschloch werden.«

Missy schnaubte und ging hinter die Bar, um sich an die Arbeit zu machen, und Darren verschwand wieder in der Küche.

Fünfzehn Minuten mit meinen Eltern, und mein mieser Tag war noch mieser geworden.

»Willst du noch eins?«, fragte Missy.

»Ich glaube schon.« Ich nahm die unangerührten Wassergläser und mein leeres Glas vom Tisch und stellte sie auf den Tresen. Das frische, kalte Bier nahm ich mit ins Büro, entschlossen, die Gehaltsabrechnungen fertig zu machen, aber sobald ich mich gesetzt hatte, piepte mein Handy.

»Kann ich nicht mal eine Minute Ruhe haben?«, knurrte ich.

Ich schnappte mir das Handy, und mit einem Mal verschwanden sämtliche dunklen Wolken, die den ganzen Tag über mir gehangen hatten. Pipers Foto tauchte auf dem Handy auf, dazu eine Nachricht.

Gute Neuigkeiten.

Ich lachte bei der Erinnerung daran, wie sie darauf bestanden hatte, ein Foto von mir zu machen, als wir unsere Handynummern ausgetauscht hatten. Im Gegenzug hatte ich meine

Kamera auf sie gerichtet, aber sie hatte den Kopf weggedreht und sich mir entwunden. Woraufhin ich das Offensichtliche getan hatte: Ich hatte sie mir geschnappt und ein Foto von ihr gemacht, auf dem ihr Mund vor Lachen weit offen stand und sie die Augen geschlossen hatte. Wild und wunderschön.

Ich antwortete:

Ach ja?

Die Monkey Bar *hat gerade 3 Kästen gekauft.*

Ich grinste vermutlich wie ein Idiot, aber das waren tatsächlich die besten Neuigkeiten des Tages.

1 geschafft, nur noch 1 mehr.

Ist das eine Drohung?

Glaub mir, du wirst mich noch früh genug anbetteln.

Das werden wir ja sehen.

Ich lachte leise auf. O ja, das würden wir sehen. Und ich konnte es kaum erwarten.

15. Kapitel

PIPER

Ich drehte meinen Kopf zum Spiegel, um zu sehen, wie mein Hintern in der neuen Hose aussah. »Ich weiß nicht. Was meinst du?«

»Die ist sehr blau«, sagte Sonja, die auf meinem Bett saß. »Aber ich mag sie.« Sie stand auf. »Schultern zurück. Du hast immer so eine schlechte Haltung. Wenn du gerade stehst, sitzt das T-Shirt viel besser.«

Ich folgte ihrer Anweisung und richtete mich auf. Damit hob sich der Saum meines weißen T-Shirts ein wenig, sodass ein Stück Haut an meiner Hüfte hervorblitzte. Mit dem neuen Outfit, dem dunklen Make-up und den sanften Wellen, die Sonja mir in die Haare gedreht hatte, sah ich wesentlich sexier aus als sonst. Aber es war mein erstes Date mit Blake, und ich wollte ihm eine andere Seite von mir zeigen.

Vor zwei Tagen hatte ich ihm eine Nachricht geschickt, dass *Pete's Tavern* in St. Paul zwei Kästen Platinum Blonde mit dem Versprechen gekauft hatte, mehr zu ordern, wenn es sich gut verkaufte. Ich war außer mir vor Freude darüber, dass eine weitere Bar mich in ihr Sortiment aufgenommen hatte, aber ich schätzte, Blake war genauso erfreut, dass ich meinen Teil unserer Abmachung einhielt.

Egal, wie sehr ich gegen seine Anziehungskraft ankämpfte, ich hatte mich länger auf dieses Date gefreut, als ich zugeben mochte.

Es klingelte, und Sonja grinste. »Ich gehe.«

»Das kann ich doch machen.« Ich hielt sie an der Schulter zurück, aber sie entwand sich meinem Griff und trat auf den Flur hinaus.

»Sonja, nicht«, sagte ich, doch es gelang mir nicht, sie vor der Treppe aufzuhalten. Sie war schon halb an der Tür, als ich zischte: »Sonja, sag ja nichts ...«

Die Hand auf der Türklinke drehte sie sich zu mir herum. »Sag ja nichts darüber, dass du so nervös bist, dass du dein erstes Oberteil durchgeschwitzt hast? So etwas würde ich niemals tun.«

»Ich hasse dich so sehr«, schrie ich im Flüsterton, als sie mir zuzwinkerte und die Tür öffnete.

Ich ließ mich gegen die Wand sinken und hörte, wie Sonja mein Date mit einem fröhlichen: »Hey Blake«, begrüßte.

»Hey.«

»Großer Abend heute, was?«

Ich stellte mir vor, wie sie mit ihren Fingern eine Pistole formte und dabei mit der Zunge schnalzte, und schlich leise zwei Stufen weiter nach unten. Von dort sah ich, dass sie ihre Finger in seine Schulter grub.

»Muss ich dir den *Wenn du ihr wehtust, bringe ich dich um*-Vortrag halten?« Bevor Blake etwas erwidern konnte, fuhr sie fort: »Denn du solltest wissen, dass ich das kann. Ein gezielter Schlag in die Nieren, und du liegst am Boden.«

»Ich würde es vorziehen, mich mit dir gutzustellen und Piper glücklich zu machen.«

Ihre Vorstellung war total übertrieben, aber es war schön, zu sehen, wie viel ihr an mir lag. Immerhin war sie diejenige, die mich aufgenommen hatte, als mein Leben am tristesten war. In den letzten zwei Jahren war sie Zeugin geworden, wie ich mich aus dem Loch befreit hatte, in das ich nach Oskars Schlag gegen mein Selbstbewusstsein gefallen war. Ich hatte Blind Dates und die üblichen Telefonnummern ausgeschlagen, weil ich nicht bereit gewesen war, mich wieder fallen zu lassen. Bis ich Blake getroffen hatte.

Sonja verstand, was diese Verabredung bedeutete – nämlich einen Neuanfang –, und sie würde Blake nicht ohne eine Warnung davonkommen lassen.

»Piper«, rief sie jetzt. »Dein Prinz Charming ist hier.«

Ich zog mich in den Schatten der Treppe zurück und tat, als wäre ich noch oben und würde nicht wie ein Spion ihre Unterhaltung belauschen.

Ich hörte, wie die Tür zuging, und Blake sagte: »Prinz Charming, hm?«

»Du weißt, dass du Charisma ausstrahlst, also versuch gar nicht erst, bescheiden zu wirken«, entgegnete Sonja. Ich musste lächeln. Blake war wirklich ein wenig eingebildet, aber das gefiel mir. Er war sich seiner sicher, ohne arrogant zu sein.

Schnell strich ich mir noch einmal mit den Fingern über die Haare, bevor ich die Treppe hinunterging. Blake drehte sich zu mir um und musterte mich aus großen Augen.

Sonja nickte mir mit einem wissenden Lächeln zu, bevor sie in der Küche verschwand.

»Hey, Schöne«, sagte Blake nach einer Weile.

»Hey, Hübscher«, sagte ich an seinem Ohr, als wir uns einen Wangenkuss gaben.

»Hier.« Er überreichte mir ein Geschenk, das er hinter seinem Rücken verborgen gehalten hatte.

»Ein Kaktus?« Ich rümpfte die Nase. Kakteen waren nicht gerade für ihre Schönheit bekannt.

»Jepp. Ein Kaktus ist zünftig und stark, und er blüht sogar unter den härtesten Bedingungen.« Er gab ihn mir. »Das hat mich an dich erinnert.«

Bei seiner Erklärung schmolz meine Verwirrung dahin. »Das ist so viel besser als die üblichen albernen Rosen.« Ich stellte den Kaktus auf den Beistelltisch im Wohnzimmer, bevor ich zu Blake zurückkehrte. »Danke. Das ist sehr süß von dir.«

Nachdem ich mir Jacke und Handtasche geschnappt hatte, winkte ich Sonja noch mal kurz zu. Sie winkte zurück. An der Gabel in ihrer Hand hing ein Stück Salat. »Viel Spaß.« Dann sah sie an mir vorbei zu Blake: »Benimm dich, Charming.«

Er lachte humorvoll auf. »Wir sehen uns später, Floyd Mayweather.«

Ich zog die Tür unter ihrem herzhaften Lachen zu und folgte Blake zu seinem Auto. Während er mir die Beifahrertür öffnete, klebte sein Blick förmlich an meinem Körper. Und das änderte sich auch nicht, nachdem er eingestiegen war.

»Du starrst mich an«, sagte ich, sobald er hinter dem Lenkrad saß und meine Beine anstierte.

Sofort schoss sein Blick hinauf zu meinem Gesicht. »Tut mir leid.«

»Nein, tut es nicht.«

Er lachte. »Stimmt.«

Als er den Motor anließ, füllte sich die Luft im Wagen mit Erwartung. Die Spannung war beinahe greifbar. Wir alberten nicht mehr herum. Wir hatten die Kennenlernphase hinter uns, und auch wenn das hier unser erstes echtes Date war, wirkte es nicht so.

Es war eher wie das zweite oder dritte Date. Und wenn es das dritte Date war, dann … Ich schüttelte den Kopf, um meine vorauspreschenden Gedanken zu zügeln.

»Also, wo gehen wir hin?«, fragte ich.

»Wie wäre es mit Fisch und Meeresfrüchten?«

»Bekomme ich ein Hummerlätzchen?«

An einer roten Ampel schaute er kurz zu mir und grinste. »Mal sehen, was ich tun kann.«

Die Fahrt zu *Stella's Fish Café* dauerte nicht lang, und Blake hatte mir gerade die Geschichte des Besuchs seiner Eltern im Pub erzählt, als er auf dem Parkplatz anhielt. Ohne zu zögern, nahm ich auf dem kurzen Weg zur Tür seine Hand, und er ließ sie auch nicht los, als uns die Hostess auf die Dachterrasse führte.

Wolken, die aussahen wie Zuckerwatte, zogen über den Himmel, und eine leichte Brise bewegte sanft die aufgespannten Sonnenschirme. Es war die perfekte Atmosphäre für ein Date. Als ich einen Mann mit einem Hummerlätzchen um den Hals erblickte, zupfte ich an Blakes Arm und zeigte auf ihn.

Er schüttelte amüsiert den Kopf.

»Siehst du etwas, das dir gefällt?«, fragte er, nachdem ich die Speisekarte studiert hatte. »Willst du eine Vorspeise?«

»Magst du Austern?«

»Klar. Aber du weißt, was man über Austern sagt.«

Ich hielt den Blick gesenkt und ignorierte seinen offensichtlichen Trick. »Du meinst, dass sie ein Aphrodisiakum sind? Ich bin mir ziemlich sicher, dass das nur ein Gerücht ist.« Dann hob ich den Kopf und versuchte, so gelangweilt wie möglich auszusehen. »Aber ich versuche, mich zu beherrschen und dich nicht gleich hier am Tisch zu bespringen.«

Er nahm meine Hand. »Es ist tatsächlich wissenschaftlich bewiesen. Ich habe mal eine Sendung darüber gesehen ... Etwas mit Omegasäuren oder so, also versuch nicht, dich meinetwegen zurückzuhalten. Lass einfach alle Gefühle zu.«

Sosehr ich mich bemühte, es zu unterdrücken, mein Lächeln war stärker und strafte mein Augenrollen Lügen. Blake drückte zufrieden meine Finger, bevor er sich wieder in die Speisekarte vertiefte.

Nach einer Minute fragte er. »Wie sind wir mit den Austern verblieben?«

»Na, wir bestellen sie natürlich«, sagte ich leichthin und sah ihm in die Augen. Ich würde seinen Rat befolgen und einfach alle Gefühle zulassen.

Unser Kellner Brian kam, um unsere Getränkebestellung aufzunehmen. Offensichtlich studierte ich die Liste zu lange, denn nach einer Weile räusperte Brian sich. »Wenn Sie einen Wein mögen, kann ich den Tavo Pinot Grigio empfehlen.«

»Nein, ich will ein Bier«, sagte ich und sah ihn an.

»Wir haben einen gespritzten Cidre, wenn Sie mögen.«

Ich schüttelte den Kopf. Sie glaubten wirklich, dass Frauen nur Wein und Cidre tranken.

»Mögen Sie lieber ein helles oder ein dunkles Bier?«, fuhr er fort. »Ich kann Ihnen gerne etwas heraussuchen.«

»Ich bin ein wenig wählerisch«, erwiderte ich und hüstelte, um das Lachen von der anderen Tischseite zu übertönen.

»Wie wäre es mit einem Heineken?«, bot Brian an.

Ich warf die Getränkekarte auf den Tisch und lehnte mich in meinem Stuhl zurück, um ihn voll ansehen zu können. »Die beste Art, ein Heineken zu trinken, ist, es in den Abfluss zu gießen. Also nein, ich möchte kein Heineken. Ich nehme das Deschutes IPA.«

Brians Augenbrauen schossen in die Höhe – entweder aufgrund meines leicht biestigen Tons oder wegen meiner Bierwahl –, und ich hoffte, dass er nicht immer so verdutzt aussah, wenn er Bestellungen aufnahm.

»Ich nehme das Gleiche«, sagte Blake.

Brian nickte und verschwand.

Blake schüttelte den Kopf. »Was für ein Arsch. Ich weiß nicht, warum Männer ständig das Gefühl haben, sich Frauen gegenüber herablassend verhalten zu müssen. Wer hat gesagt, dass du den Unterschied zwischen einem Ale und einem Lager nicht kennst, nur weil du eine Frau bist?«

»Seltsamerweise sehr viele Männer«, seufzte ich.

»Männer sind Armleuchter«, sagte er und wirkte leicht verstört.

Für einen Moment musterte ich ihn, dann lachte ich laut auf. Seine Empörung war wirklich süß. »Und was für welche.«

Ein paar Minuten später kehrte Brian mit unseren Getränken zurück und nahm unsere Essensbestellung auf, ohne viel dazu zu sagen. Die Unterhaltung zwischen mir und Blake hingegen stockte nicht eine Sekunde.

»Ich habe über deine Angst vor dem Schwimmen nachgedacht«, sagte er, während er ein wenig Meerrettichsoße auf eine Auster gab.

»Ach ja?«

Er nickte und schlürfte die Auster. »Zufällig habe ich ein Angebot für Schwimmreifen für Kinder auf Amazon gefunden. Ich werde dir einen kaufen, und dann fahren wir an den Lake Calhoun.«

»Über was für Schwimmreifen sprechen wir hier?«

»Du hast die Wahl: Wal, Schildkröte oder Fisch.«

Ich nippte an meinem Bier, bevor ich die Stirn runzelte. »Verdammt. Ich hatte auf Delfine gehofft. Tja, da muss ich dann wohl leider passen.«

»Ich schlage dir einen neuen Deal vor«, sagte er, und ich lehnte mich neugierig vor. »Wenn ich einen Delfin für dich finde, gehst du mit mir schwimmen. Vorzugsweise in einem winzigen Bikini.«

Ich tat, als würde ich darüber nachdenken. »Mach einen pinken Delfin und einen Badeanzug daraus, und ich bin dabei.«

Wir besiegelten den Deal mit einem Handschlag. Dann band ich mir das Hummerlätzchen um, das zu meinem Essen dazugehörte, und Blake machte ein Foto von mir.

Ehe wir uns versahen, waren unsere Teller leer und die Sonne war untergegangen. Über uns funkelten die Sterne, und als Blake bezahlte, bedauerte ich, dass unser Date fast vorbei war. »Danke für das Essen. Es war köstlich.«

Auf dem Weg aus dem Restaurant legte Blake einen Arm um meine Schultern. »Hast du Lust zu tanzen?«

»Ich habe dir doch gesagt, dass ich nicht tanze.« Als er ein ungläubiges Schnauben ausstieß, stupste ich ihn mit dem Ellbogen an. »Wirklich, das ist kein Witz. Ich tanze nicht.«

»Ehrlich?«

»Na ja, ich tanze schon, klar«, sagte ich schulterzuckend. »Aber ich bin nicht gut darin.«

»Das werden wir ja sehen.«

»Ooooookayyyy.« Ich dehnte das Wort unendlich.

Mit all den Menschen und dem dämmrigen Licht war es in dem Club schwierig, etwas zu sehen. Blake behielt eine Hand an meiner Taille, als wir uns durch die Menge in Richtung Bar drängten, wo wir uns auf Tequila einigten. Wir stießen an, bevor wir tranken, und ich schätzte, dass Blake glaubte, der Alkohol würde mich etwas lockerer machen. Doch als er auf die Tanzfläche ging, folgte ich ihm nicht.

Er drehte sich um und warf mir einen verschmitzten Blick zu, bevor er anfing, sich zu bewegen. Ich beobachtete ihn. Er war nicht gerade Michael Jackson, aber er verfügte über ausreichend Rhythmusgefühl, um die Aufmerksamkeit einer anderen Frau zu erregen, die neben ihm tanzte.

Ich sah, wie sie ihn musterte und sich langsam auf ihn zubewegte, um ihn dann »zufällig« zu streifen. Er nickte ihr freundlich zu, was sie als Einladung verstand, mit ihm zu tanzen.

Doch das war es nicht gewesen.

Ich hatte mich nie für einen eifersüchtigen Menschen gehalten, aber jetzt schoss ich schneller auf die Tanzfläche als ein Sprinter bei den Olympischen Spielen. Ich nahm Blakes Hand und zog ihn von der Frau weg. Der Bass der Musik vibrierte in meiner Brust, und die Wärme zwischen all den

Menschen ließ mich sofort in Schweiß ausbrechen, aber selbst ein Erdbeben hätte mich nicht von Blake loseisen können.

»Komm, Sonnenschein, zeig mir, was du drauf hast.« Blake wirbelte mich im Kreis herum und deutete dann auf eine freie Stelle zwischen uns, um mich zum Tanzen herauszufordern.

Ich gab mir Mühe, schaffte es aber nicht, im Takt zu bleiben. Vermutlich war mein ungelenkes Gezappel ganz süß, denn er schlang seine Arme um meine Taille und lachte an meinem Hals.

Er führte mich durch jeden Song, presste unsere Hüften zusammen, bewegte meine Arme. Manchmal war sein Tanzen albern, manchmal sinnlich, aber egal, was er tat, ich hatte Spaß. Und das war so unglaublich sexy.

Wir waren gerade ineinander verschlungen, als Blake den Kopf senkte und mir ins Ohr flüsterte: »Kann ich dich nach Hause bringen?«

»Du willst mich nach Hause bringen?« Mein Herz wurde schwer. Ich dachte, wir hätten Spaß.

»Ich will dich mit zu *mir* nach Hause nehmen.«

Sofort wurde mein Herz leicht wie ein Ballon. Ich lehnte mich zurück und sah Blakes verruchtes Lächeln. Mit beiden Händen zog ich seinen Kopf wieder zu mir herunter und flüsterte an seinem Ohr: »Ja.«

Die Zeit zwischen dem Verlassen des Clubs und der Ankunft in Blakes Wohnung verging wie im Flug, doch als wir durch die Tür traten, schien sich die Welt langsamer zu drehen. Das Zuschnappen des Schlosses hallte wie ein Schuss durch das stille Apartment. Blake drehte sich mit den geschmeidigen Bewegungen eines Panthers zu mir um, der auf der Jagd nach Beute war. Meine Nerven kribbelten unter dem trägen Blick, mit dem er mich von Kopf bis Fuß musterte. Sein Verlangen stand ihm deutlich ins Gesicht geschrieben. Erst strich er mit den Händen über meine Schultern, dann an meinen Rippen entlang, bis sie an meinen Hüften zu liegen kamen.

»Okay?«, fragte er ganz nah an meinem Mund.

Mit einem einzigen Wort hatte er mir einen Ausweg geboten, aber ich machte mir keine Illusionen darüber, was passieren würde, und bei dem Gedanken raste mein Puls. Denn ich wollte es. Ich wollte *ihn*.

Ich wusste nur nicht, welchen Einfluss das auf meine Zukunft haben würde, und das machte mich nervös.

Je länger ich darüber nachdachte, desto egaler war es mir. Solange ich hier war, an diesem Ort mit Blake, hatte ich in meinen Gedanken keinen Platz für etwas anderes. Es gab nur ihn, seine braunen Augen und die hypnotisierenden Kreise, die er mit seinem Daumen auf meine Rippen malte.

»Ja.«

Seine Lippen pressten sich auf meine, und es war noch besser, als ich es in Erinnerung hatte. Ich konnte nicht genug davon bekommen, leckte an seiner Zunge, knabberte an seiner Unterlippe, zupfte an seinem Hemd.

Er zog sich von mir zurück. Seine Augen funkelten. »Na, wie funktionieren die Austern so für dich?«

Lachend schlug ich ihm gegen die Schulter. Ich brauchte keine Meeresfrüchte, um mich in Stimmung zu bringen, vor allem nicht, als er meine Hand nahm und mich an sich zog. Er legte eine Hand an meinen Nacken und küsste mich, während er mich rückwärts über den Flur in sein Schlafzimmer

drängte, wo er mich auf Armeslänge von sich hielt. »Immer noch okay?«
»Mehr als okay.« Ich lächelte.
Er lächelte auch.
Und dann verschmolzen wir miteinander.

16. Kapitel

BLAKE

Das Geräusch einer Kettensäge weckte mich. Eine weiche, feminine, rasselnde Kettensäge. Ich hob den Kopf und schaute nach rechts. Piper schlief tief und fest, die Wange ins Kissen gepresst, die Lippen leicht geöffnet. Das leise Grollen kam aus ihrer Kehle.

»Sonnenschein.«

Sie rührte sich nicht.

»Piper«, versuchte ich es etwas lauter.

Das Schnarchen hörte nicht auf.

Ich drückte ihre Nasenflügel zusammen. »Piper, wach auf.«

Sie schlug meine Hand weg und öffnete langsam die Augen. »Hi.«

»Hi. Du schnarchst.«

Sie blinzelte sich den Schlaf aus den Augen. »Nein, tue ich nicht.«

»O doch.« Ich drehte mich auf den Rücken und setzte meine Brille auf, um Piper genau ansehen zu können. Selbst mit den Kissenfalten im Gesicht und den zerzausten Haaren war sie das hübscheste Mädchen, das ich je gesehen hatte.

»Ich denke, wenn ich schnarchen würde, hätte mir das schon mal jemand gesagt.«

»Vielleicht wollten sie nur nett sein, indem sie es dir *nicht* gesagt haben.«

Sie rollte sich zu einem Ball zusammen und kuschelte sich tiefer in die Decke. »Ja, vielleicht. Und dass du es erwähnst, ist nicht nett.«

Ich schwieg ein paar Sekunden, bevor ich ihr Schnarchen nachmachte.

Unter der Bettdecke kam ihre Hand zum Vorschein, die blind versuchte, mich zu schlagen. »Halt den Mund und nimm mich in den Arm.«

Lachend schlang ich einen Arm um sie und zog sie an meine Brust. Dann stützte ich mein Kinn auf ihren Scheitel. »Du bist morgens ganz bezaubernd.«

»Nur wenn ich erschöpft bin und mich jemand weckt, um mir zu sagen, dass ich schnarche.«

»Tut mir leid.« Summend ließ ich meine Hand über ihre Haare und ihren nackten Rücken streichen. »Schlaf weiter.«

»Das kann ich nicht, wenn du das machst.« Ich hörte auf, doch da protestierte sie. »Nein, mach weiter.«

Leicht ließ ich meine Finger über ihre Wirbelsäule gleiten. »Verrate mir ein Geheimnis.«

»Das Spiel haben wir schon gespielt.«

»Ich meine ein echtes Geheimnis. Etwas, das du noch nie jemandem erzählt hast.« Ich zupfte sanft an ihrem Arm, bis sie sich zu mir umdrehte.

Sie lag auf dem Rücken, den Blick zur Decke gewandt, und war in Gedanken ganz offensichtlich irgendwo anders. »Erinnerst du dich daran, dass ich eine Weile in Deutschland gelebt habe?«

»Ja.«

»Die Ausbildung dauerte nur sechs Monate. Ich hatte nicht vor, länger zu bleiben, aber dann habe ich jemanden kennengelernt.«

Ich zwirbelte eine Strähne ihres Haars um meinen Finger, und sie ließ ihren Blick zu mir wandern und sagte: »Er hieß Oskar. Wir hatten gemeinsame Freunde und haben uns eines Abends in einer Bar kennengelernt. Er war süß und klug, ein Architekt, der mehrere Sprachen spricht.«

»Vergiss es«, sagte ich. »Vielleicht will ich das doch nicht hören.«

Sie stieß mir in die Rippen. »Eifersüchtig?«

»Neiiiiin.« Ich zog das Wort in die Länge, um die Wahrheit zu leugnen.

Sie lächelte.

»Was? Ich bin nicht eifersüchtig. Na gut, erzähl weiter.«

Sie drehte sich auf die Seite, sodass wir einander zugewandt waren. »Es ist ein paar Jahre her. Laurie war schon verheiratet und weggezogen, Kayla war verlobt, und ich schätze, ich fühlte mich ein wenig außen vor, denn als Oskar mich bat, zu bleiben, habe ich nicht gezögert.«

Meine Hand an ihrer Hüfte spannte sich unwillkürlich an.

»Wir sind zusammengezogen, und er hat mir einen atemberaubenden goldenen Verlobungsring geschenkt.«

Ich schaute zu ihrem nackten Finger und stellte mir den Diamanten vor, der dort einst gesessen hatte. »Aber ...«, hakte ich nach, als sie nicht weitersprach.

»Aber sobald ich Ja gesagt hatte, veränderte er sich. Ich musste noch so viel lernen, aber er wollte, dass ich zu Hause blieb und Hausfrau spielte. Er wollte, dass ich das bin, was er eine *echte Frau* nannte, und mein«, sie malte Gänsefüßchen in die Luft, »Hobby aufgebe.«

Ich schnaubte. »Was für ein Armleuchter.«

Sie nickte. »Er hat mir das Gefühl gegeben, naiv zu sein, weil ich ein eigenes Leben haben wollte. Ich weiß nicht, ob er es absichtlich gemacht hat, aber er hat mir das Selbstbewusstsein geraubt, hat ständig diese passiv-aggressiven Bemerkungen fallen lassen, wie dass ich glücklich sein sollte, weil er sich um mich kümmert. Was für eine Frau würde nicht wollen, dass ihr Mann *der Mann* ist?«

»Das klingt, als wäre er sehr unsicher gewesen.«

Kurz senkte sie den Blick, bevor sie mich wieder anschaute. Ihre Stimme war nun ernster. »Ich war nicht gewillt, für einen Mann meine Träume aufzugeben. Also habe ich meine Sachen gepackt und den Verlobungsring auf der Kommode im Schlafzimmer zurückgelassen, womit ich eine Verlobung gelöst habe, von der niemand etwas gewusst hatte. Nicht einmal Sonja weiß davon«, flüsterte sie.

»Ich will ja nicht unsensibel erscheinen, aber deine Entscheidung war vollkommen richtig. Dieser Oskar war ein Idiot. Wenn er dich wirklich geliebt hätte, hätte er dir geholfen, deine Träume zu erreichen, anstatt sie niederzumachen oder sie als Hobby zu bezeichnen.« Ich legte eine Hand an ihr Kinn. »Außerdem hat es für mich was Gutes, also kann ich ihm nicht allzu böse sein.«

Ich gab ihr einen dicken Schmatzer auf die Wange und dann noch einen, bis sie in Gelächter ausbrach. Ich wusste, es musste hart für sie gewesen sein, von jemandem im Stich gelassen zu werden, den sie liebte. Nachdem ich dieses Geheimnis nun kannte, wollte ich sie nur noch mehr unterstützen, denn das Gefühl, nicht unterstützt zu werden, kannte ich nur zu gut. Meine Eltern hatten die Missachtung meiner Wünsche zu einer regelrechten Kunstform erhoben.

»Ich habe Angst, so wie mein Vater zu werden«, gestand ich ihr mein Geheimnis.

»Was?« Ihr Lachen wich einem Stirnrunzeln.

Ich atmete tief durch. »Das war der Hauptgrund, warum ich meinen Job gekündigt habe. Klar, ich liebe das *Public*, aber ich hatte auch gesehen, was in der Kanzlei mit mir passierte. Ich war dabei, mich in meinen Vater zu verwandeln.«

»Was meinst du damit?«

»Ich habe ständig gearbeitet. Hatte meine Assistentin Beth auf Kurzwahl und habe sie an den Wochenenden angerufen. Ich hörte ihrer Stimme an, dass sie nicht kommen wollte, wenn ich sie darum bat, aber sie wagte es nicht, Nein zu sagen. Ich war ständig müde und habe Leute angemacht. Ich habe mich nicht absichtlich wie ein Arsch verhalten, es ist einfach irgendwie passiert, weißt du? Das soll keine Entschuldigung sein, aber wenn man gestresst und müde ist und die Partner einem im Nacken sitzen, verliert man sich. Connor und Bear habe ich kaum noch gesehen, und wenn doch, habe ich mich einfach nur betrunken. Eines Tages wurde mir klar, dass ich die Wahl habe. Ich musste mich nicht so elendig fühlen. Ich musste mich nicht in meinen Dad verwandeln. Also habe ich gekündigt.«

»Wow.« Die Überraschung war ihrer Stimme anzuhören. »Darüber bin ich froh. Ich glaube, viele Menschen bemerken diese Veränderungen an sich gar nicht und machen immer weiter, bis sie sich so elend fühlen, dass sie keinen Ausweg mehr sehen.«

»Ganz genau. Ich stand kurz davor, einer von ihnen zu werden.«

»Nun«, wiederholte Piper meine Worte von vorhin. »Deine Kündigung hatte für mich auch etwas Gutes.«

Ich gab ihr einen Kuss auf die Stirn. »Wir sind scheinbar ziemlich gut füreinander.« Mit dem Finger strich ich über ihre Wange. »Willst du noch ein wenig schlafen?«

»Nein. Jetzt bin ich wach. Ich will frühstücken.« Sie rappelte sich auf und setzte sich rittlings auf mich.

Ich war inzwischen ziemlich vertraut mit ihrem Körper, und unter anderem hatte ich gelernt, dass sie überall Gänsehaut bekam, wenn ich sie ganz sanft auf die Stelle unterhalb ihres Ohrläppchens küsste.

Also richtete ich mich auf und küsste mich über ihre Kehle. Ich wusste, dass sich die letzte Nacht für immer in mein Gedächtnis gebrannt hatte. Unter meinen Händen spürte ich das leise Pulsieren in ihren Oberschenkeln.

»Komm.« Sie drückte sich von mir ab, und ich wimmerte unter der kühlen Luft an der Stelle, wo eben noch ihre warme Haut meine berührt hatte. »Ich habe Hunger.«

Ich schätzte, dass nach der Stärkung noch Zeit für weiteren Sex bliebe. »Na gut.«

»Ich brauche was zum Anziehen.«

Ich neigte den Kopf und sah sie an. »Wirklich?«

Sie stemmte die Hände in die Hüften und bemühte sich, genervt zu schauen, aber das hielt nicht lang. Ihre Mundwinkel zuckten, dann ging sie an meine Kommode und zog jede Schublade auf, bis sie fand, was sie wollte: ein schlichtes weißes T-Shirt und schwarze Shorts.

Ich bedauerte, ihren schönen Körper verschwinden zu

sehen, bekam aber eine gute Show, als sie ihre langen Haare über die Schulter warf und davonstolzierte. Ich zog schnell eine Jogginghose an, bevor ich ins Bad ging. Piper hatte meine Zahnbürste im Mund.

»Ich hoffe, du hast keine Bazillen«, sagte ich, nachdem sie fertig war und ich Zahnpasta auf die Borsten drückte.

»Falls doch, habe ich sie dir schon gestern Nacht gegeben.« Sie lehnte sich gegen den Türrahmen und sah mir beim Zähneputzen zu. »Ich glaube aber nicht, dass du dir wirklich Gedanken um ein paar Borsten machst. Die, wo wir gerade dabei sind, schon ein wenig weich sind. Ich glaube, es ist an der Zeit für eine neue Zahnbürste.«

»Ich schreibe es auf meine Einkaufsliste.« Kurz überlegte ich, eine zweite für sie draufzuschreiben, wollte aber nichts überstürzen. Ich wusste, dass Piper, was unsere Beziehung anging, noch ein wenig scheu war, und egal, wie sehr ich glaubte, dass es gut zwischen uns lief, ich wollte sie nicht bedrängen. Vor allem nicht, nachdem sie mir die Oskar-Geschichte erzählt hatte. Als ich fertig war, gingen wir in die Küche, wo ich den Kühlschrank öffnete. »Was hättest du denn gern?«

Sie schaute über meine Schulter. »Pfannkuchen.«

Ich schloss die Tür und zeigte auf den Schrank, in dem ich *Aunt Jemimas* Pfannkuchenmischung verstaut hatte. Sie fand sie und schüttelte den beinahe leeren Beutel in meine Richtung. »Ernsthaft?«

»Was?«

»Du bist einer von denen, die noch den letzten Rest von was auch immer übrig lassen und in den Schrank zurückstellen? So wie einen winzigen Schluck Orangensaft oder die letzten Überreste von der Erdnussbutter, an die man ohne ein Messer nicht herankommt und die nicht mal für einen Cracker reichen?« Wieder schüttelte sie den Beutel. »Daraus kann man gerade noch einen Pfannkuchen machen.« Sie knüllte den Beutel zusammen, steckte ihn in den Karton zurück und warf ihn weg.

Ich lebte schon so lange allein, dass ich vergessen hatte, dass einige meiner Angewohnheiten für einen anderen Menschen vermutlich schwer zu ertragen waren. »Nun ja, es gibt hier niemanden außer mir, also ...«

»Jetzt schon«, sagte sie leichthin, und ich erstarrte mit der Hand an der Kühlschranktür.

Sie ließ den Deckel des Mülleimers zufallen, bevor sie zu einer Erklärung ansetzte. »Ich meinte nicht mich ... Ich wollte nur sagen ... Du kannst keine Reste im Beutel zurücklassen.«

Ich biss mir auf die Lippe, um nicht laut zu lachen.

»Es ist nicht ...« Sie schüttelte den Kopf, bis ihr die Haare vors Gesicht fielen, und ihre Worte versandeten.

Zärtlich strich ich ihr eine Haarsträhne hinters Ohr und hob ihr Kinn, um sie zu küssen. »Ich werde mich bemühen, keine Reste mehr aufzubewahren, aber vermutlich wirst du mich daran erinnern müssen. Sehr oft sogar.«

Sie lächelte schüchtern. »Ich schätze, das kriege ich hin.«

Und mit dieser schlichten Vereinbarung wurde unsere Beziehung ein bisschen offizieller.

»Willst du draußen frühstücken?«, fragte ich. »Wir könnten ins *Original Pancake House* gehen.«

Sie verzog entsetzt das Gesicht. »Dann müsste ich mir ja eine Hose anziehen.«

»Stimmt. Schlechte Idee.« Piper so wenig bekleidet wie möglich zu behalten war mein vorrangiges Ziel.

»Ich kann frische machen. Ich brauche nur Eier, Mehl und Backsoda. Hast du das da?«

Ich hob abwehrend die Hände. »Sonnenschein, ich bin ein dreißigjähriger Kerl, der alleine lebt. Glaubst du wirklich, ich hätte Mehl und Backsoda?«

Sie winkte ab. »Wie steht es mit Bananen?«

»Die habe ich.«

Ich reichte sie ihr, und sie holte die Eier aus dem Kühlschrank. Mit einer Gabel fabrizierte sie in einer Schüssel eine gelbe Pampe. »Das habe ich mal auf Facebook gesehen. Da haben sie Pfannkuchen aus Bananen und zwei Eiern gemacht.«

Ich holte Pfanne und Butter heraus und ließ sie ihr Ding machen, während ich mich an den Frühstückstresen setzte. Sie in meiner Küche zu sehen machte mir mehr Freude, als es vermutlich sollte, denn sie hatte so eine koboldhafte Aura und flitzte hin und her. Als sie den Teig in die Pfanne goss, wippte sie auf den Zehenspitzen, und als sie die Pfannkuchen umdrehte, summte sie leise vor sich hin.

Dann stellte sie mir einen Becher mit dampfendem Kaffee hin und einen Teller mit einer braunen Masse darauf. Sie nahm sich das Gleiche und setzte sich neben mich. Wir gaben beide Sirup darauf, aber ich bezweifelte, dass der helfen würde.

Als ich den ersten Bissen nahm, hob sie erwartungsvoll die Augenbrauen. Ich kaute und schluckte etwas, das im Grunde genommen verbrannte Banane war.

»Wie schmeckt es?«

»Nicht gut.«

Sie nahm auch einen Happen und zuckte zusammen. »Stimmt. Nicht gut.«

Wir warfen die »Pfannkuchen« weg und entschieden uns für ein Frühstück aus Käsecrackern und Weintrauben, und ich versprach, ganz bald einkaufen zu gehen.

Nachdem wir es uns auf der Couch gemütlich gemacht hatten, gab ich Piper die Fernbedienung, damit sie sich etwas auf Netflix aussuchen konnten, und wir schauten schließlich *Gilmore Girls*. Den Humor verstand ich zwar nicht, aber die Mom in der Serie war heiß, also konnte ich mich nicht beschweren.

Nach der ersten Folge nahm ich Pipers Füße von meinem Schoß und ging in die Küche, um ihr Kaffee nachzuschenken. Dabei sah ich auf die Uhr. Es war beinahe Mittag. Um vier musste ich bei der öffentlichen Verkündung meines Vaters sein. Leider.

»Hey, ich habe da heute einen Termin, zu dem ich muss«, sagte ich, während ich den Knopf an der Kaffeemaschine drückte.

Sie drehte sich mit hochgezogenen Augenbrauen zu mir um. »Bist du absichtlich so vage?«

»Nein. Es geht um das Coming-out meines Vaters.«

Sie nahm mir den Becher ab, und ich setzte mich neben sie. »Oh, seine Kandidatur für den Kongress.«

Sie sagte das so leichthin, dass ich mir wünschte, alle würden das so sehen. »Ich muss um halb vier dort sein.«

»Oh.« Sie setzte sich auf. »Okay, dann werde ich einfach ...«

»Ich meinte damit nicht, dass du gehen sollst.« Ich zog ihre

Füße wieder auf meinen Schoß und zwang sie, sich zurückzulehnen. »Ich sage das nur, weil wir nur noch drei Stunden haben, um ein paar weitere Folgen hineinzuquetschen.«

»Heißt das, die Serie gefällt dir? Bist du jetzt *Gilmore-Girls*-süchtig?«

Ich legte meine Hand um ihren Knöchel. »Sie ist nicht so schlecht.«

Wir schauten einander an, und kurz kam mir die Idee, Piper zu fragen, ob sie mich heute begleiten möchte. Aber das war dumm. Selbst ich wollte da nicht hin. In unserer kleinen Blase zu bleiben war so viel verlockender.

Doch in ihren Augen blitzte etwas auf, als wartete sie darauf, dass ich sie einlud. Oder vielleicht wollte sie auch nur, dass ich auf Play für die nächste Folge drückte. Egal wie, ich wollte Piper noch ein wenig länger für mich allein haben. Die nächste Folge begann, und ich versuchte, das Ticken der Uhr zu ignorieren, die immer schneller auf drei Uhr zuzulaufen schien – der späteste Zeitpunkt für mich, um zu duschen, mich umzuziehen und rechtzeitig beim Auditorium zu sein. Aber bevor ich mich versah, war die Zeit um.

Ich schaltete den Fernseher aus und räumte in der Küche auf, während Piper ins Schlafzimmer ging. Ein paar Minuten später kehrte sie in ihrem Outfit von letzter Nacht zurück.

»Gib mir zwanzig Minuten, um mich fertig zu machen, und dann gehen wir, okay?«

Sie deutete mit dem Daumen auf die Wohnungstür hinter sich. »Ich wollte ein Uber rufen.«

»Auf keinen Fall. Ich setze dich zu Hause ab.«

»Das musst du nicht.« Sie tippte auf ihrem Handy herum. »Du hast zu tun. Mach dir keine Gedanken.«

»Piper.« Ich packte ihre Schultern und zwang sie, mich anzusehen. Ich wusste nicht, warum sie dazu neigte, sich bei solchen Kleinigkeiten, wie sich von mir nach Hause fahren zu lassen, widersetzte. Vermutlich wollte sie ihren Schutzwall noch beibehalten, stark und unabhängig sein, aber was sie noch nicht verstand – und was ich ihr noch beweisen musste –, war, dass ich nicht wollte, dass sie sich veränderte. Ihre Entschlossenheit war eine der Eigenschaften, die mich von Anfang an zu ihr hingezogen hatten. Ich wollte sie nur ein wenig verwöhnen, sie so behandeln, wie sie es verdient hatte, und sie verdammt noch mal nach Hause bringen.

»Ich habe dich abgeholt, also fahre ich dich auch nach Hause.« Sie wollte widersprechen, aber ich unterbrach sie. »Zehn Minuten. In zehn Minuten sind wir aus der Tür.«

Ich küsste sie, um sie davon abzuhalten, etwas zu sagen. »Und jetzt setz dich auf deinen süßen kleinen Hintern und warte.«

Erst als sie das getan hatte, ging ich ins Badezimmer und stellte mich unter die Dusche. Dabei dachte ich darüber nach, warum sie so versessen darauf war zu gehen. Nach dem, was sie mir über Oskar erzählt hatte, verstand ich, warum sie zögerte, sich ernsthaft auf jemanden einzulassen. Aber mir kam es so vor, als hätte keiner von uns eine echte Wahl gehabt.

Das Schicksal schien bestimmt zu haben, dass sich unsere Wege kreuzten. Doch so richtig sich das auch für mich anfühlte, ich musste es langsam angehen. Ich würde sie nicht zwingen, schneller voranzugehen, als sie wollte.

Das Rasieren sparte ich mir – wobei ich schon die Beschwerde meiner Mutter hörte – und zog mir etwas an, das für den Sohn eines Senators passend war. Nachdem ich mir mit den Händen durch die Haare gefahren war, war ich bereit, zu gehen.

Piper schaute von ihrem Handy auf, als ich ins Wohnzimmer kam. »Du siehst schick aus.«

»Danke.« Ich steckte Schlüssel und Portemonnaie ein.

»Die Brille aufzulassen ist ein netter Touch. Das wirkt sehr gelehrt. Und sexy.«

Ich zog sie an mich und gab ihr einen Kuss, der Stunden zu dauern schien, weil meine Hände ein Eigenleben entwickelten. Ihre Zunge schmeckte leicht nach Kaffee, während ihre Haare noch nach meinem Bett rochen.

Als wir uns schließlich voneinander lösten, räusperte ich mich und holte die Realität durch ein Kopfschütteln in meine Gedanken zurück. »Dich zu küssen ist gefährlich. Vor allem, wenn ich in …« Ich sah auf die Uhr. »… achtzehn Minuten irgendwo sein muss.«

Sie zog die Tür auf. »Du hast angefangen.«

Ich nickte und nahm den Anblick ihres Körpers in mich auf, als sie vor mir den Flur entlangging. Sie hatte recht – ich hatte so was von angefangen.

17. Kapitel

PIPER

Nach meinem Date mit Übernachtung bei Blake hatte ich ihn die ganze Woche über nicht gesehen. Wir hatten uns viel geschrieben, und am Montagabend telefonierten wir gerade, als Bear und Connor bei ihm zu Hause auftauchten, um irgendein Spiel zu sehen. Blake schaltete den Lautsprecher ein, und ich lernte von ihnen alles über Baseball.

Bear hatte gefragt, wann er eines meiner neuen Biere probieren könnte, aber ich bastelte noch am Rezept herum. Ich brauchte ein wenig Klarheit und ein gutes Bier, das nicht von mir stammte, also beschloss ich, eine Brauerei in St. Paul zu besuchen. Ich fragte Blake, ob er Lust hätte, mitzukommen.

Als er vor meinem Haus vorfuhr, wartete ich tatsächlich schon an der Tür. Ich hatte diesen Kerl vermisst. Er sah aus wie ein Model, und ich war sehr dankbar für das warme Wetter, denn Blake in einem engen T-Shirt mit V-Ausschnitt zu sehen weckte in mir die Vorfreude auf den Sommer.

Ich stolperte, als mir der Gedanke durch den Kopf schoss. Blake. Den ganzen Sommer lang. Ich fragte mich, ob wir so lange zusammenbleiben würden. Ich hoffte es.

»Alles in Ordnung?«, fragte er mich, während er mich am Ellbogen hielt, damit ich nicht hinfiel.

»Alles super.« Ich glaubte nicht, dass es ein cooler Zug

wäre, ihm meine Gedanken darüber, ob das mit uns offiziell war oder nicht, darzulegen.

»Du siehst wie immer umwerfend aus.«

Die Jeansshorts und das weite Top schienen für mich nicht gerade *umwerfend* zu schreien, aber ich liebte seine Komplimente. Bei ihm fühlte mich selbst in abgeschnittenen Jeans attraktiv.

»Das Gleiche habe ich gerade über dich gedacht«, sagte ich.

Er gab mir einen Kuss auf die Wange und zupfte an meinem Pferdeschwanz. »Bist du deswegen gestolpert? Weil ich so blendend aussehe?«

Ich strich über seinen Drei-Tage-Bart. »Ja, ganz eindeutig.«

»Vorsichtig.« Er öffnete die Beifahrertür. »Wenn das so weitergeht, brichst du dir noch einen Knöchel.«

Zum Soundtrack der Avett Brothers fuhren wir los in Richtung St. Paul.

»Erzähl mir, wie es letztes Wochenende gelaufen ist.«

Er öffnete das Seitenfenster und ließ den Ellbogen heraushängen. »Gut«, sagte er und bog auf den Highway ab. »Die Versammlung fand in der Aula einer Schule statt, da er das Thema Bildung in den Vordergrund seiner Kampagne stellt.«

»Das ist gut.«

»Ja, schätze schon. Aber ich habe gelernt, wie viele Prinzipien man aufgeben muss, um ein kleines bisschen zurückzubekommen.« Er warf mir einen kurzen Blick zu. »In der Politik geht es nur um die Show.«

Er rieb sich über den Mund und atmete tief durch, als wäre es schwierig für ihn, sich an die Veranstaltung zu erinnern.

»Der Kampagnenmanager ist ein Arschloch und noch herablassender als mein Vater, was echt nicht leicht ist.«

Ich hatte seinen Vater noch nicht kennengelernt, aber nach allem, was Blake mir über ihn erzählt hatte, war er kein netter Mensch. Es war ein Wunder, dass Blake es war.

»Die Presse und ein paar Reporter waren da, dazu ungefähr zweihundert treue Wähler. Dad hat ein paar Worte gesagt, seiner wunderbaren Familie gedankt und Dutzende Hände geschüttelt. Ich bin so schnell verschwunden, wie ich konnte.«

Ich versuchte, das Gute daran zu sehen. »Das war doch aber bestimmt irgendwie aufregend?«

Seine gelangweilte Miene war Antwort genug. Er nahm meine Hand, und wir ließen das Thema fallen. Den Rest der Fahrt verbrachten wir in behaglichem Schweigen.

Nachdem Blake den Wagen abgestellt hatte, gingen wir in die Brauerei, und sofort stiegen mir der Duft von Hefe und Holz in die Nase. Die Wände und Böden waren aus Zement, der Tresen und die Tische aus Holz und mit lauter Aufklebern beklebt. Vier große Gärtanks standen im hinteren Bereich, vom Probierraum durch eine hüfthohe Wand getrennt, auf der die Gäste ihre Gläser abstellen konnten.

Ich studierte die mit Kreide auf eine Tafel geschriebenen Angebote genau und entdeckte ein saisonales Ale, das ziemlich gut klang. Ich winkte dem Barkeeper, der einen völlig wirren Bart trug. Er stellte sich als Dominic vor und nahm unsere Bestellung auf.

Als er mir das hohe, kühle Glas mit Bier reichte, tippte ich mit dem Zeigefinger auf den Tresen. »Wie lange gibt es diesen Laden schon?«

Dominic zog konzentriert die Augenbrauen zusammen. »Wir haben vor etwas mehr als drei Jahren eröffnet.«

Sobald er auch Blakes Pint eingeschenkt hatte, stellte ich eine weitere Frage. »Bist du Braumeister?«

»Nein. Ich helfe hier nur an den Wochenenden aus. Der Besitzer ist mein Bruder.«

»Oh. Ist er da?«

Dominic nickte. »Willst du mit ihm sprechen? Ich glaube, er checkt gerade hinten die Geräte.«

Sobald Dominic uns den Rücken zuwandte, schaute ich Blake an, der an seinem Lemon IPA nippte. »Wie schmeckt es?«

»Deins ist besser.«

Ich stieß ihm in die Seite. »Das sagst du nur so. Tu das nicht. Ich will die Wahrheit hören.«

»Das ist die Wahrheit. Probier selbst.« Er reichte mir das Glas, und ich trank einen Schluck.

Für meinen Geschmack war es ein wenig zu fruchtig. Ich mochte es lieber, wenn man die Bitterkeit des Hopfens durchschmeckte, aber es war trotzdem gut. Dann reichte ich Blake mein helles Weizen zum Probieren.

»Das ist gut.«

Ich verdrehte die Augen, weil ich ahnte, wie der Satz enden würde. »Aber meins ist besser?«

Den Blick auf das Graffiti an der Wand gerichtet sagte er schnell: »Ja.«

Ich schaute mich ebenfalls im Raum um. Er war cool, grungy, ein wenig schmuddelig, aber trotzdem ansprechend.

»Mann«, sagte ich und stellte mir meine Zukunft vor. »Das will ich auch mal sein.«

Er zeigte auf die beiden kräftigen Brüder. »Das willst du sein?«

»Du weißt, was ich meine.«

Er lachte. »Und das wirst du auch.« Er legte einen Arm um mich und gab mir einen Kuss auf die Schläfe. »Du bist dafür gemacht.«

Tief im Inneren stimmte ich ihm zu. Ich spürte es in meinem Blut – okay, es war etwas seltsam, zuzugeben, dass ich Alkohol im Blut hatte –, dass ich gut war. Ich liebte diese Arbeit und brannte dafür, etwas zu schaffen, das Menschen zusammenbrachte. Während ich meinen Blick durch den Raum schweifen ließ, fiel mir auf, dass alle lachten, flirteten, einander abklatschten, mit zusammengesteckten Köpfen über Biergläsern redeten.

Die Vorstellung, dass das eines Tages mein Bier wäre, löste eine unbändige Freude in mir aus.

Gerade als ich anfing zu beschreiben, wie ich mir meine Brauerei vorstellte, kam Dominic mit seinem Bruder auf uns zu, der sich als Travis vorstellte.

»Ist das euer erster Besuch?«, fragte er.

»Ja. Aber ich habe viel über euch gehört, also wollte ich es mir mal selbst anschauen«, sagte ich.

Travis strich mit der Hand über seinen langen Pferdeschwanz. »Schön, dass ihr hier seid. Wie findest du das Ale?«

»Es ist gut.« Ich nickte und trank noch einen Schluck. »Perfekt für den Sommer. Und der kleine Hauch Pfeffer im Abgang ist nett.«

»Ah, das hast du herausgeschmeckt, was?« Travis grinste. »Du hast ziemlich gute Geschmacksknospen.«

»Danke. Ich braue auch.«

Travis' Lächeln wurde noch strahlender. Die Braugemeinde hielt zusammen, wir unterhielten uns miteinander, lernten voneinander und unterstützten uns gegenseitig. »Ach echt?«

»Ja. Letztes Jahr habe ich meine eigene Firma aufgemacht. Im Moment braue ich noch in der Garage, aber ich arbeite mich langsam hoch. Hoffentlich ...« Ich deutete mit der Hand in den Raum, um ihm zu zeigen, dass ich ebenfalls meinen eigenen Laden wollte.

»Wie läuft es bisher?« Travis stützte sich mit den Ellbogen auf der Bar ab.

»Gut.«

»Besser als gut, oder?«, sagte Blake zu mir. Dann zu Travis: »Ihr Zeug ist echt gut. Sie hat ein Amber Ale, das ist der Renner in meinem Gastropub.«

Travis zog die Augenbrauen hoch. »Du hast eine Bar?«

»Das *Public*.« Blake nickte und strich mit der Hand über meinen Rücken bis zu den Schultern und wieder nach unten. Eindeutig besitzergreifend und stolz. »Ihr Bier ist ein Hit.«

Travis' Lächeln schwand, und mein Magen sackte mir in die Knie. »Wie heißt deine Brauerei?«, wollte er wissen.

»*Out of the Bottle*.«

Er stand auf, zählte eins und eins zusammen und drohte mir spielerisch mit dem Finger. »Davon habe ich schon gehört. *Pete's Tavern* verkauft dein Stout.«

Ich schluckte den sauren Geschmack in meinem Mund herunter und hoffte, dass er als Nächstes etwas Nettes sagen würde.

»Und dein Freund verkauft es auch? Das ist natürlich sehr praktisch.«

Sofort wurden meine Handflächen feucht, und mein Herz schlug wie wild in meiner Brust. Ich musste mich verteidigen. Meine Firma. »Nein. So ist das nicht …«

Blake meldete sich zu Wort. »Es hat nichts mit mir zu tun, dass sich ihr Bier gut verkauft. Die Leute werden es überall kaufen, weil es verdammt gut ist.«

Travis schnaubte leise und zeigte mit dem Daumen auf Blake. »Ist er auch dein Marketingchef?«

Ich presste die Augen zusammen und betete, dass Blake aufhören würde zu reden, und Travis keine falschen Schlüsse zöge. Das hier war genau das, wovor ich Angst hatte.

»Hör mal zu, Süße«, begann Travis in einem herablassenden Ton, den Frauen überall nur zu gut kannten. »Beim Brauen von Craft-Bieren geht es darum, was man mit Hefe und Getreide machen kann, nicht darum, mit wem man schläft. Das wird nicht …«

Mein Blick verschwamm, und in meinen Ohren rauschte es, als die Gedanken wild durch meinen Kopf wirbelten. Zu viel Adrenalin schoss durch meine Adern, und ich wusste nicht, was ich sagen sollte.

Blakes Füße trafen hörbar auf den Boden auf, als er aufstand. »Ganz ruhig, es gibt keinen Grund, so mit ihr zu reden.«

Ich hielt ihm die flache Hand vors Gesicht, sobald mein Gehirn wieder funktionierte. Ich war so wütend. Und ich konnte meine eigenen Schlachten schlagen. »Travis, ich weiß, wie man braut. Ich respektiere die Kunst. Ich habe zwei Jahre in Deutschland verbracht, um es zu lernen. Blake hat nichts damit zu tun. Das ist alles ganz allein mein Werk.«

»Tja, scheint, als wäre das Glück ziemlich schnell auf deiner Seite gewesen. Dein Freund hat eine Bar. Da frage ich mich, was du getan hast, um von *Pete's Tavern* gelistet zu werden, hm?«

Ich kochte vor Wut. Noch nie hatte mich jemand beschuldigt, mit jemandem geschlafen zu haben, um zu kriegen, was ich wollte. Und es schmerzte mehr, als ich es von einer falschen Anschuldigung erwartet hätte. Das hier war genau das, wovor ich mich gefürchtet hatte. Ich hatte mein wichtigstes Prinzip verraten: Ich war eine Beziehung mit jemandem eingegangen, mit dem ich zusammenarbeitete.

Mein Kiefer verkrampfte sich unter unausgesprochenen Worten, meine Augen brannten, und Travis schnaubte angewidert. Dann drehte er sich weg. Die Unterhaltung war beendet.

Ich versuchte, meine Tränen zu unterdrücken, und wandte mich von der Bar ab. Auf dem Weg nach draußen hörte ich, wie Blake hinter mir Travis verfluchte. Regen prasselte aus grauen Wolken herab, und ich rannte zu Blakes Wagen, während meine Tränen sich mit den fallenden Tropfen vermischten.

Wie von Sinnen riss ich am Griff der verschlossenen Tür. Ich wollte einfach nur raus aus dem Regen und weg hier.

»Piper!«, rief Blake, bevor seine Schritte über den Asphalt hallten. Einen Moment später war er bei mir. »Dieser Ar ...«

Ich wirbelte herum und richtete meine Wut auf ihn. »Ich wusste es! Ich wusste, dass das passieren würde!«

Er erbleichte, aber ich wusste nicht, warum. Ich hatte ihn gewarnt. Wir hatten genau darüber gesprochen. »Du hast gewusst, dass ich es allein schaffen wollte und dass die Leute solche Schlüsse ziehen würden, wenn sie uns zusammen sehen. Und jetzt stehe ich hier im strömenden Regen, während der nächste Brauer glaubt, ich hätte mit dir und Gott weiß wie vielen anderen geschlafen, um mein Bier in ihre Bars zu kriegen. Bist du jetzt zufrieden? Bist du glücklich, dass wir zusammen sind und mein Ruf ruiniert ist?«

»Nein, ich bin nicht glücklich«, sagte er. »Aber du musst doch wissen, dass das, was er gesagt hat, nicht stimmt.«

»Das ist egal!«

»Was ist egal?«

Als er nach meiner Hand griff, schubste ich ihn weg. »Das da eben in der Bar war demütigend. Er ist ein Kollege, und er hat mir vorgeworfen, mich durch die Braugemeinde zu schlafen. Wenn das die Runde macht, ist meine Karriere zu Ende.«

»Deine Karriere?« Er strich sich mit den Händen durch die nassen Haare, bevor er fortfuhr. »Deine Karriere ist dein Bier. Und dein Bier ist besser als alles von diesem Arschloch.« Er hielt mich an den Schultern fest und ließ mich nicht vor der Rede flüchten, die er anscheinend vorbereitet hatte und die ich nicht hören wollte.

Ich schüttelte den Kopf, den Blick auf den Boden gerichtet, weil ich zu wütend war, um Blake anzuschauen.

»Er ist vermutlich eifersüchtig, weil du dir in so kurzer Zeit einen Namen gemacht hast. Es spielt keine Rolle, dass ich dein Freund bin. Es wäre auch egal, wenn du mit dem Besitzer von Anheuser-Busch zusammen wärst. Das ändert nichts an deinem Talent.«

Ich machte ein paar Schritte zurück. Vor einer Stunde hätten mich diese Worte glücklich gemacht – dass er sich als mein Freund bezeichnete. Aber jetzt war mir übel.

»Komm schon.« Er schloss das Auto auf und öffnete die Beifahrertür. Dann wartete er, bis ich mich gesetzt hatte, bevor er zu seiner Seite lief. Wir waren beide bis auf die Knochen durchnässt, und mir ging es mies.

»Sieh mich an.«

Nach einer Minute, während der ich die Konfrontation noch einmal im Kopf durchgegangen war, verglühte das Feuer in mir, und zurück blieb nichts als schwelende Asche. Mir war innerlich eiskalt, ich fühlte mich geschlagen, mein Kampfgeist hatte mich verlassen. Ich hob den Blick zu Blake, und er strich mir mit der Hand über mein tropfendes Kinn.

»Kannst du mir ehrlich sagen, dass du es nicht verdient hast, so weit gekommen zu sein?«

Ich antwortete nicht. Nach dem, was gerade passiert war, fühlte ich mich wie eine Hochstaplerin.

»Du glaubst wirklich, dass das, was du machst, nicht gut genug ist, um sich allein durchzusetzen? Du glaubst, ich habe dein Bier nur bestellt, um dich ins Bett zu kriegen? Denn ehrlich gesagt, wenn du das tust, beleidigst du nicht nur dich, sondern auch mich.« Sein Tonfall war beißend, seine Worte unterstrich er mit harschen Gesten. »Vergiss nicht, ich habe alles, was ich besitze, in meine Bar gesteckt, und ich würde nichts tun, um das zu gefährden, und dazu gehört auch, dass ich niemals unterdurchschnittlichen Alkohol verkaufen würde.«

Ich massierte mir die Schläfen. Ich glaubte an mich und mein Produkt, aber verdammt, der Anfang war so schwer. Und mit dieser Verbindung zu Blake wusste ich nicht, ob ich je auf die Beine kommen würde. »Das war eine schlechte Idee.«

Er legte seine Hände ans Lenkrad. »Ja. Hierher zu kommen war eine ganz schlechte Idee.«

»Nein«, korrigierte ich ihn leise. »Ich meine dich und mich.«

18. Kapitel

PIPER

Ich musste den Streit mit Blake vom Vortag aus dem Kopf kriegen. Also setzte ich ein weiteres Fass Gray-Haired Lady an und wischte mir den Schweiß von Stirn und Oberlippe. Brauen war schlichte Biologie. Sobald man den Fermentationsprozess einmal verstanden hatte, war es relativ leicht. Das Schwere war die körperliche Arbeit: heben, umgießen, von hier nach da tragen.

Auch wenn ich vorhatte, noch mal mit ihm persönlich zu sprechen, war es mir unmöglich, nicht auf seine Nachricht zu antworten, in der er mich gefragt hatte, ob ich immer noch aufgebracht war.

Meine Antwort bestand aus einem Wort.

Ja.

Natürlich war ich immer noch aufgebracht und durcheinander. Ich war von einem anderen Brauer verunglimpft worden. Ich hatte meine Zukunft aufs Spiel gesetzt, indem ich mit Blake zusammen war, und ich wusste nicht, wie ich das alles lösen sollte. Also arbeitete ich.

Ich war eine Ein-Mann-Kapelle, schuftete acht bis zehn Stunden täglich und machte alles allein: das Brauen, das Verpacken, das Marketing. Aber ich hatte große Pläne und würde mich von dem, was gestern passiert war, nicht davon abbringen lassen.

Oder ich versuchte es zumindest.

»Brauchst du Hilfe?«

Ich schaute über meine Schulter und sah Sonja in der offenen Garagentür stehen. »Gerne.«

»Ich habe dich bis in die Küche stöhnen gehört.« Sie nahm einen vollen Kasten und trug ihn zum Kofferraum meines Kombis. Drei Kisten später war mein Auto voll und ich bereit, morgen zum Großhändler zu fahren.

Ich streckte die Arme über den Kopf und wischte mir die Hände am T-Shirt ab, bevor ich mich an den Tisch setzte, an dem ich normalerweise die Flaschen verkorkte. Sonja lehnte sich gegen die Tischplatte und spielte mit einer leeren Flasche. »Die Jungs kommen zum Abendessen rüber.«

Ich dehnte meinen Hals und hörte, wie mein Nacken erleichtert knackte. »Die Jungs?«

»Bear, Connor und Blake.«

Ich stöhnte aus verschiedenen Gründen, und der wichtigste davon war, dass ich Blake gesagt hatte, das mit uns wäre ein Fehler gewesen. »Seit wann sind die ›die Jungs‹?«

Sie blies die Wangen auf und stieß die Luft wieder aus. »Seitdem du in Blake verschossen bist. Seitdem du seinen Freunden deine beste Freundin Schrägstrich Mitbewohnerin vorgestellt hast. Seitdem wir uns an meinem Geburtstag alle betrunken haben und beste Freunde geworden sind.«

Ich rutschte in meinem Stuhl runter und lehnte den Kopf gegen die Rückenlehne. »Mist.«

»Was?«

»Du weißt, dass Blake und ich uns gestritten haben. Warum hast du ihn trotzdem eingeladen?«

Sonja schüttelte den Kopf, als wäre das ganz offensichtlich. »Zuerst einmal hast du mir nicht gesagt, worum es in dem Streit ging. Du hast nur irgendetwas über Regen und ein Auto gemurmelt und dich dann schmollend in dein Zimmer zurückgezogen, um den Rest des Abends *Friends* zu gucken. Zweitens konnte ich schlecht die ersten beiden Amigos einladen und den dritten außen vor lassen.«

»Doch, das könntest du schon«, sagte ich lahm.

»Und du könntest mit Blake reden.«

Sonja hatte recht. Wie immer. Ich hasste es.

»Also, worum ging es bei dem Streit?«, fragte sie und legte den Kopf schief.

»Der Kerl in der Brauerei hat mehr oder weniger deutlich gesagt, dass ich mit Blake und anderen Barbesitzern schlafe, um mein Bier in ihre Läden zu kriegen.«

»*Was?*« Sonja fielen beinahe die Augen aus dem Kopf, und ihre Schultern nahmen diese Boxerhaltung an, die ich inzwischen so gut kannte.

Ich winkte ab. »Ist schon gut. Ich meine, es ist natürlich nicht gut, aber ich habe mich behauptet.«

»Was genau ist passiert?« Sie verschränkte die Arme vor der Brust.

Ich zuckte mit den Schultern. »Blake scheint den Zusammenhang nicht zu sehen, dass es ein Problem für mich sein könnte, wenn wir beide zusammen sind.«

»Und was hast du nun vor?«

Ich fuchtelte mit der Hand durch die Luft. »Offensichtlich

werde ich mit den Jungs abhängen und dabei schweigend vor mich hin brodeln.«

Sie lächelte und tätschelte meine Schulter. »Guter Plan.«

Ich zog mein T-Shirt ein wenig vor, um mir Luft zu verschaffen. Ich roch nach Bier und Hefe. »Wann sind sie hier?«

Sonja stellte die Flasche ab und richtete sich auf. »Um sechs.«

»Sonja! Es ist schon halb sechs.« Ich sprang vom Stuhl und rannte aus der Garage. Ja, ich war vermutlich wütend auf Blake, aber ganz sicher wollte ich nicht, dass er mich in meinen abgewetzten Arbeitsklamotten sah. »Ich muss duschen und mich anziehen und meine Haare machen. Und das alles innerhalb von …« Ich schaute auf mein Handy. »Neunundzwanzig Minuten.«

Sonjas Lachen verfolgte mich, als ich ins Haus lief. In Rekordzeit duschte ich und zog mich um. Ich war gerade dabei, mein Gesicht einzucremen, als ich laute Schritte durch die Haustür kommen hörte. Männerstimmen schallten nach oben, etwas über Burger auf dem Grill, und ich beeilte mich mit dem Schminken und flocht meine Haare zum Zopf.

Mit einem angespannten Gefühl im Bauch ging ich nach unten und wurde von *den Jungs* winkend begrüßt.

»Endlich.« Bear hob sein Bier in meine Richtung. »Nett, zur eigenen Party zu spät zu kommen.«

Mir fiel auf, dass er das Brown Ale trank, mit dem ich herumexperimentiert hatte. Ich hatte nur ein kleines Fass davon gemacht und hatte das Rezept noch nicht ganz fertig, aber ihm schien es nichts auszumachen.

»Hast dich schon häuslich eingerichtet, was?«, sagte ich und zeigte mit dem Kinn in Richtung seines Glases.

»Sonja hat gesagt, ich soll mich bedienen.« Er zeigte auf sie, die im Schneidersitz auf dem Boden saß und Wasser mit Zitrone trank. »Ich hab's in der kleinen Zapfanlage gefunden, die du im Keller versteckt hast.«

»Aus gutem Grund.«

Er grinste mich an, bevor er einen Schluck trank. »Das ist gut.«

»Ja, es wird langsam.« Ich wandte mich an Connor und ignorierte Blakes Blick, der sich auf meiner Wange wie ein Laserstrahl anfühlte. »Hey, wie geht's?«

Connor legte den Kopf schief. »Gut. Hungrig.«

Trotz meiner schlechten Laune musste ich lächeln. »Ein Mann der wenigen Worte.«

Sonja stand auf. »Ich mache schon mal den Salat. Wer kümmert sich um den Grill?«

Connor meldete sich freiwillig, und Sonja deutete mit der Hand in Richtung Küche. »Kommt, ich bin kurz vorm Verhungern. Ich habe meinen nachmittäglichen Snack ausgelassen.«

»Oh, oh«, sagte Bear grinsend. »Sie hat ihre zweihundert Kalorien pro Stunde verpasst. Jemand sollte einen Arzt rufen.«

Schneller als ein Blitz schlug Sonja ihm gegen den Bizeps.

Bear umklammerte seinen Arm. »Ich mach doch nur Witze. Du weißt, wie heiß ich es finde, wenn du mit mir über Kalorien sprichst.«

Er sprang zurück, als sie noch einmal nachsetzte, und dann verschwanden sie schattenboxend den Flur hinunter. Connor folgte ihnen und ließ mich in meinem Versuch, Blake weiterhin zu ignorieren, allein.

»Hi Sonnenschein.« Seine Stimme klang sanft, beinahe ein wenig entschuldigend, aber ich behielt den Blick fest auf das Bein des Beistelltischchens geheftet.

Er stand auf und berührte dabei meine Hand. »Du siehst hübsch aus.«

»Wirklich?« Ich verdrehte die Augen und zupfte an meinem alten Baseball-T-Shirt. Ich wusste, er versuchte nur, gute Stimmung zu machen.

Dann strich er mir den Zopf über die Schulter. »Du bist immer hübsch. Egal, was du anhast.«

Ich stieß ein widerstrebendes »Danke« aus, trat aber einen kleinen Schritt zurück. Die Art, wie sein mintgrünes Hemd die grünen Flecken in seinen braunen Augen betonte, lenkte mich davon ab, warum ich mich von ihm fernhalten musste.

»Können wir reden?«

»Haben wir gestern nicht genug geredet?«

Er schnaubte. »Nein.«

Ich nahm an, dass es der Anwalt in Blake war, der ein totes Pferd weiterreiten wollte.

»Wie wäre es, wenn du mir zeigst, wo du deine Magie wirkst?«, schlug er vor.

Ich zuckte zurück und zog die Augenbrauen zusammen. »Du willst mein *Schlafzimmer* sehen?«

Sein Lächeln wurde äußerst sündig, als er nach meiner Taille griff. »Oh, ich bin sehr an deinem Schlafzimmer interessiert, aber ich meinte, ich will sehen, wo du braust.«

Meine Wangen brannten, und für einen Moment vergaß ich, dass ich eigentlich sauer sein sollte. »Ach so.« Ich spielte mit meinem Zopf. »Das ist hier entlang.«

Ich führte ihn an Sonja und Bear vorbei, die in der Küche Gemüse schnippelten, und an Connor, der draußen mit unserem alten, wackeligen Grill kämpfte. Am Ende des Flurs öffnete ich die Tür in die Garage und schaltete die Lichter an. Blake stieß hinter mir den Atem aus, und ich wünschte mir, dass wir nicht in einer kalten Garage voller Brauutensilien wären, sondern oben in meinem weichen, schönen Bett.

»Wow.«

Überrascht von der Bewunderung in seiner Stimme schaute ich mich nach ihm um. Da ich hier jeden Tag arbeitete, sah ich nichts Besonderes mehr, aber wenn ich es nun durch seine Augen betrachtete, konnte ich verstehen, dass er beeindruckt war.

Hier zu sein beruhigte mich augenblicklich, und so zeigte ich auf die Wand auf der anderen Seite, an der das *Durchhalten*-Poster hing. »Da drüben koche ich.«

»Wie viel kannst du auf einmal herstellen?«, fragte er und strich mit der Hand über einen der Gärkessel, die ich hochgestellt hatte, um besser dranzukommen.

»Bis zu sechsundfünfzig Liter, aber normalerweise habe ich fünf Gärkessel laufen.« Ich deutete auf die beiden Tanks am Ende. »In denen habe ich immer mein Amber, weil es das beliebteste Bier ist. Bei den anderen rotiere ich, je nachdem, was sich gerade gut verkauft.«

Ich lehnte mich gegen die Wand, während er herumwanderte und alles inspizierte. Dabei beantwortete ich seine gelegentlichen Fragen, bis er schließlich zu mir zurückkehrte.

»Das ist wirklich unglaublich, Piper. Dass du das alles allein auf die Beine gestellt hast.«

Ich zuckte mit den Schultern. »Mehr habe ich im Moment nicht. Ich werde Hilfe benötigen, wenn ich je hier ausziehe und eine echte Brauerei aufmache.«

»Das hier *ist* eine echte Brauerei.«

»Du weißt, was ich meine.«

Er schenkte mir ein ermutigendes Lächeln, das aber schnell wieder schwand. »Ja. Ich weiß.«

Ich hatte eine Mauer zwischen uns errichtet, weil ich fürchterliche Angst hatte, dass der Regen gestern meine Chancen darauf, mein Ziel zu erreichen, davongespült hatte. »Blake …«, setzte ich an, und meine Gefühle schnürten mir die Kehle zu. »Was ist, wenn ich alles kaputtgemacht habe?«

»Glaubst du das wirklich?«

Ich zupfte am Saum meines T-Shirts, und Blake legte eine Hand auf meine. »Sprich mit mir, Piper.«

»Ich glaube, die Wahrscheinlichkeit ist hoch, dass über mich geredet wird. Vor ein paar Wochen musste ich mich schon Tim gegenüber erklären, auch wenn ich nicht glaube, dass *er* mir geglaubt hat.«

Blake stemmte die Hände in die Hüften. »Wer ist Tim noch mal?«

»Mein alter Chef.«

Er schnippte mit den Fingern. »Richtig. Was hat er gesagt?«

»Er hat nur … Er meinte, es wäre keine gute Idee, dass wir miteinander ausgehen.«

»Was weiß der schon«, grummelte er.

»Sehr viel, ehrlich gesagt. Er kennt viele Leute, hat gute Kontakte.«

Blake winkte ab, was meinen Zorn aufs Neue anfachte. Es fühlte sich an, als wäre ich wieder in Berlin mit Oskar, der mich behandelte, als wüsste ich nicht, wovon ich redete. Allein das, was *er* sagte, zählte. Meine Gefühle und Gedanken spielten keine Rolle. Und das würde ich nicht noch einmal mitmachen.

»Für dich ist es leicht, das einfach abzutun, aber für mich nicht. Ich hasse es, ständig über die Schulter gucken zu müssen, mir Gedanken darüber zu machen, was die Leute denken. Wie ich mich anziehe oder benehme. Also mach nur, nimm das alles nicht ernst, aber es ist meine Karriere. Mein *Leben*.«

Ich wandte mich von ihm ab, um die Tränen zu verbergen, die über meine Wangen kullern wollten. Es brachte mich zur Verzweiflung, weil er nicht verstand, wie schwer das alles für mich war. Nach all dieser Zeit, in der ich meine Firma immer jedem Mann vorgezogen hatte, hatte ich geglaubt, Blake wäre ein Wendepunkt in meinem Leben. Dass er der Mensch war, der mich verstand – wirklich verstand –, aber seine ignorante Haltung bewies etwas anderes.

»Vergiss es einfach, Blake.« Ich straffte die Schultern und drehte mich wieder zu ihm um, spielte ihm Selbstbewusstsein vor. »Wir beide zusammen – das funktioniert nicht.«

»Nein.« Er schüttelte den Kopf. »Dem widerspreche ich.«

»Was?«, schnaubte ich. »Du kannst nicht … Ich …« Meine Worte verebbten. Bei seiner ernsten Miene und dem entschiedenen Tonfall fühlte ich mich wie vor Gericht.

»Sosehr es mir missfällt, wenn du sagst, dass das mit uns beiden nichts werden kann, noch mehr hasse ich den ganzen Mist, den du über dich ergehen lassen musst, nur weil du eine Frau bist. Du glaubst, dass bestimmte Faktoren deine Karriere beeinflussen, und deshalb stellst du alles infrage. Aber das stimmt nicht. Ich werde nicht zulassen, dass irgendjemand – weder der Arsch von der Brauerei noch dein alter Boss – dich an dir zweifeln lässt.«

Er umfasste mein Handgelenk. Sein Blick war so eindringlich, es war, als könne er direkt in mich hineinschauen. Als könne er sehen, wie viel Angst ich hatte. Ich wollte mit ihm zusammen sein, aber es gab zu viele äußere Faktoren, die ich nicht außer Acht lassen konnte.

»Ich mag dich. Sehr«, sagte er ernst. »Und ich weiß, dass du mich auch magst. Ich weiß außerdem, dass du unglaublich hart dafür gearbeitet hast, dort hinzukommen, wo du jetzt bist. Und du wirst alles bekommen, was du willst, weil du es dir verdient hast. Nicht meinetwegen, nicht wegen irgendjemand anderem. Sondern allein deinetwegen. Das alles hier warst du, und das wirst du immer sein.«

Es fiel mir schwer, Komplimente anzunehmen, weil ich manchmal Schwierigkeiten hatte, an mich zu glauben. Deshalb wandte ich den Blick ab. Ich schämte mich, diesem Gefühl der Unzulänglichkeit nachzugeben.

Aber Blake ließ mich natürlich nicht los. Er nahm meine Hände und hielt sie zwischen uns hoch und wartete, bis ich ihn anschaute. Dann sagte er: »Ich möchte mit dir zusammen sein, ob du nun das beste Amber Ale braust, das ich je getrunken habe, oder nicht. Ist es ein Zufall, dass du das machst? Ja. Also? Ich weiß, was du kannst. Du weißt es auch. Wen interessiert es da, was die Leute denken?«

»Mich. Weil sie mich unterstützen oder ruinieren können«, sagte ich.

»Okay.« Er zuckte mit den Schultern. »Denken wir das

mal durch. Angenommen, Travis McArmleuchter ist tatsächlich ein Idiot, der Spekulationen Glauben schenkt. Dann hat er zwei Möglichkeiten.« Er streckte den Zeigefinger meiner rechten Hand. »Entweder wird er darüber brüten, während er mit seinen fleischigen Händen sein komisches Lemon Lager braut – das nicht so gut ist wie deins. Oder …« Er hob meinen Mittelfinger. »Er wird sich für den kindischen Weg entscheiden und jemandem von seiner Vermutung erzählen, was zwischen uns läuft.«

Er wackelte mit meinem Mittelfinger. »Gehen wir mal davon aus, dass er sich für die zweite Variante entscheidet, weil er ein Arschloch ist. Lass uns weiter davon ausgehen, dass er es einer, zwei oder sogar drei Personen erzählt. Was werden diese Leute tun?«

Als ich nicht antwortete, tat er es. »Diese Leute werden ihn vermutlich ignorieren, weil es sich nur um ein Gerücht über ein kleines Start-up-Unternehmen handelt, richtig?«

»Ich würde es nicht gerade ein kleines Start-up-Unternehmen nennen«, widersprach ich und schürzte die Lippen.

»Das ist der Kampfgeist, den ich von dir kenne.« Blake unterdrückte ein Lächeln. »Und ich würde es auch nicht so nennen. Und weißt du, warum? Weil dein Bier *gut* ist. Wie oft musst du das noch hören? Und von wie vielen Leuten?«

Ich ließ seine Worte einen Moment sacken. »Ich weiß, dass mein Bier gut ist. Das musst du mir nicht sagen. Das muss mir niemand sagen. Ich weiß es, weil alle meine Kästen bei den Großhändlern letzte Woche verkauft wurden. Dave hat gerade die doppelte Menge bei mir nachbestellt. Er meinte, andere Bars hätten danach gefragt. Ich expandiere schneller, als ich produzieren kann.«

»Wo ist dann das Problem?« Er warf die Hände in die Luft.

»Ich habe Angst!«, rief ich und schlug mir dann die Hände vor den Mund. Ich war überrascht, dass ich das zugegeben hatte, und noch dazu so laut. »Ich habe dir gesagt, dass ich Angst habe«, sagte ich etwas ruhiger und ließ mich auf einen Stuhl fallen. Ich war erschöpft davon, diese ganzen Gefühle in mir zu halten, und nachdem ich sie endlich ausgesprochen hatte, fühlte es sich an, als wäre mir eine Last von den Schultern gefallen.

»Wovor hast du Angst?« Er strich mir ein paar Strähnen hinter das Ohr und berührte meine Ohrmuschel kurz mit dem Daumen, bevor er seine Hand senkte.

»Vor dem Scheitern. Davor, nicht gut genug zu sein, um meine eigene Firma zu leiten. Davor, für dich nicht gut genug zu sein.« Bei den letzten Worten brach meine Stimme, und ich hoffte, dass Blake es nicht bemerkte.

Aber er lachte. »Du machst Witze, oder? Du bist die coolste, stärkste, härteste Frau, die ich kenne. Du bist mehr als genug. Ich sollte eher besorgt sein, dass ich nicht mit dir mithalten kann.«

Er beugte sich vor und nahm mein Gesicht in seine Hände. »Du braust dein eigenes Bier. Du bist die beste Freundin auf der Welt. Aber was kannst du über mich sagen?«, fragte er mit einem schiefen Grinsen. »Dass ich tolle Haare habe?«

Ich biss mir auf die Unterlippe, musste aber trotzdem grinsen.

»Ich bin für dich da – wenn du mich lässt. Aber«, fügte er ernst hinzu, »wenn du wirklich glaubst, es schadet deiner Zukunft, wenn wir zusammen sind, werde ich gehen. Ich werde dein Bier weiter im *Public* verkaufen, dich aber ansonsten in Ruhe lassen.«

Dass er mir meinen Freiraum ließ, wenn ich es wollte, verriet mir, dass er wirklich verstand, wie wichtig es mir war, mit meiner Firma Erfolg zu haben. Und dass ich dafür in der Vergangenheit viele Opfer gebracht hatte. Wie sich herausstellte, wollte ich Blake nicht opfern, aber bevor ich das sagen konnte, fuhr er fort.

»Ich würde es jedoch bedauern, wenn du etwas aufgibst, bevor es die Chance hatte, überhaupt zu beginnen.«

Nickend stand ich auf und schlang meine Arme um seine Taille. »Ich auch. Was wir haben, ist das alles wert.«

»Ich hatte gehofft, dass du das sagen würdest.«

Ich gab ihm einen Kuss auf die Wange, bevor ich mich zurücklehnte, um ihm in die Augen zu schauen. »Ich habe einen kleinen Blick auf Blake, den Anwalt, erhascht, und er war ziemlich heiß.«

»Ach ja?« Er lachte leise.

Ich zog die Augenbrauen hoch. »O ja.«

»Dann lass uns gehen.«

»Was? Wohin?«

»In dein Zimmer.«

Ich lachte, als er mich aus der Garage zog, an Connor, Bear und Sonja vorbei, die im Garten waren.

»Wo wollt ihr hin?«, fragte Sonja und reichte Connor einen Teller.

»Wir verkosten ein paar Biere«, redete ich mich schnell raus.

Drinnen lief ich zur Treppe, und Blake folgte mir. Oben schloss er die Tür hinter uns und zog sein Hemd aus, während ich von einem Bein aufs andere hüpfte und versuchte, mich meiner Shorts zu entledigen. Er lachte über meine Ungeschicklichkeit und zog mich aufs Bett, um meine Stirn, Nase, Wangen, Lippen, Schultern und jedes Stück Haut, das er finden konnte, mit Küssen zu bedecken, während er mir half, den Rest meiner Klamotten und dann seine auszuziehen.

Mein Rücken und meine Oberschenkel flammten unter der Berührung seiner Hände auf. Mit jedem Kuss, jeder Zärtlichkeit formte er mich immer mehr zu dem, was er wollte. Eine Hand vergrub er in meinen Haaren, während er mich mit der anderen unter sich zog und mich vergessen ließ, dass wir je miteinander gestritten hatten.

Nach einer gefühlten Ewigkeit kam ich auf der Seite zu liegen, und er schob mir die Haare aus dem Gesicht.

»Sehe ich sehr zerzaust aus?«

»Nein. Du siehst wahnsinnig zerzaust aus«, antwortete er an meinen Lippen.

Ich schwieg, und er sah mich stirnrunzelnd an. »Was ist?«

»Entschuldige, dass ich geweint habe und überhaupt so …« Ich deutete mit den Händen Kreise um meinen Kopf an. »… gestern so durcheinander war.«

Er setzte sich abrupt auf und wirkte ein wenig genervt. »Nein. Bitte, mach mich nicht zu so einem Typen, der nicht auf die Gefühle einer Frau hört. Und bitte, bitte sei nicht eine dieser Frauen, die Angst haben, sich auszudrücken. Es gibt nichts, wofür du dich entschuldigen musst.«

Im Alltag bemühte ich mich, stark zu sein und mich nicht für das zu entschuldigen, was ich wollte, aber ich hatte immer Angst, zu emotional oder zickig oder weinerlich oder sonst was rüberzukommen. Ich hatte lernen müssen, nichts darauf zu geben, was andere über mich dachten, und ich war noch längst nicht perfekt darin. Zum Glück war Blake da, um mir zu helfen.

»Okay?« Er hob eine Hand zum Abklatschen, und ich schlug ein.

»Okay.«

»Und was das Geschehene angeht ...« Er gab mir einen Kuss auf die Handfläche und drückte sie gegen seine Brust. »Ich weiß, die Leute werden über dich reden, aber ehrlich, dein Bier spricht für sich. Es muss nicht verteidigt werden, aber ich hoffe, dass du weißt, dass ich dich immer verteidigen werde.«

»Immer?« Ich lächelte.

»Ja. Du bist meine Freundin. Du stehst an erster Stelle.«

»Hört sich gut an.«

Dann küsste mein Freund mich. »Komm, gehen wir was essen.«

19. Kapitel

BLAKE

Piper hatte sich angewöhnt, ins *Public* zu kommen, wann immer sie Zeit hatte. Ich war trotz zwei Vollzeit-Managern beinahe jeden Tag dort, weil ich gerne auf dem Laufenden war, was in meinem Laden vor sich ging. Was bedeutete, dass Piper mittlerweile beinahe zum Inventar gehörte.

Und sie machte sich verdammt gut.

Ich musste noch Papierkram erledigen, also ließ ich sie am Eckplatz an der Bar zurück. Die Gäste, die üblicherweise zur Cocktail-Hour kamen, waren noch nicht alle eingetroffen, und Piper hatte es geschafft, Darren zu überreden, ihr seine *Reuben Bites* zu machen. Das war seine neueste Erfindung und hatte den Eingang auf die Vorspeisenkarte gefunden: Corned Beef, Sauerkraut und Schweizer Käse mit russischem Dressing auf geröstetem Roggenbrot. Ich hatte inzwischen gelernt, dass sie zu Pipers Lieblingsmahlzeiten zählten, und die kleinen Röllchen verschwanden mit erstaunlicher Geschwindigkeit in ihrem Mund. Ich hatte gedroht, den Namen in *Piper's Bites* zu ändern, aber sie hatte nur auf ihre typische Piper-Art abgewinkt und sich wieder ihrem Teller gewidmet.

Als ich kurze Zeit später aus dem Büro kam, saß sie immer noch auf dem gleichen Platz und unterhielt sich mit Missy, die gerade Zitronen in schmale, gleichmäßige Scheiben schnitt. Ich blieb im Schatten des Flurs stehen und beobachtete Piper einen Moment lang.

Ihr Lächeln war ansteckend. Ich spürte, wie meine Mundwinkel sich unwillkürlich hoben, dabei hörte ich noch nicht mal, was sie sagte. Es war unmöglich, in ihrer Nähe zu sein und sich nicht dazugehörig zu fühlen. Sie saugte mich in ihre Atmosphäre, ihr Glück, und es gab keinen Ort, an dem ich lieber gewesen wäre. Mit Piper zusammen zu sein war, wie in ein Meer aus Behaglichkeit einzutauchen. Sie war meine Kuscheldecke, meine erste Tasse Kaffee am Morgen, eine kühle Brise an einem heißen Sommertag. Ihre Augen, ihre Haare, die Art, wie sie mit dem Anhänger an ihrer Kette spielte – all das liebte ich an ihr.

Nun grinste sie über das ganze Gesicht und klatschte in die Hände. Ganz offensichtlich freute sie sich über irgendetwas. Sie sprach lebhaft weiter und malte mit den Fingern unsichtbare Figuren in die Luft. Neugierig schlich ich mich an und setzte mich auf den Hocker neben ihr.

»... ungefähr fünfhundert Dollar für Cowboystiefel ausgegeben«, sagte sie.

Ich schaltete mich in die Unterhaltung ein. »Du hast Cowboystiefel?«

Sie drehte sich zu mir um und sah mich überrascht an. »Nein. Kayla hat welche.«

Mit dem Daumen strich ich ihre linke Augenbraue glatt.

Missy wedelte mit einer Serviette vor meinem Gesicht herum. »*Piper und ich* haben uns gerade über Nashville unterhalten. Da fahren Jackie und ich nämlich zu unserem Hochzeitstag hin.«

Missy hatte ihre langjährige Freundin im letzten Jahr geheiratet.

»Wann denn?«

»Am 13. Juli.«

»Und ihr fahrt nach Nashville und nicht in irgendeine Hütte in den Wäldern?«

Missy zuckte mit den Schultern. »Sie mag Countrymusik.«

Als ein Gast sie rief, konzentrierte ich mich auf Piper. »Ich wusste gar nicht, dass du schon mal in Nashville warst.«

»Ich war schon in vielen Bundeshauptstädten. Meine Eltern haben sich vorgenommen, jede einzelne zu besuchen. Wo wir gerade davon sprechen …« Sie hob den Zeigefinger. »Meine Eltern fahren in ein paar Wochen nach Des Moines und legen hier einen Zwischenstopp ein.«

»Okay.« Mit einer Serviette wischte ich einen Fleck vom Tresen.

»Würdest du sie gerne kennenlernen?« Ihre Stimme klang hoch und so, als wäre sie sich meiner Antwort nicht sicher, was mich beinahe beleidigte.

»Natürlich möchte ich die Eltern meiner Freundin kennenlernen. Ist das für dich in Ordnung? Oder schämst du dich für mich?«, zog ich sie auf.

Sie schlang die Arme um mich. »Nein. Ich wollte nur sichergehen, dass das für dich in Ordnung ist. Meine Eltern kennenzulernen ist ein großer Schritt.«

Es mochte vielleicht ein großer Schritt sein, aber mir machte es nichts aus, ihn zu tun. Im Gegenteil, ich freute mich sogar darauf. Ich neigte den Kopf und verteilte winzige Küsse auf ihrem Hals. Komisch, wie schnell ich vergessen hatte, wie gut sie roch, und noch komischer, wie sehr ich ihren Duft vermisste, wenn sie nicht in der Nähe war. »Sonnenschein, ich denke, du solltest inzwischen wissen, dass ich für dich beinahe alles tun würde.«

Gerade als Pipers süße Lippen meine berührten, stieß Missy einen Pfiff aus. Wir drehten uns beide zu ihr herum.

Das Kinn in die Hände gestützt, sah sie uns so aufmerksam an wie ein Kind, das einen Zeichentrickfilm schaut.

»Ah«, seufzte sie. »Junge Liebe.«

Ich stand auf und zog Piper mit mir. »Trauerst du ihr hinterher, jetzt, wo du eine alte, verheiratete Lady bist?«

Sie erbleichte. »Ich bin nicht alt. Wer hat so etwas gesagt?«

»Dein Führerschein.«

Ich wich dem Handtuch aus, das sie nach mir warf, und ging mit Piper im Schlepptau in mein Büro. Dort schloss ich die Tür mit einem leisen Klick hinter uns und deutete mit dem Finger über die Schulter. »Sie hat mal Softball für Oregon gespielt und hat einen echt harten Wurf. Einmal hat sie mich mit einer Limone getroffen.«

Ich berührte meinen Kopf, als wäre die Beule immer noch da. »Ich weiß nicht, warum du lachst. Das ist nicht witzig.«

Sie presste ihre Lippen aufeinander, um ihr Lächeln zu verbergen, und dann küsste sie meinen Schmollmund fort, während sie ihre Hände an meinem Rücken unter mein T-Shirt gleiten ließ. Ihre Finger fühlten sich kühl an auf meiner Haut, und nach einem langen Tag am Schreibtisch entspannte die Berührung meine Muskeln. Ich vergrub mein Gesicht an ihrer Schulter, dann strich ich sanft mit meinen Lippen über ihre, ohne sie zu küssen.

Sie knabberte an meinem Kinn, als sie fragte: »Bist du bereit, dir meine Unterlagen anzusehen?«

Piper war heute in den Pub gekommen, weil wir uns gemeinsam ihre Finanzen und ihren Businessplan anschauen wollten. Es war ihr ernst damit, endlich ihre eigene Brauerei zu eröffnen, und ich wollte ihr helfen. Aber nun, wo sie ihren Körper so eng gegen meinen presste …

»Nicht so richtig«, gestand ich und strich mit den Lippen von der Wange zu ihrem Ohr. »Vielleicht später.«

Ich umfasste ihre Oberschenkel und zog sie zu meinen Hüften hoch, bis Piper ihre Beine um mich schlang und die Arme um meinen Hals legte. So trug ich sie die paar Schritte durch das Büro.

»Ich habe meinen Laptop mitgebracht«, sagte sie, als ihr Blick auf ihre Messenger Bag fiel, die auf meinem dunklen Holzschreibtisch lag. Sie griff danach in einem letzten Versuch, zum Grund ihres Besuchs zu kommen.

Darum würden wir uns auch kümmern.

Aber später.

»Hmmm.« Vorsichtig hob ich die Tasche an, ohne sie anzusehen, und stellte sie auf den Boden. Dabei ließ ich meine Zähne über Pipers Hals streifen, weil ich wusste, dass sie das mochte.

Und dann gab sie nach. Wortlos hob sie die Arme, und mehr Anreiz brauchte ich nicht. Ich versuchte, ihr das Tanktop über den Kopf zu ziehen, scheiterte aber. Das Ding hatte vierzehntausend Bänder, die kreuz und quer über ihren Rücken verliefen und sich beim Ausziehen irgendwie an ihrem Kopf und ihrem rechten Arm verfingen.

Der Dutt, den sie hoch auf dem Kopf trug, rutschte zur

Seite, und die Haut an ihrem Hals war ganz rot von meinen Bartstoppeln. Mit einem Arm in der Luft sah sie aus, als wäre sie betrunken, und ich musste lachen.

»Steh nicht da und lach mich aus«, sagte sie kichernd. »Hilf mir lieber.«

»Ich weiß nicht, wie.« Ich fummelte an dem Top herum und versuchte, die verwirrten Bänder zu lösen. »Du hast da eine Todesfalle an. Ich glaube, ich brauche einen Rettungsspreizer.«

»Mach einfach …«

Es klopfte zweimal kurz an der Tür, bevor Missy sagte: »Blake, deine Schwester fragt nach dir.«

Stöhnend ließ ich meinen Kopf nach vorne auf Pipers Schulter sinken. Meine Schwester, die Zerstörerin alles Guten. Das Letzte, was ich jetzt wollte, war, nach draußen zu gehen und mit ihr zu reden, wo wir hier drinnen gerade beim schönen Teil angekommen waren.

»Blake?«

»Ja. Ich komme«, sagte ich in Richtung Tür, auch wenn genau das unglücklicherweise nun nicht der Fall wäre. »Willst du meine Schwester kennenlernen?«, fragte ich Piper, die immer noch versuchte, ihr Shirt wieder anzuziehen.

Sie zeigte auf sich, als wollte sie sagen: *So?*

»Wie wäre es, wenn wir …« Ich zog ihr Top vom Saum aus nach oben. Mit ein wenig Ziehen und Zerren hier und da war sie nun von der Taille aufwärts nackt, und ich vergaß alles um mich herum.

Ich senkte den Kopf und biss ihr in die Schulter.

»Das geht nicht«, keuchte sie und versuchte, mich davon abzuhalten, mich weiter nach unten vorzuarbeiten, während sie ihre Finger in meine Haare krallte.

»Doch.« Ich begann, ihre Jeans aufzuknöpfen.

Sie wehrte sich nicht, also schob ich sie sanft zum Tisch. Dort schlang sie ihre Arme um mich, ließ den Kopf in den Nacken fallen und gewährte mir so Zugang zu ihrem Schlüsselbein, auf dem ich eine Spur aus heißen Küssen hinterließ. Dabei malte ich mir aus, auf wie viel verschiedene Arten ich sie hier in meinem Büro nehmen wollte. Auf dem Tisch. Gegen die Wand. Da drüben ...

Die Tür ging auf.

»Was zum Teufel?« Ich zuckte hoch, und Piper keuchte unter mir auf. Sie bedeckte sich, und ich bückte mich, um ihr Top vom Boden aufzuheben, während die entsetzte Miene meiner Schwester sich in ein süffisantes Grinsen verwandelte.

»Hast du noch nie davon gehört, dass man anklopft?«, brüllte ich sie an.

»Wie sollte ich wissen, dass du mit irgendeinem Mädchen hier hinten bist?« Sie sagte es, als wäre es nicht ihre Schuld, dass sie uns gestört hatte. Hinter einer geschlossenen Tür.

Sobald Piper BH und Top wieder angezogen hatte, drehte ich mich zu Tiffany um. »Sie ist nicht irgendein Mädchen, und jeder, der Manieren hat, hätte vorher angeklopft.«

Sie hob abwehrend die Hände. »Okay, okay. Kein Grund, schnippisch zu werden.«

Ich biss die Zähne zusammen. Sie war einfach unmöglich.

»Warum stellst du mich deinem *Sie-ist-nicht-irgendein-Mädchen* nicht vor?«

Über die Schulter warf ich Piper einen Blick zu. Sie war knallrot im Gesicht. Ich sah sie fragend an, und sie nickte kurz und lächelte leicht.

»Tiffany.« Ich trat einen Schritt beiseite, damit Piper aufstehen konnte. »Das ist meine Freundin Piper. Piper, das ist meine Schwester.«

»Freundin?«, wiederholte Tiffany überrascht.

»Hi.« Piper reichte ihr die Hand.

Meine Schwester musterte sie mit dunklem, kritischem Blick, der mich an meine Mutter erinnerte. Sie berührte Pipers Hand nur kurz. »Hallo.«

»Tut mir leid mit dem …«

»Du musst dich nicht entschuldigen«, unterbrach ich Piper und verschränkte die Arme. Mir fehlte die Geduld für Tiffany. »Was machst du hier?«

Sie zog die Augenbrauen auf diese Weise zusammen, die mir immer das Gefühl gab, ich wäre der Dumme. »Es ist Durstiger Donnerstag.«

»Oh. Klar.« Ich konnte nicht glauben, dass meine Schwester und Piper gleichaltrig waren. Piper war erwachsen, ihr gehörte eine Firma, und sie war eine starke, unabhängige Frau. Tiffany hielt sich immer noch an die College-Traditionen und sagte Dinge wie »Durstiger Donnerstag«.

»Ein paar aus der Firma wollten auf einen Drink ausgehen, und ich dachte, wir kommen hierher, weil ich hier nicht bezahlen muss.«

»Du musst hier auch bezahlen«, sagte ich und verdrehte die Augen.

»Aber ich bin deine Schwester.«

»Und du verdienst dein eigenes Geld. Also kannst du auch bezahlen.«

Sie stapfte mit dem Fuß auf. »Ernsthaft? Du lässt mich wirklich bezahlen?«

»Ja.« Wenn sie ein anderer Mensch gewesen wäre, hätte es mir nichts ausgemacht, sie ein paar Runden auf meine Kosten bestellen zu lassen. Aber sie war eine verwöhnte Göre, die schon ein paar Mal hier gewesen war und mich als ihre persönliche Alkoholbank betrachtete.

Sie grummelte, und ich deutete in Richtung Flur. »Wolltest du sonst noch was?«

»Ehrlich gesagt«, fing sie an und hielt ihr Handy hoch, das mit ihrer Hand verwachsen zu sein schien. »Ich wollte dich fragen, ob ich mir dein Auto leihen kann.«

»Wofür?«

»Dieses Wochenende ist Madisons Junggesellinnenabschied in Chicago.«

»Was ist denn mit deinem Auto?«

Sie zögerte kurz. »Das ist in der Werkstatt. Ich hatte vor ein paar Tagen einen kleinen Unfall.«

Ich schüttelte den Kopf.

»Komm schon, Blake«, schmollte sie.

»Nein. Das ist eine sechsstündige Fahrt. Du schaffst nicht mal sechs Minuten ohne Unfall.«

»Was soll ich denn jetzt machen?«

»Ich weiß es nicht.« Ich ging langsam auf sie zu, um sie in den Barraum zurückzudrängen. »Finde eine Mitfahrgelegenheit. Aber mein Auto bekommst du nicht.«

Gerade als wir an der Bar ankamen, wirbelte sie zu mir herum und zeigte mit einem langen manikürten Fingernagel auf mich. »Du bist ein Arschloch, weißt du das? Hast du überhaupt eine Ahnung, was es heißt, zu einer Familie zu gehören? Du weißt schon, sich gegenseitig zu helfen und so?«

Ich wischte ihre Unterstellung mit einer Handbewegung beiseite. Tiffany liebte es, das Opfer zu spielen. »Ich schätze, dann kriege ich dieses Jahr wohl kein Weihnachtsgeschenk von dir. Wie üblich.«

Schnaubend drehte sie sich um und kehrte zu ihrer aus zwei Männern und einer Frau bestehenden Gruppe zurück. Alle trugen Bürokleidung, nur Tiffany stach in ihrem pinkfarbenen Kleid heraus, das meiner Meinung nach fürs Büro ein wenig zu kurz war.

Ich winkte Missy zu mir. »Lass sie nicht gehen, ohne dass sie bezahlt.«

»Okay.« Missy nickte und wirkte sehr glücklich darüber, einen Auftrag für diesen Abend zu haben.

Ich drehte mich wieder um und kehrte ins Büro zurück. Piper saß auf dem Stuhl vor meinem Schreibtisch und hatte ihren Laptop auf dem Schoß.

»Tut mir leid«, sagte ich und zog die Tür hinter mir zu. »Wenigstens habe ich eine wichtige Lektion gelernt.« Nachdrücklich schloss ich die Tür ab.

Piper zuckte nur mit den Schultern und widmete sich wieder dem, mit dem sie gerade beschäftigt war.

Ich stellte mich hinter sie und begann, ihre Schultern zu massieren. »Also?«

»Also, da steht ein zweigeschossiges Lagerhaus zum Verkauf, in das ich mich ein wenig verliebt habe, als ich vor ein paar Wochen daran vorbeigefahren bin.«

Ich beugte mich vor, um mir die Bilder auf der Seite des Maklers anzusehen. Dabei nutzte ich die Gelegenheit, um Piper einen Kuss auf den Hals zu geben. »Sieht gut aus.«

»Es kostet neunhundertfünfzigtausend.« Sie zeigte auf die Zahl auf dem Bildschirm, die mir einen Pfiff entlockte.

»Krass.« Langsam ließ ich meine Hände von ihren Schultern zu ihren Brüsten hinuntergleiten.

»Blake.« Sie drehte den Kopf und sah mich an.

»Was denn?«, tat ich unschuldig.

»Nein.«

»Nein?« Vor fünf Minuten waren wir noch voll dabei gewesen; es würde nicht lange dauern, diesen Zustand erneut zu erreichen.

»Nein.«

»Aber ...«

»Nein. Der Auftritt deiner Schwester hat der Sache irgendwie den Spaß geraubt.«

»Na gut.« Mit einem schweren Seufzer ließ ich mich auf meinen Stuhl fallen. Tiffany wusste, wie sie mir den Tag vermiesen konnte.

Piper stellte den Laptop auf meinen Tisch. »Sie wirkt übrigens sehr nett.«

Der Sarkasmus in ihrer Stimme ließ mich grinsen. »Ja. Ein echtes Goldstück.«

»War sie schon immer so ...«

»Kindisch?«, bot ich an. »Dumm? Verwöhnt?«

Ihr Blick glitt einen Moment zur Decke. »Ja. Das alles.«

Ich zuckte mit den Schultern. »Sie ist das Baby. Der Augapfel meiner Eltern. Ihrer Meinung nach kann sie nichts falsch machen, und sie unterstützen sie auch noch in ihrem lächerlichen Verhalten.«

»Sie erinnert mich ein wenig an das kleine Mädchen aus *Willy Wonka*. Die, die eine goldene Gans haben will.«

»Jepp«, stimmte ich zu und drehte den Laptop so, dass wir beide ihn sehen konnten. »Genauso ist sie. Also, was schauen wir uns hier an?«

Piper führte mich durch ihre Produktionskalkulationen und Hochrechnungen. Außerdem schauten wir uns ihr aktuelles Budget an und wie es sich ihrer Meinung nach durch die Expansion verändern sollte. Wir gingen die Kosten für Versicherungen, Anlagen und Ausrüstungen, Lizenzen und all die anderen langweiligen Sachen durch, die anfielen, wenn man eine Brauerei eröffnen wollte. Aber diese Arbeit war wichtig, weil sie die Basis für den zukünftigen Erfolg bildete.

Am Ende führten wir alle Informationen in einem Businessplan zusammen, sodass Piper, sobald sie so weit war, wegen eines Kredits zu einer Bank gehen konnte. Es dauerte ungefähr vier Stunden, bis wir fertig waren, aber ich sah, wie ihre Schultern sich entspannten, weil der Stress nun von ihr abfiel.

»Komm.« Ich steckte den Laptop in die Tasche und hängte sie mir über die Schulter. »Gehen wir nach Hause.«

»Ich bin erschöpft.« Gähnend folgte sie mir in die Küche, wo wir durch die Hintertür hinausgingen. »So viel nachzudenken strengt mich an.«

Ich winkte dem Personal zum Abschied zu und ließ Piper voraus zum Parkplatz gehen, hielt sie dann aber am Handgelenk fest. »Ich hoffe, du bist nicht zu müde. Du bist mir noch was schuldig.«

»Ich bin dir was schuldig?«

»Ja. Ich glaube, das Honorar für meine Hilfe mit dem Businessplan beträgt zwei Stunden Nackte-Piper-Zeit.«

Sie hob eine Augenbraue. »Und ich glaube, du schuldest *mir* was, weil deine Schwester uns gestört hat.«

Mit der Zunge schnalzend wiegte ich meinen Kopf hin und her. »Gleichstand?«

»Okay.«

Wir gaben uns darauf die Hand, und ich stahl mir einen kleinen Kuss, bevor sie zu ihrem Wagen ging. »Wir treffen uns in einer halben Stunde bei dir.«

20. Kapitel

PIPER

Ich stand am Gepäckband und wippte auf den Zehen, während Gruppen von Reisenden, die alle irgendwie gleich aussahen, mit Rollkoffern, Rucksäcken, Kopfhörern und über Handys gesenkten Köpfen an mir vorbeigingen.

Mom hatte mir vor zehn Minuten geschrieben, dass sie gelandet waren, und ich freute mich riesig, sie und Dad zu sehen. Gerade als ich ihr eine Nachricht schreiben wollte, sah ich den Kopf meines Vaters aus der Menge ragen. Mit beinahe sechzig hatte er immer noch volles Haar, das an den Seiten langsam grau wurde, aber mit seiner Körpergröße und dem kantigen Kinn ging er vermutlich noch für fünfundvierzig durch.

»Dad!«

Sein Blick schoss hoch, und die Augen hinter seiner Brille leuchteten auf. »Pippi!«

Ich sprang ihm in die Arme, und er fing mich auf. Dann gab er mir einen Kuss auf den Scheitel. »Du hast mir gefehlt.«

»Du mir auch«, sagte ich und ließ ihn los, um meine Mom zu umarmen.

Sie bedeckte mein Gesicht mit Küssen, während sie mich an ihre Brust drückte. Anders als mein Vater war meine Mutter klein und hatte einen blonden Pixie-Schnitt. Wenn man sie ansah, würde man nie glauben, dass sie schon sechsundfünfzig war. Abgesehen von den wenigen Falten um ihre strahlend blauen Augen war ihre Haut noch makellos. Ich war überzeugt davon, dass die klare Bergluft Colorados meine Eltern jung und fit hielt.

»Mommy«, schnurrte ich und fühlte mich in ihren Armen wieder wie ein Kind.

»Wie geht es meinem Mädchen?«

»Gut.« Ich nahm ihre Hand, und wir brachten uns gegenseitig auf den neuesten Stand, während wir auf ihre Koffer warteten.

Dad erzählte mir, dass er auf dem Flug nicht hatte schlafen können, weil er sein geliebtes Nackenkissen verloren hatte, und Mom zeigte stolz die neue Handtasche, die Dad ihr letzten Monat zum Hochzeitstag geschenkt hatte. Als das akustische Signal ertönte, das die Passagiere darüber informierte, dass ihr Gepäck auf dem Weg war, verfielen wir sofort in unser albernes, aber Jahrzehnte altes Familienspiel.

Wer die meisten Koffer holte, hatte gewonnen. Ich bin mir sicher, dass wir mal damit angefangen hatten, um leichter und schneller aus dem Flughafen rauszukommen, aber inzwischen war es eine echte Schlacht in unserer Familie. Es gab keinen Preis zu gewinnen, außer den, damit angeben zu dürfen, was, wie sich herausgestellt hatte, für drei sich konstant kabbelnde Schwestern genügte.

Nachdem mir ein älteres Paar, das sich langsamer bewegte als eine Schildkröte, den Weg zum Koffer meines Dads versperrte, war meine Mom die Gewinnerin, aber ich zog die Rote Karte wegen eines Fouls, weil sie sich ihre Tasche von einem Teenager vom Band hatte holen lassen. Dad klatschte mit ihr ab und setzte seinen Rucksack auf.

Auf dem Weg zum Ausgang legte Dad seinen Arm um meine Schultern. »Komm, erzähl mir von diesem Blake.«

Mein Dad war ein gutmütiger Mann, der früher, als ich noch jünger gewesen war, immer so getan hatte, als wollte er die Jungs einschüchtern, aber in Wahrheit war er viel zu nett, um je irgendjemandem Angst einzujagen.

»Er ist klug«, sagte ich und holte mein Handy heraus. »Er war mal Anwalt für Firmenrecht, hat damit aber aufgehört, um seinen Pub zu eröffnen. Er versucht, mir das Schwimmen beizubringen.« Ich zeigte Dad ein Bild von mir mit den pinkfarbenen Schwimmflügeln, die Blake aufgetrieben hatte, und er lachte.

»Und, wie läuft das so?«

»Äh. Er hat mich dazu gebracht, mit dem Kopf unter Wasser zu gehen.«

»Kleine Schritte«, sagte mein Dad und stupste mit dem Finger gegen mein Kinn.

In diesem Moment erhielt ich eine Nachricht von Blake. Er hatte für uns vier einen Tisch im *Bachelor Farmer*, dem coolen nordisch inspirierten Bio-Restaurant reserviert.

»Das ist süß«, sagte meine Mom, als ich ihr die Nachricht zeigte.

»Wie wäre es, wenn ich dich und Dad am Hotel absetze, damit ihr ein Nickerchen machen und euch ein wenig entspannen könnt, und später hole ich euch wieder ab?«

»Klingt super.«

Nachdem ich sie abgesetzt hatte, rief ich Blake an.

»Hey Sonnenschein«, sagte er, als er ranging.

»Du bist der Beste, weißt du das?«

»Ja. Aber ich kann es nicht oft genug hören.«

Ich lachte. »Und außerdem bist du so überhaupt nicht eingebildet.«

»Das würde mir im Traum nicht einfallen.« Er klang ehrlich entsetzt.

»Ich fahre jetzt nach Hause und räume auf, weil ich heute Morgen nicht dazu gekommen bin. Bestimmt kommen meine Eltern später vorbei und wollen mit Sonja und mir abhängen.«

»Abhängen?«

»Ja. Meine Eltern sind super.«

Meine Mom und mein Dad waren immer schon coole Eltern gewesen. Entspannt, aber konsequent, hatten sie uns nie wie Kinder behandelt. Wir haben die üblichen Dummheiten angestellt, wie zu spät nach Hause zu kommen, aber meine Schwestern und ich hatten uns nie in ernsthafte Schwierigkeiten gebracht, und wir standen uns alle sehr nah. Im Laufe der Jahre war mir aufgefallen, dass eine Familie, in der alle miteinander klarkamen und regelmäßig miteinander sprachen, selten war. Ich war unglaublich dankbar für meine Eltern und meine Schwestern.

Blake summte am Telefon. »Stimmt. Brauchst du Hilfe?«

»Nein, geht schon. Ich ruf dich nachher an.«

»Ich kann es kaum erwarten.«

Wir legten auf, und ich machte mir im Geiste eine Notiz, mir besondere Dessous für meinen besonderen Mann zu kaufen. Zu Hause holte ich den Staubsauger raus, sammelte das überall herumstehende dreckige Geschirr ein und zündete ein paar Kerzen an. Nicht, dass es bei uns im Haus schlecht roch, aber mit Sonjas verschwitzten Turnschuhen in jeder Ecke und dem Duft von Hopfen und Weizen, der aus der

Garage herüberwehte, roch es auch nicht gut. Ich hatte gerade noch Zeit, zu duschen und mich umzuziehen, als meine Eltern schon vor der Tür standen.

»Wie seid ihr hierhergekommen?«, fragte ich mit Blick über die Schulter meines Dads zu einem mir unbekannten silbernen Wagen, der am Bürgersteig parkte.

»Ich bin jetzt bei Uber registriert«, sagte er ganz stolz.

Ich bat meine Eltern herein. »Ich dachte, ihr würdet euch erst ein wenig hinlegen.«

Dad gab mir einen Kuss auf den Scheitel. »Ich konnte nicht schlafen, wo eines meiner drei Lieblingskinder nur wenige Meilen entfernt war.«

»Wow, das ist so ungefähr das Netteste, was du je zu mir gesagt hast.«

Er legte einen Arm um meine Schultern. »Ich bemühe mich.«

Mom hielt ihr Handy hoch. »Lächeln, ihr beide.«

Mom machte ständig Fotos. Wir hatten sie gerade erst davon überzeugt, ihre Wegwerfkameras aufzugeben und ihr Handy zu nutzen, weil es so viel leichter war, die Fotos über die App zum Entwickeln zu geben.

Mom lächelte und steckte ihr Handy weg, bevor sie sich umschaute, wie das Haus sich seit ihrem letzten Besuch verändert hatte. Sonja hatte an die Wand im Esszimmer mehrere Spiegel gehängt, und ich hatte den braun-petrolfarbenen Teppich besorgt. Ihr Blick blieb an dem Kaktus auf dem Beistelltischchen hängen.

Sie zeigte darauf. »Ein Kaktus?«

»Den hat Blake mir bei unserem ersten Date geschenkt. Er sagte, der würde ihn an mich erinnern.«

Dad schnaufte. »Eine stachlige, hässliche Pflanze erinnert ihn an dich?«

Ich drehte den Topf herum, sodass sie die im Entstehen befindliche Blüte sehen konnten. »Ein Kaktus blüht unter den härtesten Bedingungen. Er ist zäh, aber trotzdem schön.«

Mein Vater lächelte neidisch. »Nicht schlecht.«

»Ich weiß!« Ich lachte und führte sie in den Garten, wo wir uns an den kleinen Bistrotisch setzten und die späte Nachmittagssonne genossen. Leo folgte uns nach draußen und rollte sich auf den Rücken, um sich den Bauch wärmen zu lassen. Ich machte ein paar Selfies mit meiner Mom, um meine Schwestern eifersüchtig zu machen, und unterhielt mich mit meinem Dad über die Firma. Er hatte mich immer unterstützt. Ich kenne nicht viele Väter, die damit einverstanden wären, ihre Tochter in die Welt hinauszuschicken, damit sie lernte, wie man Alkohol herstellte.

Aber mein Dad war so einer.

»Hey, hey, hey, was ist denn hier los?«, sagte Blake hinter mir.

Ich wirbelte erstaunt herum. »Was machst du hier?«

Sein Grübchen blitzte auf, und er zuckte mit den Schultern. »Ich dachte, ich mache ein wenig früher Feierabend.«

»Und du hieltst es für eine gute Idee, dich so anzuschleichen?«

»Ich habe euer Lachen bis auf den Bürgersteig gehört.« Er beugte sich vor, um mir einen Kuss auf die Wange zu geben. »Du bist wunderschön.«

Ich drehte den Kopf ein wenig, um seine Lippen zu erreichen, aber er blieb jugendfrei. Ich drehte mich zu meinen

Eltern um, die uns lächelnd betrachteten. »Blake, das sind meine Eltern Jamie und Christine. Mom, Dad, das ist Blake.«

Mein Held mit den zerzausten Haaren schenkte meinen Eltern ein gewinnendes Lächeln. »Schön, Sie beide kennenzulernen. Piper hat mir viel von Ihnen erzählt.«

Mein Dad schüttelte Blake die Hand. »Das ist lustig, denn von Ihnen hat sie uns gar nichts erzählt.«

»Dad«, schalt ich ihn.

Blake lachte. »Das ist nicht schlimm. Über mich gibt es nicht viel zu erzählen. Ich bin nur der Kerl, der hoffnungslos besessen von Ihrer Tochter ist.«

Meine Mom ließ seine Hand links liegen und zog ihn in eine Umarmung. »Hör nicht auf meinen Mann. Er ist ein gewiefter Lügner. Piper hat uns viel von dir erzählt – ich hoffe, es ist in Ordnung, dass ich dich duze? Komm, setz dich, ich will dich kennenlernen.«

Blake nickte und setzte sich neben sie. Ich beobachtete sie verträumt. Mein Dad nippte an seinem Wasser, und ich sah, dass es um seine Lippen zuckte. Meine Mutter würde Blake den Rest des Abends in Beschlag nehmen. Wir hielten den Mund, während sie ihn die nächste halbe Stunde befragte und er mit dem für ihn typischen Charisma antwortete. Als wir das Haus verließen, fraß sie ihm aus der Hand.

Meine Mom konnte ihn einfach nicht *nicht* lieben. Er sah gut aus, hatte ein eigenes Geschäft und tadellose Manieren. Und mit seiner offensichtlichen Intelligenz und seinem Wissen über Colorado – wofür er, davon war ich überzeugt, einige Stunden auf Google zugebracht hatte – gewann er auch meinen Vater für sich.

Blake hatte alles, was sich Eltern für den Mann an der Seite ihrer Tochter wünschen konnten: Klugheit, Überzeugungen, Humor und, am wichtigsten, Respekt für mich.

Wir fuhren in seinem Wagen zum *Bachelor Farmer*. Mein Dad saß neben ihm und stellte ihm alle möglichen Fragen über das Auto. Ich hatte keine Ahnung, was sie da redeten, freute mich aber darüber, dass sie sich so gut verstanden.

»Er ist so süß«, sagte meine Mom leise und beugte sich zu mir herüber.

»Wer?«

Sie verdrehte die Augen. »Blake natürlich.«

»Ich dachte, du redest von Dad.«

Spielerisch stupste sie mich gegen die Schulter, bevor sie zu einer Geschichte über Laurie und deren Ehemann Jack und die letzte Runde IVF anhob. Ich hörte abwesend zu, weil ich meinen Blick nicht von Blake lösen konnte. Er war beim Friseur gewesen, sodass seine Haare ihm nicht mehr bis über die Ohren reichten, und er hatte sich frisch rasiert. Ich schätze, er wollte einen guten Eindruck bei meinen Eltern hinterlassen, und dafür liebte ich ihn noch mehr.

Auf dem Weg vom Parkplatz ins Restaurant hielt er meine Hand. Meine Eltern gingen vor uns, mein Dad hatte einen Arm um die Schultern meiner Mom gelegt, und meine Gedanken wanderten in die Zukunft. Die beiden waren seit dreißig Jahren verheiratet und immer noch verliebt.

Mir kam die Idee, dass ich das auch erleben könnte, und vielleicht sogar mit Blake.

Drinnen setzten Blake und ich uns auf die Bank, und meine Eltern nahmen uns gegenüber auf Stühlen Platz. »Wie haben Sie beide sich kennengelernt?«, fragte Blake, nachdem wir unsere Bestellung aufgegeben hatten.

»Auf dem College in einer Bar. Ich habe den ganzen Abend ein Auge auf dieses Mädchen auf der anderen Seite gehabt. Mir sind ihre platinblonden Haare und die enge pinkfarbene Hose sofort aufgefallen.«

»Das waren die Achtziger«, warf meine Mom ein.

»Ihre Freundinnen konnten ihre Blicke nicht von ihr lösen, als sie etwas erzählte, und ich dachte: *Gott, ich muss dieses Mädchen kennenlernen.*«

Blake drückte mein Knie, und ich schaute ihn an. Dann strich er mir eine Haarsträhne hinters Ohr und zupfte an meinem Ohrläppchen. »Kommt mir bekannt vor.«

»Als ich also einen Partner für eine Runde Billard brauchte«, fuhr mein Dad fort, »habe ich Chris gefragt.«

»Mir hat gefallen, dass er so groß war«, sagte sie. Mein Dad zuckte nur mit den Schultern, was Blake und mich zum Lachen brachte.

»Gute Gene.«

»Hat er den alten ›Komm, ich zeige dir, wie es geht‹-Trick benutzt?«, witzelte Blake.

Dad lachte schnaubend auf. »Auf keinen Fall. Meine Frau hier ist besser als alle. Die steckt uns locker in die Tasche.«

»Mrs. Williams, der Hai am Pooltisch.« Zur großen Freude meiner Mutter klatschte Blake mit ihr ab.

»Aber bitte nenn mich nicht Mrs. Williams. Dann fühle ich mich so alt. Nenn mich Chris.«

Blake nickte und schaute meinen Dad an.

»Mich kannst du weiterhin Mr. Williams nennen.«

Kurz wurde Blake ganz bleich, dann lachte Dad. »Ich mache nur Witze. Jamie ist in Ordnung. Aber merk dir das entsetzte Gefühl für den Fall, dass du meine Tochter je zum Weinen bringen solltest.«

Ich schlug mir die Hände vors Gesicht. »O mein Gott, Dad. Du bist der am wenigsten witzige Mensch, den ich kenne.«

Blake zog mich an sich. »Ich habe nicht vor, sie zum Weinen zu bringen, aber ich werde es mir merken. Keine Sorge, Sir.«

»Sir? Das gefällt mir. Sir.« Mein Dad lächelte meine Mom an. »Warum habe ich nicht von allen Freunden meiner Töchter verlangt, dass sie mich Sir nennen?«

»Typischer Fall von verpasster Gelegenheit.«

»Total.«

Wir lachten über das alberne Grinsen meines Dads und genossen unser Essen bei angenehmer Unterhaltung.

Nachdem wir fertig waren, stand Blake auf. »Entschuldigt mich einen Moment.«

Sobald er außer Hörweite war, schaute mein Dad mich an und warf seine Serviette auf den Teller. »Ich mag ihn, Piper. Ich mag ihn sehr.«

Mom fiel mit ein. »Er ist so süß und aufmerksam. Wenn jemand redet, hört er wirklich zu. So etwas findet man selten. Und wie er dich ansieht ...« Ihre Augenbrauen schossen in die Höhe, während die Worte zwischen uns in der Luft schwebten. »Ich verstehe, warum du ihn liebst«, sagte sie, was meine Gedanken kreischend zum Stehen brachte.

»Was? Nein, ich ...« Ich hielt inne.

Liebte ich Blake?

Seitdem wir miteinander ausgingen, dachte ich ununterbrochen an ihn. Manchmal fühlte es sich fast unwirklich an, wie gut wir zusammenpassten. Als würden wir uns schon unser gesamtes Leben lang kennen. Wir verstanden einander, hatten viele Gemeinsamkeiten und respektierten uns. Es gab keine Unsicherheiten oder die Angst, dass es nur einseitig sein könnte.

Ich wusste, seine Art, mich anzusehen, wurde ihm von meinen Augen gespiegelt, so wie ich tief im Inneren wusste, dass er für mich dasselbe empfand wie ich für ihn. Daran hatte ich nie gezweifelt. Aber bevor ich mit meiner Mom darüber sprechen konnte, war Blake zurück.

Lächelnd glitt er auf seinen Platz. »Hat jemand Lust auf ein Bier im *Public*? Ich habe Durst auf ein *Natural Red*.«

Ich legte meine Hand an sein Gesicht, um sein lüsternes Lächeln zu bedecken. Meine Eltern waren begeistert. »Ich kann es gar nicht erwarten, die Bar zu sehen« und »Ich dachte schon, du würdest nie mehr fragen« kam es von ihnen.

»Lasst mich nur eben bezahlen«, murmelte Dad, und Blake wandte kurz den Blick von mir.

»Das ist schon erledigt.«

Bestimmt freuten meine Eltern sich und zeigten ihre Dankbarkeit, aber ich bekam es nicht mit, weil ich meinen Blick nicht von Blake abwenden konnte. Seine Augen wirkten heute bläulich, und er sah mich so voller Glück und Zufriedenheit an, dass mir klar wurde, wenn ich für den Rest meines Lebens nur einem Mann in die Augen schauen könnte, sollte es er sein.

Diese Erkenntnis traf mich wie ein Schlag. Ich liebte Blake.

21. Kapitel

BLAKE

Am Donnerstagmorgen wachte ich früh auf, weil Piper neben mir so herumzappelte. Ihr ständiges Hin-und Herwerfen, um eine bequeme Position zu finden, störte in meinem gemütlichen King-Size-Bett wesentlich weniger als in ihrem Doppelbett, war aber trotzdem nervig. Auch wenn ich mich langsam an ihr Schnarchen und ihre wild herumliegenden Beine gewöhnt hatte, weil wir in den letzten Wochen jede Nacht zusammen verbracht hatten.

In meinem Bad standen eine eigene Zahnbürste und ein eigener Rasierer für sie, und ich hatte in ihren Schubladen ein paar frische Unterhosen verstaut.

Ich war praktisch domestiziert.

Ich legte einen Arm um ihre Taille, um sie zu beruhigen. »Was machst du da?«

»Ich habe eine Nachricht von meiner Mom.« Sie fummelte mit ihrem Handy herum.

Ihre Eltern hatten zwei Tage in Minneapolis verbracht, bevor sie am Montag nach Des Moines aufgebrochen waren, und ich hätte mir gewünscht, sie wären ein wenig länger geblieben. Ich verbrachte gern Zeit mit ihnen. Ihr Dad war ein cooler Typ, ein Computer-Analyst, der die Natur liebte und sensibel und humorvoll war. Ich durfte ihn am Tag vor ihrer

Abfahrt auf eine Runde Golf einladen, und wir haben uns über unsere gemeinsame Liebe zum Bier, die Apple-Watch und Piper unterhalten. Es war ihm wichtig, zu wissen, ob es mir ernst mit seiner Tochter war, und ich konnte ihn davon überzeugen. Als ich ihm sagte, dass er sich an meinen Anblick gewöhnen sollte, schüttelte er mir die Hand und lächelte.

Ihre Mom hingegen musste nicht groß überzeugt werden. Ich wusste nicht, warum sie mich so unter ihre Fittiche genommen hatte, aber es hatte mir nichts ausgemacht. Sie mochte mich und – was noch wichtiger war – sie freute sich, dass Piper und ich zusammen waren, und ich konnte nur hoffen, dass es mir gelang, das zu erhalten. Sie hatte mir unzählige Male gesagt, wie glücklich wir zusammen aussahen, und sie hatte recht. Wir waren glücklich.

»Was schreibt sie?«, fragte ich Piper gähnend.

»Sie haben einen Mann getroffen, der sich von seiner ehemaligen Brauerei getrennt hat. Er war stiller Teilhaber, und sie haben ihn ausgekauft.« Sie las von ihrem Handy ab. »Sie haben ihm von mir erzählt und ihm eines der Biere gegeben, die sie mitgenommen haben.«

»Das ist cool.« Ich schob meinen Kopf zwischen ihrem Arm und ihren Rippen hindurch in der Hoffnung, dass sie die Botschaft verstünde und mir den Rücken rieb, wie sie es manchmal morgens machte.

»Offensichtlich haben sie mich in den höchsten Tönen gelobt, denn er will mir später eine E-Mail schicken.«

Ich setzte mich auf, sodass die Decke in meinen Schoß rutschte, und nahm die Brille vom Nachttisch. Die Rückenmassage war vergessen. »Was soll das heißen?«

»Ich weiß es nicht.«

»Vielleicht sucht er nach einer Investition.« Mein Herz machte einen Sprung. Das war der Durchbruch, auf den sie gewartet hatte. »Das wäre unglaublich«, sagte ich und küsste sie auf die Schläfe.

Piper unterdrückte ein Lächeln, doch ihre Augen strahlten vor Optimismus. »Ich will mir keine zu großen Hoffnungen machen.«

»Aber klingt es nicht genau danach?« Ich konnte den Enthusiasmus in meiner Stimme nicht zügeln. Nach all dieser Zeit und ihrer harten Arbeit hoffte ich, dass das der Durchbruch war.

»Ich weiß es nicht. Vielleicht.« Sie biss sich auf die Unterlippe und schaute wieder auf ihr Handy. Noch einmal las sie die Nachricht, und ich sah, wie die Rädchen in ihrem Kopf sich drehten. Sie brauchte dringend eine Ablenkung.

Ich packte sie an den Hüften und setzte mich auf sie. Als sie ihr Handy immer noch nicht weglegte, küsste ich mich an ihrem Kinn entlang.

»Ich bin gerade dabei, meiner Mom zu antworten«, jammerte sie.

»Und ich bin gerade dabei, dich zu verführen. Da sind Handys nicht erlaubt.«

Ihren Lippen entrang sich ein schwacher Protest, aber ich fuhr mit der Zunge über ihr Ohr und dann an ihrem Hals entlang, während ich ihre Beine mit meinen auseinanderdrückte. Piper legte den Kopf in den Nacken, eine stumme Bitte, mich mit meinen Lippen dem Punkt zu widmen, den sie am liebsten mochte, während sie verstohlen nach ihrem Handy griff. Sie entwand es mir und hielt es hinter meinem

Rücken in die Luft, um ihrer Mutter zu schreiben, wie ich annahm.

Geschickter Schachzug.

Ich richtete mich auf und fand mich damit ab, dass es heute keine morgendliche Erquickung für mich geben würde.

»Na gut. Machen wir Frühstück.« Ich hatte den Vormittag frei und musste erst später in den Pub. »Komm.« Ich kniff ihr in den großen Zeh. »Auf ins *Original Pancake House*.«

Zum ersten Mal, seit wir uns kannten, brauchte Piper länger als zwanzig Minuten, um sich fertig zu machen. Und alles nur, weil sie ihr Handy nicht länger als ein paar Sekunden unbeaufsichtigt lassen wollte. Ich verstand ihre Anspannung, aber diese nervöse Energie machte sie ganz zappelig.

Sie hüpfte in meinem Badezimmer herum, band ihre Haare zum Zopf, löste sie wieder und begann wieder von vorne. Insgesamt dreimal spielte sie das Spielchen. Im Auto wippte sie mit den Beinen, während sie ihr Handy in den Händen hielt, als könnte es jeden Moment weglaufen. Selbst während wir aßen, nahm sie es immer wieder hoch und legte es wieder weg. Wartete und wartete und wartete.

Ich versuchte, sie von der angekündigten E-Mail abzulenken. Ich spielte mit ihr *Drei gewinnt* auf der Serviette, erzählte ihr Anekdoten von Bear, Connor und mir, ich erzählte ihr sogar den albernen Witz von dem Piraten, der mit einem Lenkrad in der Hose in eine Bar kommt und sagt: »Das steuert mich noch in den Wahnsinn«. Sie lächelte oder lachte an den richtigen Stellen, aber ihr Blick löste sich nie für lange vom Display.

Als wir wieder bei ihr zu Hause waren, ertrug ich es nicht länger. »Du musst dich entspannen. Ich habe noch drei

Stunden, bis ich zur Arbeit muss, und wir werden sie mit *Gilmore Girl*-ing verbringen.«

»*Gilmore Girl*-ing«, wiederholte sie lachend. »Du bist wundervoll.«

Wir setzten uns auf die Couch. Sie legte ihre Füße auf meinen Schoß und lehnte ihren Kopf an die Rückenlehne des Sofas. Ich rief meinen Netflix-Account auf ihrem Fernseher auf.

Gegen Ende der zweiten Staffel war mir klar, dass Rory diesen Dean abschießen würde. »Ich weiß nicht, warum sie Jess ihm vorziehen würde«, sagte ich und zeigte auf den Fernseher. Dean war ein kleiner Dummkopf, aber er wollte das Beste für Rory. Jess war ein Armleuchter. Ich schüttelte den Kopf. »Die netten Jungs haben immer das Nachsehen.«

»Du liebst diese Serie«, zog Piper mich auf. »Gib's zu, du liebst *Gilmore Girls*.«

Ich winkte ab. »Tue ich nicht.«

»Genau wie du nie eine Folge von *Sex and the City* gesehen hast, richtig?« Sie stieß mir mit dem Fuß in die Seite und rief die Erinnerung an den Tag hervor, an dem wir uns zum ersten Mal gesehen hatten.

Dann kletterte sie auf meinen Schoß und strich mir die Haare aus der Stirn. »Du bist ein netter Kerl.«

»Ach ja?« Ich schlang meine Arme um ihre Taille und zog sie an mich.

»Ja. Du hast mich heute Morgen zum Pfannkuchenessen eingeladen …« Sie strich mit dem Finger über meinen Nacken. »Hast mir Schoko-Erdnussbutter-Eis gekauft, ohne dass ich dich darum bitten musste …« Weiter über meine Brust und meinen Bauch, »… und du hast dein Toilettenpapier gegen meine Lieblingsmarke ausgetauscht.« Sie hatte den

Saum meines T-Shirts erreicht und schob ihre Hände darunter, um meine Haut zu streicheln. »Das ist alles echt nett.«

Unter ihrer Berührung zuckten meine Muskeln unwillkürlich. »Ich bemühe mich.«

»Hmm«, summte sie, während sie mir einen Kuss gab, der leicht nach der Melone schmeckte, die sie zuvor gegessen hatte. »Und ich will, dass du als Erster fertig bist.«

Ich verstand nicht sofort, was sie meinte, weil ich zu sehr damit beschäftigt war, den dünnen Träger ihres Oberteils herunterzuschieben. Doch als sie sich an mir hinunter bewegte, dämmerte es mir.

Mein Körper reagierte sofort.

Piper glitt von mir hinunter, kniete sich auf den Boden und schaute mit einem süßen Lächeln und Schlafzimmerblick zu mir herauf. Ich konnte den Blick nicht von ihr wenden, als sie meine dunklen Shorts aufknöpfte und den Reißverschluss nach unten zog.

Mein Gott, wie ich das liebte. Diese Vertrautheit, die wir über Berührungen und stumme Kommunikation teilten. So war es für mich noch nie zuvor gewesen, und ich wollte es auch mit niemand anderem erleben. Piper sollte die einzige Frau sein, der je mein Körper und mein Herz gehörten.

Zuzusehen, wie sie mich geschickt mit dem Mund befriedigte, machte das Erlebnis noch zehnmal besser, und als ich meine Hände in ihren Haaren vergrub, spürte ich das vertraute Brennen tief in meinem Bauch. Sie strich mit den Händen über meine Oberschenkel und lehnte sich zurück. »Nette Jungs dürfen die Ersten sein.«

»Jetzt bist du dran«, stieß ich knurrend aus und zog sie an den Ellbogen zu mir herauf und auf meinen Schoß. Rücksichtslos machte ich mich über ihre Kehle her und quälte sie mit meinen Zähnen und meiner Zunge so sehr, wie sie mich gequält hatte.

Heiß strich ich mit dem Mund von ihrem Hals zu ihrem Schlüsselbein, und das verräterische Zucken ihrer Hüften unter meinen Händen bestätigte mir, dass ich auf dem richtigen Weg war. Ihr T-Shirt leistete mir keinen Widerstand. Ich zerrte es mit dem BH herunter, aber gerade als ich sie hochhob, um ihr die Shorts auszuziehen, piepte ihr Handy.

Und wieder war ich am Ausgangspunkt angelangt. Egal, wie sehr sie versuchte, es zu ignorieren, ich wusste, dass sie in Gedanken bei ihrem Handy war, denn ihr Körper war unter meinen Händen nicht mehr weich und bereit, sondern angespannt.

»Mach nur«, sagte ich und ließ von ihr ab. Wenn sie nicht bei der Sache war, war ich es auch nicht.

Sie rutschte von mir herunter, richtete ihre winzigen Shorts und schob die Träger ihres Tops hoch, bevor sie nach ihrem Handy griff. »Das ist die E-Mail.«

Mit aufgerissenen Augen sah sie mich an, und mein Magen zog sich zusammen. Wenn ich ihr die Anspannung hätte abnehmen können, hätte ich es getan, aber so konnte ich nur für sie da sein.

»Was schreibt er?«

Während sie stumm die E-Mail las, zwirbelte sie sich eine Strähne um den Mittelfinger.

»Du bringst mich um«, sagte ich, um die Spannung zu lösen, während ich über ihre Schulter mitlas.

»Liebe Piper«, fing sie an. »Deine Eltern haben mir deine Kontaktdaten gegeben. Wir haben uns getroffen bla, bla, bla«, übersprang sie den unwichtigen Teil. »Vor ein paar

Jahren habe ich in die *DeLio Brothers Brewery* investiert, die seit 2013 erfolgreich läuft. Im letzten Jahr habe ich mich im Guten von den Brüdern getrennt und die letzten sechs Monate damit verbracht, Pläne für die Eröffnung einer neuen Craft-Bier-Brauerei in Des Moines zu schmieden. Ich habe das Kapital und die Ressourcen für die Investition, aber mir fehlt noch ein Talent. Nach meinen Recherchen auf deiner Website, der flammenden Rede deiner Eltern und den Kostproben deines Biers wäre ich sehr daran interessiert, mich mit dir zu treffen und über die Möglichkeiten zu sprechen, dich in dieses Unternehmen einzubinden.«

Langsam drehte sie sich zu mir um, ein kleines Lächeln auf den Lippen, und sagte: »Er will, dass ich ihn anrufe. Er hat schon das Grundstück gekauft und alle Genehmigungen eingeholt.«

»Das ist super.« Ich gab ihr einen Kuss auf den Mund, doch meine Hochstimmung verwandelte sich schnell in Sorge, als ich zwei und zwei zusammenzählte. »In Des Moines?«

»Was?«, fragte sie an meinen Lippen.

»Du würdest nach Iowa ziehen müssen.«

Sie zuckte zurück, und ihre Augen nahmen einen dunklen Grünton an, als ihr Blick hin und her schoss. Die Erkenntnis schien sie nun auch getroffen zu haben, denn sie öffnete ihren Mund und schloss ihn gleich wieder. »Ich denke … ich denke nicht … Also, ich weiß nicht.«

Ich nickte zustimmend, aber wir wussten beide, wie die Wahrheit aussah.

Wenn sie diese Gelegenheit nutzen wollte, würde sie in einen anderen Bundesstaat ziehen müssen.

»Okay, darüber machen wir uns Gedanken, wenn es so weit ist«, sagte ich und hoffte bei Gott, dass es niemals so weit kommen würde.

Machte mich das nicht zum Arschloch?

Ich sollte Pipers Hauptunterstützer sein, aber hier saß ich und betete, dass alles für *mich* gut ausgehen würde. Ich wollte sie nicht aufgeben, aber wenn sie das Angebot annahm, müsste ich das. Und noch dazu mit einem Lächeln.

Ich drückte auf die Fernbedienung. *Gilmore Girls* lief weiter, und ich versuchte, Piper zu ignorieren, die neben mir fröhlich auf ihrem Handy herumtippte.

Mit verschränkten Armen versuchte ich, so zu tun, als würde ich nicht schmollen, während ich zusah, wie Dean beim Tanz-Marathon mit Rory Schluss machte. Wer hätte geahnt, dass ich mich emotional so sehr auf diese fiktiven Charaktere einlassen würde?

»Alles okay?«, fragte Piper und strich an meinem Arm hinunter, um ihre Finger mit meinen zu verschränken.

»Ja.« Ich setzte ein Lächeln auf, aber sie durchschaute mich. Das Misstrauen in ihrem Blick war offensichtlich, und egal, wie sehr ich mich bemühte, ich konnte meine Enttäuschung über ihre zukünftigen Pläne nicht verbergen. Es war vielleicht noch nicht in Stein gemeißelt, aber ich brauchte keine Kristallkugel, um vorhersagen zu können, was passieren würde.

22. Kapitel

PIPER

Das Telefonat mit Bob Oakden dauerte über zwei Stunden. Die Leidenschaft war seiner Stimme anzuhören, als er mir von seinem beruflichen Werdegang erzählte. In jüngeren Jahren hatte er sein Geld mit gewerblichen Immobilien gemacht, und als er fünfzig wurde, hatte er beschlossen, andere Optionen auszuloten. Er liebte Bier und wollte in den Herstellungsprozess eingebunden sein, weshalb er in ein kleines Start-up investiert hatte.

Bob war ein Typ, der seinem Instinkt folgte. Zumindest erzählte er mir das, als er mir einen Deal anbot: eine Partnerschaft, um eine Brauerei in Des Moines zu eröffnen. Die Gewinne würden wir uns fünfzig-fünfzig teilen. Er war gewillt, das Startkapital auf den Tisch zu legen, aber dafür wollte er einen Anteil an *Out of the Bottle*. Er schickte mir ein offizielles Angebot samt Vertrag, und dazu Fotos von einem wunderschönen alten Feuerwerkhaus, das er mit der Absicht gekauft hatte, es zu entkernen und in eine Brauerei zu verwandeln.

Das klang alles ideal und gab mir viel Stoff zum Nachdenken.

Er bot mir großzügig an, mich in einem Hotel unterzubringen, sollte ich Interesse daran haben, mich in Des Moines mit ihm zu treffen. Wieder bedankte ich mich und sagte, dass ich darüber nachdenken würde.

Aber sobald ich aufgelegt hatte, überkam mich die Angst. Ich hatte so viele Informationen und noch mehr Fragen, die in meinem Kopf herumwirbelten, dass ich sie nicht auf einmal verarbeiten konnte.

Mit einem Mal fühlte sich mein Zimmer zu klein an, die Lichter waren zu hell, und ich musste raus. Ich zog mir Sportshorts und ein T-Shirt an und schlüpfte in meine Laufschuhe, bevor ich an Sonjas Tür klopfte. »Ich brauche ein bisschen frische Luft.«

Ich wusste, dass sie morgens früh aufgestanden war, um eine Stunde ins Fitnessstudio zu gehen, und dass sie nur eine oder zwei Stunden Pause hatte, bevor sie wieder losmusste, aber ich brauchte sie jetzt.

Sie warf ihr Handy aufs Bett. »Wollen wir laufen gehen?«

Ich war so durcheinander, dass ich tatsächlich Ja sagte und die Treppen zur Haustür hinuntersprang. Sonja gesellte sich eine Minute später in ihren neongrünen Sneakern, einer Nike-Shorts und dem passenden Top zu mir. Sie war wesentlich besser fürs Laufen ausgestattet als ich.

»Komm, laufen wir hier lang«, sagte sie und bog nach links ab, in Richtung Park.

Ich konzentrierte mich darauf, einen Fuß vor den anderen zu setzen und durch die Nase ein- und den Mund auszuatmen, wie Sonja es mir beigebracht hatte. Der einzig positive Effekt, den das Laufen hatte, war, dass ich mich zu sehr auf das Brennen in meinen Lungen konzentrierte, als dass ich über das Chaos in meinem Kopf hätte nachdenken können.

Ich machte einen Schritt, dann noch einen und noch einen, bis ich keine Luft mehr bekam.

Schweiß rann mir über die Schläfen, und ich blieb stehen und stemmte die Hände in die Hüften. »Warte. Warte!«

»Wir sind noch nicht mal eine Meile gelaufen«, sagte Sonja und lief nervtötend auf der Stelle, als wollte sie mir unter die Nase reiben, dass ich total versagt hatte.

»Warum tun wir das noch mal?«, fragte ich, sobald ich wieder genügend Luft in der Lunge hatte.

»Weil du gesagt hast, dass du frische Luft und Zeit zum Nachdenken brauchst.«

Ich beugte mich vor und musterte die Kieselsteine auf dem Boden, während ich immer noch versuchte, wieder Luft zu bekommen. »Ach ja.«

Sonja ging gemäßigten Schrittes weiter die Straße hinunter, und ich folgte ihr pflichtbewusst. Nach ungefähr einer halben Meile fragte sie: »Also, erzählst du mir, was da am Telefon passiert ist, oder nicht?«

»Er will investieren.«

Sie stieß mich mit der Schulter an. »Ich wusste es.«

Ich lächelte.

»Warum siehst du dann so …« Sie zeigte auf mein Gesicht. »So zerknautscht aus?«

Ich schlug ihre Hand weg. »Ich sehe nicht zerknautscht aus.«

»O doch. Warum?«

Warum? Das war eine gute Frage.

Ich hatte auf so eine Gelegenheit hingearbeitet, also sollte ich das Angebot da nicht mit beiden Händen ergreifen?

Vor ein paar Jahren – verdammt, noch vor ein paar Monaten – hätte ich Pläne gemacht, hätte alles eingepackt und mir ein Flugticket gekauft. Doch jetzt gab es zu viele Dinge und zu viele Menschen, die mich zurückhielten.

»Ich bin mir nicht sicher, was ich machen soll. Ich meine, das ist ein echt großer Sprung für mich. *Out of the Bottle* hätte endlich ein Zuhause, aber ich würde mir die Firma mit Bob teilen müssen. So ein Angebot kann ich nicht leichtfertig annehmen. Oder einfach so umziehen. Stimmt's?«

»Lass uns das mal logisch mit einer Pro-und-Kontra-Liste angehen. Gib mir ein Pro.«

»Pro. Okay.« Ich sagte das Erste, was mir in den Sinn kam. »*Out of the Bottle* wäre endlich eine funktionierende Brauerei mit dem neuesten Equipment für eine erhöhte Produktion.«

»Definitiv pro.« Sie nickte. »Kontra.«

»Ich hätte nicht mehr die Kontrolle. Ich müsste alle meine Entscheidungen mit Bob abstimmen. Er weiß, was er tut, und kennt sich auf dem Gebiet aus, aber ich habe so lange allein gearbeitet, dass ich nicht weiß, ob es mir gefällt, einen Partner zu haben.«

»Total verständlich. Pro?«

Ich zuckte mit den Schultern. »Ich war noch nie in Iowa, also könnte ich einen neuen Ort und neue Leute kennenlernen.«

Bei dem letzten Satz zog sie leicht die Augenbrauen zusammen. Sie sah mich nicht wirklich böse an, aber es ging schon in die Richtung. »Kontra?«

»Ich glaube nicht, dass diese neuen Leute so cool wären wie du.« Ich nahm die Hand meiner besten Freundin und lehnte meinen Kopf an ihre Schulter.

»Natürlich nicht. Niemand ist so cool wie ich.« Sie zeigte auf mich. »Pro?«

»Da ist es nicht so kalt wie hier.«

Sonja neigte den Kopf. »Stimmt. Aber man gewöhnt sich nach einer Weile an die Winter, oder? Kontra?«

Ich band meine Haare zu einem unordentlichen Dutt zusammen und wischte mir den Schweiß ab. »Ich würde noch mal von vorne anfangen müssen, mir etwas suchen, wo ich wohnen kann.«

»Das ist echt ätzend. Denk nur an die ganze Packerei. Aber zumindest hättest du dieses Mal ein paar stramme Jungs, die dir helfen könnten.«

Wo wir gerade von strammen Jungs sprachen, kam mir Blakes Gesicht in den Kopf – nicht, dass es den je verlassen hätte. Aber ich hatte versucht, ihn aus meiner Entscheidung herauszulassen. Ich war Geschäftsfrau, und ich musste entscheiden, was für mich und meine Firma am besten war. Das hatte nichts mit ihm zu tun.

Abgesehen davon, dass es *alles* mit ihm zu tun hatte.

»Des Moines ist nur drei Stunden mit dem Auto entfernt«, sagte ich, entschlossen, positiv zu bleiben. »Nah genug dran, dass ich herkommen könnte oder du zu mir.« Ich musste Blakes Namen nicht sagen. Sonja hörte ihn auch so in meiner Stimme.

Sie runzelte leicht die Stirn, bevor sie ein Lächeln aufsetzte. »Ja.« Sie nickte, und wie üblich hörte sie sich sehr überzeugend an. »Drei Stunden ist nichts.«

Ich breitete die Arme aus, und die Wahrheit hämmerte in meinem Kopf, denn ich wusste, nicht einmal Sonja glaubte das, was sie gerade gesagt hatte. »Es ist *drei Stunden* entfernt!«

»Ich weiß! Musst du wirklich umziehen?«, jammerte Sonja und klammerte sich an meinen Arm. »Ich freue mich für dich, wirklich, aber ich finde es furchtbar, dass es nicht hier ist.«

Sie hatte all den Gedanken, die mir durch den Kopf gingen, eine Stimme gegeben. Ich hatte gedacht, draußen zu sein und darüber zu sprechen, würde mir helfen, aber es hatte nur zu noch mehr Verwirrung geführt.

Je verwirrter ich wurde, desto wütender wurde ich auf mich. Ich war immer so stolz gewesen auf meine Unabhängigkeit, darauf, immer das zu tun, was *ich* wollte, und ich hasste es, dass mir das jetzt nicht gelang. Dass ich keine klare Entscheidung treffen konnte.

»Fassen wir das noch mal zusammen«, sagte Sonja und verfiel in einen leichten Laufschritt. »Das Gute an diesem Deal wäre, dass *Out of the Bottle* endlich finanzielle Unterstützung hätte, dass du endlich dein eigenes Bier an einem Ort brauen kannst, der nicht unsere Garage ist, und dass du in die Welt hinausziehen würdest. Das Schlechte wäre: Du müsstest deinen neuen Partner mit einbeziehen, in einen anderen Staat umziehen und mich verlassen. Und na ja, Blake auch.«

Ich hatte versucht, mich zu überzeugen, dass ich, wenn ich seinen Namen nicht aussprach, so tun könnte, als wäre es nicht wahr.

In Des Moines gab es keinen Blake Reed. Und gerade hatte er sich unterstrichen und mit einem dicken Ausrufezeichen versehen auf die Kontra-Seite der Liste gesetzt.

So hatte ich nie werden wollen. Nach dem Ende meiner Beziehung mit Oskar hatte ich mir geschworen, meine Entscheidungen nie wieder von einem Mann beeinflussen zu lassen. Ich wollte nie einen Mann über meine Träume stellen, nie aufgeben, wer ich sein oder was ich erreichen konnte.

Und nun war ich hier und dachte genau *da*rüber nach.

Ich lief, so schnell ich konnte. »Ich werde nicht Blakes wegen das Angebot *nicht* annehmen.«

»Ich … ich glaube, das ergibt Sinn.«

»Nein«, schnaubte ich. »Das war eine doppelte Verneinung. Die ergibt überhaupt keinen Sinn. Nichts von alldem hier ergibt einen Sinn.«

Ich lief so langsam, dass Sonja sich umdrehte und schneller rückwärts lief als ich vorwärts.

»Blake hätte nicht passieren dürfen. Ich hätte mich nicht in den Typen verlieben sollen, der mein Bier verkauft. Ich sollte mich nicht zwischen ihm und meinem Traum entscheiden müssen.«

»Ich weiß, dass das vermutlich nicht hilfreich ist, aber ich unterstütze dich, egal, wie du dich entscheidest, und ich bin mir sicher, Blake geht es genauso.«

»Du hast recht.« Ich massierte die Stelle, wo das Seitenstechen am meisten schmerzte. Ich wollte, dass sie mir sagte, was ich tun sollte, und nicht, dass sie mir die Entscheidung ganz allein überließ. »Das ist überhaupt nicht hilfreich.«

»Komm.« Sie führte mich die Straße entlang zurück zum Haus. Es fühlte sich an wie eine Million Meilen, bis wir endlich wieder an unserer Haustür ankamen, wo ich prompt vor Erschöpfung zu Boden sank. Das Laufen hatte vielleicht nicht geholfen, einen klaren Kopf zu bekommen, aber es hatte mich körperlich zu müde gemacht, um über meine Entscheidung nachdenken zu können.

Sonja holte den Haustürschlüssel aus der versteckten Tasche in ihrer Shorts und schloss die Tür auf. Leo saß am Fenster und ließ seinen Schwanz träge hin und her schweifen, während er mich durch die Scheibe ansah. Der fette Kater besaß tatsächlich die Frechheit, mich zu verspotten, während er den ganzen Tag nur fraß und schlief.

»Hier.« Sonja warf mir eine Wasserflasche zu, die neben mir auf den Rasen fiel, weil ich zu schwach war, sie zu fangen.

»Wann musst du heute zur Arbeit?«, fragte ich sie und streckte mich zu der Wasserflasche.

»In ungefähr einer Stunde. Ich arbeite heute lange. Was machst du noch?«

»Dasselbe wie jeden Abend, Pinky. Ich werde versuchen, die Weltherrschaft zu übernehmen.«

Sonja lachte nicht über meinen Witz, also setzte ich mich auf.

»Das war Brain, von *Pinky und der Brain*.«

Sie zuckte mit den Schultern.

»Hast du nie *Animaniacs* gesehen?«

»Nö.«

Ich schlug mir mit der flachen Hand an die Stirn. »Ich wusste ja, dass du unter einem Stein gelebt hast, aber ich wusste nicht, dass das ein riesiger Fels war. Das war eine Zeichentrickserie am Nachmittag. Vielleicht der beste Cartoon der Neunziger.«

»Vielleicht«, wiederholte sie und zog ihre perfekt gezupften Augenbrauen in die Höhe. »Wenn ich mal Zeit habe, gucke ich es mir mal an.«

Aber sie hatte nie Zeit. Deshalb verstand sie keine meiner Anspielungen auf die Popkultur. Denn während ich vor dem

Fernseher geparkt gewesen war und *The Big Bang Theory* in Endlosschleife geschaut hatte, war Sonja arbeiten oder trainieren gewesen. Vielleicht würde ich sie zu meinem nächsten Geburtstag bitten, einen ganzen Tag im Schlafanzug mit mir zu verbringen und alle alten Zeichentrickserien anzusehen, die ich auftreiben konnte. Sie würde es schrecklich finden.

Dann erinnerte ich mich daran, dass ich an meinem nächsten Geburtstag gar nicht zu Hause wäre, wenn ich nach Des Moines zöge, und meine Erschöpfung konnte meine Anspannung nicht länger verdecken. Langsam stand ich auf und ging hinein und nach oben. Vor dem Kleiderschrank zog ich die Turnschuhe aus, dann nahm ich mein Handy von der Kommode, wo ich es hatte liegen lassen.

Ich hatte ein paar Nachrichten von Blake.

Sag mir Bescheid, wie der Anruf gelaufen ist.

Ich dachte, der Anruf war um 9. Telefoniert ihr immer noch?

Drei Stunden? Verdammt, ich hoffe, ihr heckt einen Plan zur Übernahme der Weltherrschaft aus.

Ich treffe mich mit Bear zum Lunch. Willst du mitkommen?

Die letzte Nachricht war von vor zwanzig Minuten. Ich schrieb zurück:

Bin gerade vom Laufen wieder reingekommen.

Als er nichts darauf erwiderte, sprang ich unter die Dusche und zog mich an, bevor ich in die Garage ging.

Mein Zufluchtsort.

Der einzige Ort, an dem ich nicht denken musste.

Ich holte meine kleine Maschine zum Verschließen der Flaschen heraus, die zwar nicht so toll war wie die, die in professionellen Brauereien benutzt wurde, mir aber die Arbeit trotzdem erleichterte. Flaschen zu verschließen gehörte wahrlich nicht zu den anspruchsvollsten Arbeiten, aber dabei konnte ich mich konzentrieren, ohne allzu viel Energie aufzubringen, und so hatte ich bald meinen Rhythmus gefunden.

Ich sang die Lieder des *Band of Horses*-Albums mit, das aus den Bluetooth-Lautsprechern kam, und dachte an absolut gar nichts außer daran, wie die Etiketten auf einer etwas dunkleren Flasche aussähen, wie Bob sie vorgeschlagen hatte.

Das hielt an, bis mein Handy klingelte.

Und ich wusste, dass er es war.

Ich wischte mir die Hände an einem Lappen ab und nahm das Handy in die Hand. Richtig, es war Blake.

Ich konnte im Moment einfach nicht rangehen, also ließ ich die Mailbox antworten und wartete weitere zwanzig Minuten, bis ich die Nachricht abhörte.

»Hey Sonnenschein, wir haben dich beim Lunch vermisst. Ein paar Eishockeyspieler von der Highschool haben Bear erkannt und wollten gar nicht wieder gehen. Also haben wir am Ende mit einer Gruppe Sechzehnjähriger rumgehangen. Das war eigentlich ganz lustig.«

Ich schnaubte über sein widerstrebendes Lachen.

»Ich rufe nur an, um zu hören, wie es dir geht. Was so los ist ... und du fehlst mir. Das ist verrückt, oder? Ich habe letzte Nacht in deinem Bett geschlafen, bin mit dir in den Armen aufgewacht und habe dich geküsst, bevor ich vor fünf Stunden zur Arbeit gegangen bin.«

Ich hätte vermutlich gelacht, wenn meine Haut sich unter der Wärme in seiner Stimme nicht erhitzt hätte.

»Ich sollte dich noch nicht vermissen«, fuhr er fort. *»Das grenzt schon an gruseliges Stalkerverhalten.«*

Sein verrückter Gedankengang ließ mich lächeln.

»Aber ich tue es. Und das musste ich dir sagen. Ich vermisse dich jeden Tag, egal, wie lang wir getrennt sind.«

»Das ist nicht gruselig«, sagte ich, weil ich für eine Sekunde vergessen hatte, dass ich nicht wirklich mit ihm sprach. »Das ist süß.«

»Wie auch immer. Ruf mich an, oder schick mir eine Nachricht. Ich muss heute abschließen, weil Missy sich nicht wohlfühlt. Also werde ich danach vermutlich einfach nach Hause fahren. Außer, ich höre etwas anderes von dir. Wir sprechen uns später. Bye.«

Die Nachricht war zu Ende, und anstatt sie zu löschen, spielte ich sie noch einmal ab und ließ mich von seiner Stimme beruhigen.

Hey Sonnenschein.
Du fehlst mir.
Ich sollte dich noch nicht vermissen.
Aber ich tue es.

Wie könnte ich jetzt noch wegziehen?

23. Kapitel

BLAKE

Mein Handy klingelte just in dem Moment, in dem ich eine Lebensmittelbestellung aufgab. Ich hoffte, dass es Piper wäre, denn sie hatte mich bisher noch nicht zurückgerufen. Meine Nerven waren mit mir durchgegangen, und ich stellte mir vor, dass alles Mögliche schiefgelaufen war.

Es war erst einen Tag her, aber ich wusste nicht, warum sie mich weder anrief noch auf meine Nachrichten reagierte. Inzwischen fiel es mir schwer, mich auf irgendetwas zu konzentrieren, und das war allein Pipers Schuld. Ich wünschte, ich hätte einen besseren Grund dafür als den, dass ich von ihr genervt war. Aber ich versuchte, das loszulassen, als ich nach meinem Handy griff.

Mom leuchtete auf dem Display auf.

Und schon war ich doppelt genervt.

Ich hatte seit Wochen nicht mehr mit meiner Mutter gesprochen. Ihr aus dem Weg zu gehen war leichter, als mit der Anspannung und der Wut umzugehen, die mich immer überfielen, wenn sie versuchte, mir Schuldgefühle zu verursachen. Aber wenn ich zu oft nicht ranging, würde es nur noch schlimmer werden.

»Hey Mom.«
»Hi Darling.«

»Was gibt's?«

»Ich rufe wegen Sonntag an. Deine Schwester hat mir erzählt, dass du eine Freundin hast. Stimmt das?«

Ich rieb mir mit dem Daumen über die Augenbraue. »Äh, ja.«

»Warum hast du nie was gesagt?«

»Ich …«

»Warum willst du sie deiner Familie nicht vorstellen?«

»Nun, ich …«

»Blake, ich schätze es gar nicht, dass du Geheimnisse vor uns hast. Vor allem nicht über eine Frau in deinem Leben. Tiffany sagte, du wirktest schrecklich … begeistert von diesem Mädchen.«

»Piper. Sie heißt Piper. Und ja, ich mag sie sehr.«

Mögen war so ein dummes Wort. Ich mochte Piper nicht nur.

Ich himmelte sie an.

Ich hatte sie gern. Selbst wenn sie mich nicht zurückrief.

Ich schätzte, idealisierte und vergötterte sie.

Ich liebte sie. Aber diesen Satz würde ich sicher nicht zum ersten Mal ausgerechnet meiner Mutter gegenüber aussprechen.

»Warum bringst du diese Piper nicht mit zum Dinner?«

Ich hielt inne und dachte darüber nach. Wenn Piper in meinem Leben bleiben würde, würde sie irgendwann meine Familie kennenlernen müssen. Aber ich hatte das dumpfe Gefühl, dass das bald nicht mehr wichtig wäre.

»Ich gucke mal, ob sie Zeit hat.«

»Wundervoll.« Die Stimme meiner Mutter sank um eine Oktave, was mir die Wahrheit hinter ihrem Superlativ verriet. »Nach allem, was mir deine Schwester erzählt hat, bin ich sehr daran interessiert, dieses Mädchen kennenzulernen.«

»Okay«, versuchte ich, die Unterhaltung zu einem Ende zu bringen. »Ich sage dir Bescheid. Danke.«

»Bye-bye, Darling.«

Sobald ich aufgelegt hatte und die Worte meiner Mutter nachklangen, verstärkte sich das unwohle Gefühl in meinem Magen.

Nach allem, was mir deine Schwester erzählt hat, bin ich sehr daran interessiert, dieses Mädchen kennenzulernen.

Meine Schwester hatte Piper nur kennengelernt, weil sie uns dabei überrascht hatte, wie wir gerade Sex in meinem Büro haben wollten. Die beiden hatten vielleicht eine Minute, maximal zwei im selben Raum verbracht. Was hatte Tiffany meiner Mutter da groß erzählen können?

Und was hatte meine Mutter dazu gebracht, den Satz in *diesem* Ton zu sagen?

Ich stand vom Schreibtisch auf und sah auf die Uhr. Es war beinahe sechs Uhr am Freitagabend, der Anfang einer langen Nacht, aber ich hatte keine Lust mehr, länger hierzubleiben. Missy hatte sich nur einen Vierundzwanzig-Stunden-Virus eingefangen; es ging ihr besser, und sie stand schon wieder hinter der Bar. Mit Abe und Lou, dem neuen Barkeeper an ihrer Seite, brauchte sie mich nicht. Und Darren hatte die Küche sowieso allein im Griff.

Ich schnappte mir meine Schlüssel, winkte allen zum Abschied zu und ging ohne ein festes Ziel im Kopf.

Als ich an ihrer Tür klingelte und niemand öffnete, nahm ich an, dass Piper in der Garage war. Ich nahm den Weg am

Haus entlang und sah, dass die Garage offen stand. Durch die Tür erblickte ich einen Hauch Rot.

Ich steckte meinen Kopf durch die Tür; Piper war gerade dabei, ihre Geräte in der Spüle zu reinigen. In einem ihrer Braukessel kochte es, und aus dem Gärkessel lief Flüssigkeit in ein Fass. Sie hatte also Zeit, zu brauen, aber nicht, um mit mir zu sprechen?

Während ich zusah, wie sie drei Dinge auf einmal erledigte, stellte ich mir vor, wie viel leichter es für sie wäre, wenn sie Angestellte und mehr Platz als in einer Doppelgarage hätte. Genau das wünschte ich ihr. Ich wollte, dass sie Erfolg hatte. Mehr für sie als für mich. An ihren leicht gerundeten Schultern erkannte ich, dass sie müde war, und nun hatte ich ein schlechtes Gewissen, weil ich mich wegen eines Anrufs so aufgeregt hatte.

»Hey.«

Sie zuckte zusammen und wirbelte herum, wobei sie einen Filter wie eine Waffe schwang. Dann wurden ihre Augen weich. »Mein Gott, hast du mich erschreckt.«

»Sorry.« Ich kam näher. »Wie läuft es hier so?«

Sie zuckte mit den Schultern. »Das Übliche. Ich habe einen weiteren Kessel mit Grisette angesetzt.«

»Wie geht es dir? Du hast mich nicht zurückgerufen.«

»Ich weiß.«

»Wie kommt's? Magst du mich nicht mehr?« Das sollte ein Witz sein, kam aber tonlos heraus.

»Ich war gestern einfach so erschöpft.«

Sie konnte mir kaum in die Augen schauen, als sie das sagte, und das gefiel mir nicht. Was auch immer sie störte, es sorgte dafür, dass sich mir die Nackenhaare aufstellten.

Meine Angst von vorhin, beim Gespräch mit meiner Mutter, kehrte zurück.

Ich wollte sie trösten, aber irgendetwas stimmte nicht zwischen uns. »Erzähl mir, wie das Gespräch mit Bob gelaufen ist.«

Sie ließ sich Zeit, den Schlauch vom Fass zu trennen, während sie mir von dem Telefonat berichtete. Aber sie war nicht so aufgeregt, wie ich es erwartet hätte, und das verstand ich erst nicht. Bis sie mir erzählte, was Bob wollte – eine gleichberechtigte Partnerschaft in ihrer Firma.

»Oh, wow.« So ein Deal war weder unüblich noch unangemessen. Wenn Bob die Firma finanziell unterstützte, wollte er natürlich einen Anteil daran haben. Es ergab Sinn – ließ mich aber auch innerlich zusammenzucken. *Out of the Bottle* gehörte Piper. Auch wenn das mit Bob der große Durchbruch sein könnte, würde es bedeuten, dass sie einen Teil ihres Traums aufgeben müsste. Ich konnte mir nicht mal ansatzweise vorstellen, was sie gerade fühlte.

»Ich weiß«, sagte sie, weil sie meinen Tonfall richtig gedeutet hatte. Sie schaltete den Propangasbrenner aus. »Ich habe ihm gesagt, dass ich ein paar Tage brauche, um darüber nachzudenken.«

»Und damit bist du seit gestern beschäftigt.«

Langsam drehte sie sich zu mir um. Auf ihrem Gesicht lag eine gewisse Schwere, auch wenn ein kleines Lächeln durchschien. »Ja, so ziemlich ununterbrochen.«

Ich konnte ihr diese Entscheidung nicht erleichtern, und ich wollte sie nicht mit noch mehr Befürchtungen überfluten, also breitete ich Arme aus. »Komm her.«

Sie kam zu mir, schlang ihre Arme um meine Taille und

legte den Kopf an meine Schulter. Ich hielt sie ganz fest, küsste sie auf den Scheitel und massierte ihre angespannten Schultern. So standen wir für ein paar Minuten und atmeten einfach nur.

»Willst du Netflix und chillen?«

»O ja, bitte«, murmelte sie an meiner Brust.

»Essen bestellen?«

»Ja. Aber zuerst muss ich duschen. Ich bin ganz verschwitzt.«

Sie bat mich nicht, mitzukommen, aber ich folgte ihr trotzdem mit einigem Abstand. An der Tür zum Badezimmer löste sie ihren Zopf, und ihre Haare fielen ihr über den Rücken. Sie wusste, dass ich da war, benahm sich aber so, als wäre sie allein, und mit einem Mal war ich Gast in einer Privatshow.

Ich setzte mich auf den Toilettendeckel und beobachtete sie. Sie stellte die Dusche an und hielt ihre Hand ein paar Sekunden unter das laufende Wasser, um die Temperatur zu prüfen.

Dann zog sie ihre Turnschuhe aus und schleuderte sie zur Seite, danach folgten die Socken, wobei sie mir die ganze Zeit einen Ausblick auf ihren Hintern bot. Als Nächstes war die Jeans dran, die langsam jeden Zentimeter ihrer cremefarbenen Beine freilegte, bevor sie im Wäschekorb verschwand. Und dann kam der beste Teil, denn ich liebte es, wenn sie ihre Arme über dem Bauch verschränkte, um sich das Oberteil mit der provokantesten Bewegung aller Zeiten über den Kopf zu ziehen.

Ein Schnippen ihrer Finger, und der BH fiel zu Boden, gleich gefolgt von ihrem Slip. Ich erhaschte nur einen kurzen

Blick auf ihren Körper, bevor sie, sich mit einer Hand an der Wand abstützend, in die Badewanne stieg und hinter dem durchsichtigen Duschvorhang verschwand.

Mit dem letzten Rest Selbstbeherrschung riss ich meinen Blick von ihr los und verbot mir alle lüsternen Gedanken. »Ich habe heute mit meiner Mom gesprochen.«

»Ach ja?« Das Aufschnappen eines Plastikverschlusses hallte durch den Raum, gefolgt von dem süßen Duft ihres Erdbeershampoos.

»Ich fahre am Sonntag zum Abendessen zu meinen Eltern, und sie möchten, dass du mitkommst.«

»Wirklich?«

Als ich die Überraschung in ihrer Stimme hörte, tat es mir leid, dass ich sie nicht schon früher meinen Eltern vorgestellt hatte. Sie sollte nicht glauben, dass ich nicht wollte, dass sie sich kennenlernen. »Ja. Meine Mom meinte, sie wäre sehr daran interessiert, meine Freundin kennenzulernen.«

Es vergingen ein paar lange Sekunden, in denen ich dachte, sie würde vielleicht Nein sagen.

Das Wasser ging aus, und der Vorhang wurde zur Seite geschoben, um meine wunderschöne Piper in all ihrer nackten Pracht zu enthüllen. Sie wrang ihre Haare über ihrer rechten Schulter aus, und kleine Bäche flossen über ihre Arme, ihre Brüste, ihren Bauch.

»Blake?«

Ich hob den Blick zu ihrem Gesicht. »Hä? Was?«

»Ich sagte, könntest du mir bitte das Handtuch geben?«

»Oh. Klar.« Ich reichte ihr das grün-rosa gestreifte Badehandtuch. »Ich konnte nicht …« Ich schüttelte den Kopf, um mich wieder zu konzentrieren, und ich sah das kleine Lächeln an ihren Mundwinkeln, während sie sich in das dicke Handtuch einwickelte und ihre Schönheit vor meinen Blicken verbarg.

»Du bist süß, wenn du verlegen bist.«

»Ich kann nicht anders. Du bist einfach umwerfend.«

Sie nahm ein kleineres Handtuch vom Halter und wickelte es geschickt um ihren Kopf, dann führte sie die *Piper cremt ihre Beine ein*-Show auf.

Sie massierte die weiße Lotion mit kreisenden Bewegungen von oben bis unten in ihre Haut. Ich summte vor mich hin und entdeckte eine neue Begeisterung für Bodylotions mit Gurken-Melonen-Duft. »Willst du am Sonntag mitkommen? Das Dinner ist um sechs.«

»Ja. Ich würde gerne den berüchtigten Senator und Mrs. Reed kennenlernen.«

Erleichtert stieß ich den Atem aus und folgte Piper ins Schlafzimmer.

»Was soll ich anziehen?«

Gerade als ich antworten wollte, ließ sie das Handtuch fallen.

»Du siehst nackt ziemlich großartig aus.«

Sie lachte auf und sah endlich langsam wieder aus wie sie selbst. Ihre Augen funkelten, und ihre Wangen röteten sich. Bewusst tänzelnd kam sie auf mich zu, zog mich in ihren Bann. Ich ließ mich rücklings aufs Bett fallen und streckte die Arme nach ihr aus.

»Du riechst so gut«, sagte ich mit meinen Lippen an ihrem Hals, als sie sich neben mich legte. Ich strich über ihren Körper und spürte ihre Anspannung. Da ich wusste, was sie beschäftigte, wollte ich, dass sie sich entspannte.

Also küsste ich sie und knabberte an ihr, bis sie stöhnte und ich mir sicher war, dass sie an nichts anderes dachte als an diesen Moment. Ich widmete mich jedem Zentimeter ihrer rosigen Haut und konnte gar nicht genug von ihr kriegen.

Wir küssten uns langsam und zärtlich, bis ich nackt war und die Laken auf dem Boden lagen. Auf der Seite liegend, streichelte ich ihr Bein, hob es über meine Hüfte und zog sie nah an mich.

Piper nahm zwar die Pille, aber trotzdem benutzten wir auch Kondome – zur Sicherheit.

»Piper.« Ich legte eine Hand an ihre Wange und saugte an ihrer Unterlippe. »Wir haben nicht darüber gesprochen, aber können wir ...?«

Während ich mit der Hand über ihren Kiefer zu ihrem Hals glitt, dann über die Schwellung ihrer Brüste zu ihrer Hüfte, sagte ich: »Ich muss dich fühlen.«

Sie nickte. »Ich dich auch.«

Sie schob ihr Bein höher und öffnete sich für mich. Ich drang in sie ein und brauchte einen Moment, um alles in mich aufzunehmen. Wie sie sich anfühlte, wie wir uns zusammen bewegten, wie sie aussah – ich wollte mich an jede Kleinigkeit erinnern. Es gab nichts Süßeres als ihren warmen Atem an meiner Wange, ihre Hitze, die um mich herum pulsierte, ihre Augen, die in meine schauten. Das hier war alles. Meine Vergangenheit, meine Gegenwart und meine Zukunft. Alles in dieser einen Frau.

Sie schloss die Augen und küsste mich seufzend. Stöhnend verlor ich mich in ihrem Körper. Meine Stirn an ihre gedrückt bewegte ich meine Hüften langsam, und bald fanden wir diesen intimen, vertrauten Rhythmus, der Folter und Paradies zugleich war. Das hier war das, was man Liebe machen nennt.

Als sie mich küsste, war es, als versuchte sie, meine Luft einzuatmen. Sie schaute so ernst und irgendwie traurig in meine Augen. Es war, als wolle sie alles in sich aufnehmen, als wäre das hier unser letztes Mal.

Aber ich könnte sie niemals aufgeben. Nicht nach dem hier. Niemals.

Wir fanden gemeinsam zum Höhepunkt. Mein Körper fühlte sich an, als wäre ein elektrischer Stromschlag hindurchgefahren. Als wir wieder runterkamen, atmeten wir beide schwer. Ich schaffte es, mich von ihr zu lösen, um ihr in die Augen zu schauen.

Ich wollte ihr so viel sagen, darunter *Ich liebe dich, geh nicht*, aber ich glaubte nicht, dass es richtig wäre, sie zu bitten, ihren Traum nicht zu verfolgen, und ich glaubte auch nicht, dass jetzt, direkt nach dem Sex, der richtige Zeitpunkt für so ein Gespräch war. Nach dem vermutlich besten Sex, den wir je gehabt hatten. Dem besten Sex, den überhaupt irgendjemand jemals gehabt hatte.

Ich gab ihr einen Kuss auf die Nasenspitze und lächelte. Wir waren beide erhitzt und verschwitzt und ein wenig durcheinander. »Willst du noch mal duschen?«

»Klar.« Sie stützte sich auf die Ellbogen. Ein müdes Lächeln umspielte ihre Lippen. »Aber keine Spielereien.«

Ich stand auf und hob unschuldig die Hände. »Ich kann nichts versprechen.«

24. Kapitel

PIPER

Am folgenden Sonntag überlegte ich über eine Stunde, was ich anziehen sollte, und probierte beinahe alles an, was sich in meinem Kleiderschrank befand, bevor ich mich für ein geblümtes Kleid mit weit schwingendem Rock in Lila- und Rosatönen entschied. Am Ausschnitt war es leicht gerüscht, und es strahlte eine gewisse Süße und Unschuld aus, was, wie ich annahm, das Ziel war, wenn man die Eltern seines Freundes kennenlernte.

Ich schlüpfte in schwarze Ballerinas und legte ein wenig Lipgloss auf, bevor ich nach unten ging, wo Blake auf der Couch lag, einen Arm hinter dem Kopf, den anderen auf Leos Rücken.

»Kann ich so gehen?«, fragte ich und wirbelte im Kreis herum.

»Das ist perfekt.«

»Und guck.« Ich schob die Hände in das Kleid. »Es hat sogar Taschen.«

Er verdrehte spielerisch die Augen. »Herzlichen Glückwunsch.«

Ich warf mir meine pinkfarbene Strickjacke über die Schulter, denn auch wenn Sommer war, wusste ich nicht, ob Spaghettiträger für ein Familienessen bei den Reeds angemessen waren.

»Bist du sicher, dass ich so gehen kann?« Ich schaute an mir herunter.

Er stand auf. »Ja, das ist gut.«

»Das klingt nicht sonderlich überzeugend.«

»Du bist wunderschön.« Er gab mir einen Kuss auf die Wange. »Meine Eltern sind …«

Seine Stimme verebbte. Er öffnete die Haustür, und ich trat hinaus, dann drehte ich mich zu ihm um. »Deine Eltern sind was?«

»Arschlöcher. Das habe ich dir ja schon erzählt. Ich weiß, du bist nervös, sie kennenzulernen, aber ich wäre überrascht, wenn sie mehr als ein paar Sätze mit dir wechseln. Ich bin das schwarze Schaf. Deshalb bin ich sicher, dass sie ihre Aufmerksamkeit ganz darauf konzentrieren werden, warum ich Schuhe ohne Schnürsenkel trage.«

Ich ließ meinen Blick an Blake hinuntergleiten. Er trug ein Button-down-Hemd, dessen Ärmel er bis zu den Ellbogen aufgekrempelt hatte, eine schmal geschnittene hellblaue Hose und hellbraune Segelschuhe und sah ganz aus wie der Junge aus wohlhabendem Haus, den er versuchte zu verbergen. Ich musste lachen.

Er wusste immer genau, was er sagen musste, um mich zu beruhigen, und ich stellte mich auf Zehenspitzen, um ihm einen Kuss zu geben.

Auf der Fahrt ließ Blake seine Hand auf meinem Bein liegen und nahm sie nur ab und zu weg, wenn er die Spur wechselte oder die Düsen der Klimaanlage neu ausrichtete. Wir redeten nicht viel, was zum Großteil an dem Angebot aus Iowa lag. Ich wusste nicht, ob wir das Thema aus denselben Gründen nicht ansprachen, aber ich war dankbar, dass er mich nicht bedrängte. Ich musste diese Entscheidung ganz allein treffen. Im Moment war ich jedoch voll darauf konzentriert, bei seinen Eltern einen guten Eindruck zu hinterlassen.

Ich war nicht in dieser Gegend aufgewachsen, kannte aber den Ruf des Viertels St. Paul, in dem Blake groß geworden war. Hier, in diesen alten Villen, lebte die Elite. Ich konnte meinen Blick nicht von den Häusern wenden, als wir die Summit Avenue hinunterfuhren.

»O mein Gott, sieh dir das an!« Ich streckte meinen Arm aus dem Fenster, um auf ein Herrenhaus im englischen Stil zu zeigen. »Und das da.« Das mit den Balkonen. »Das da will ich haben.« Die Villa aus grauem Stein war eine echte Schönheit.

Er lachte neben mir. »Wie viele Millionen hast du auf dem Sparbuch?«

»Meinst du, sie würden eine Anzahlung in Bier akzeptieren?«

»Das bezweifle ich.« Wir bogen auf die Einfahrt einer Villa aus rotem Backstein ein, die mit ihrer umlaufenden Veranda und dem Giebeldach eher ins viktorianische New England gepasst hätte.

Meine Nerven waren zum Zerreißen gespannt. Blakes Familie war reich, und mit einem Mal war ich unsicherer als je zuvor. Würde es beim Essen verschiedene Gabeln geben, von denen ich die richtige finden musste? Hätte ich ein längeres Kleid anziehen sollen? Was sollte ich tun, wenn ich seine Familie traf? Die Hand schütteln? Den Ring küssen?

Blake nahm meine Hand, und gemeinsam gingen wir den ewig langen Weg zur Haustür hinauf, an der ein schwerer

Türklopfer hing. Ich war ein klein wenig enttäuscht von seiner schlichten ovalen Form. Ein Löwe oder eine andere pompöse Figur hätte besser zum Rest gepasst. »Das sieht ein wenig aus wie das Haus von Richard und Emily aus *Gilmore Girls*, oder?«

Er zuckte mit den Schultern. »Kann schon sein.«

Er klingelte, und eine Frau in einem schlichten dunkelblauen Kleid öffnete. Sie stellte sich als Sandra vor, und ich war überrascht, dass uns nicht einer von Blakes Eltern in Empfang nahm. Andererseits, bei all dem Geld hätte ich damit rechnen sollen, dass sie eine Haushälterin haben.

Auf dem glänzenden Parkettboden im Foyer lag ein teuer aussehender Perserteppich. Darauf standen eine Standuhr und eine exotische Pflanze, die ich noch nie zuvor gesehen hatte.

Inmitten der üppigen Dekoration erregte ein Tisch mit Marmorplatte meine Aufmerksamkeit. Auf ihm stand eine kleine antike goldene Statur neben einem gerahmten Schwarz-Weiß-Foto eines Paares, von dem ich annahm, dass es schon einige Generationen alt war. O ja, altes Geld, so viel war sicher.

Es gab mehr Flure als in einer *Scooby-Doo*-Folge, und ich fragte mich, ob sich wohl der eine oder andere Geist hier niedergelassen hatte. Das Haus hatte mindestens dreißig Zimmer, wenn ich mir die Anzahl der Türen allein in diesem *Flügel* anschaute.

Sandra führte uns in einen Raum mit einem Kamin und eleganten Panoramafenstern. Es roch nach Zitruspolitur und somit genauso, wie ich mir den Duft der Räume immer vorstellte, die ich in Designermagazinen gesehen hatte.

»Darling.« Eine große Frau mit kurz geschnittenen dunklen Haaren erhob sich aus einem dicken Ledersessel, der unter der Bewegung knarrte. Mit ihren nudefarbenen Pumps und dem ärmellosen cremefarbenen Kleid sah sie genauso aus, wie man sich die Frau eines Senators vorstellte. Sie küsste Blake auf beide Wangen. »Wie geht es dir?«

»Gut«, erwiderte Blake ausdruckslos. »Mom, das ist Piper.« Der sanfte Druck seiner Hand an meinem Rücken ließ mich vortreten.

»Hallo. Es ist so schön, Sie endlich kennenzulernen«, sagte ich und wollte sie umarmen, doch sie streckte mir ihre Hand hin. Unserer beider Vorwärtsbewegung führte dazu, dass ihre Finger meine Brüste streiften.

Ein großartiger erster Eindruck.

Ich lachte verlegen, doch ihre dünnen Lippen pressten sich zu einem schmalen Strich zusammen.

»Tut mir leid.« Ich schüttelte ihre Hand, aber jetzt war es seltsam. »Mrs. Reed.«

Sie korrigierte mich nicht, als ich sie mit ihrem Nachnamen ansprach, also nahm ich an, dass ich sie weiterhin so nennen sollte. Wie formell.

Kurz musterte sie mich aus ihren dunklen Augen, und ich widerstand dem Drang, unter ihrer Musterung mit meinen Haaren zu spielen oder auf der Unterlippe zu kauen. »Ihr Name ist bezaubernd.«

»Vielen Dank.«

Sie richtete ihre Aufmerksamkeit wieder auf Blake. Ein leichtes Lächeln umspielte ihre burgunderfarben geschminkten Lippen. »Deine Haare sind schon wieder so lang.«

Blake fuhr mit den Fingern hindurch, doch seine Bewegung wirkte irgendwie falsch. Er sah aus, als hätte er einen Fahnenmast im Hintern stecken.

»Mir gefällt es so«, konnte ich meine große Klappe nicht halten.

Mrs. Reeds Blick schoss zu mir, und es war schwer, unter ihm nicht zusammenzuzucken. »Nun, dieser zerzauste Mopp passt so gar nicht zu seinem attraktiven Gesicht. Er ist immerhin ein erwachsener Mann und kein Teenager mehr.«

Blake atmete tief durch die Nase aus, und ich verspürte den Drang, für meinen Mann einzustehen, selbst wenn es nur um seine Haare ging. Aber meine Erwiderung erstarb mir auf der Zunge, als Mrs. Reed herausfordernd eine Augenbraue hochzog. Als *wollte* sie, dass ich ihr widersprach. Vielleicht, um ihr einen Grund zu liefern, mich nicht zu mögen.

Also hielt ich den Mund.

Sie drehte sich auf dem Absatz um, und ihre Schritte hallten auf dem Parkett, als sie in die Mitte des Raumes ging. Tiffany saß mit übergeschlagenen Beinen auf der Couch, den Kopf über ihr Handy gebeugt. Mrs. Reed tippte ihr ans Knie, woraufhin Tiffany Blake und mir einen flüchtigen Blick zuwarf. »Was geht ab, Bro? Pippa?«

»Piper.«

Langsam hob Tiffany den Kopf. »Hm?«

Bei Blakes Mom hatte ich den Mund gehalten, aber von seiner Schwester musste ich mir das nicht gefallen lassen. »Mein Name ist Piper.«

Sie zuckte mit den Schultern. »Okay.«

Ich hätte gerne behauptet, dass ich von ihrem respektlosen und offensichtlich absichtlichen Stich geschockt war, aber das war ich nicht.

Blake trat ihr auf die Zehen, als er an ihr vorbeiging.

»Autsch. Scheiße, Blake.«

»Sprache«, maßregelte Mrs. Reed sie.

Blake entschuldigte sich mit einem kurzen: »Hups, sorry«, und zuckte mit der Schulter in meine Richtung. Es gab kein *Hups*.

»Jacob, wir haben Besuch«, sagte Mrs. Reed, während sie ihren Martini mit einer Olive darin von einem gläsernen Beistelltisch nahm.

Ein Mann in einem frisch gestärkten dunklen Polohemd und gebügelten Khakihosen kam mit der *New York Times* unter den Arm geklemmt um die Ecke. Seine welligen Haare waren ordentlich gekämmt, und hinter der auf seiner Nasenspitze sitzenden Brille funkelten grau-blaue Augen. Er war attraktiv. Eine ältere Version von Blake.

Es war schwer, die Geschichten, die Blake mir erzählt hatte, mit dem freundlichen Lächeln des Mannes in Einklang zu bringen, der nun vor mir stand. »Und wer ist das?«, fragte er Blake, den Blick unverwandt auf mich gerichtet.

»Das ist meine Freundin Piper.«

»Piper. Was für ein ungewöhnlicher Name.«

Okay, er mochte vielleicht eine ältere Version von Blake sein, aber er war definitiv wesentlich einschüchternder. Von seinem festen Händedruck bis zu der sonoren Stimme war er genau die Art Mann, die Aufmerksamkeit verlangte. Und im Moment lag sein Fokus ganz auf mir.

»Vermutlich schon«, sagte ich, weil ich nicht wusste, wie ich auf seinen etwas vorwurfsvollen Ton reagieren sollte.

»Möchten Sie etwas trinken?«, fragte Mrs. Reed, nachdem sie an ihrem Martini genippt hatte.

»Ein Bier wäre toll«, erwiderte ich fröhlich.

Neben mir hörte ich ein Schnauben, aber ich wagte nicht, mich umzudrehen, um meine Vermutung zu bestätigen, dass es von Tiffany kam. Stattdessen hielt ich den Blick weiter auf Mrs. Reed gerichtet, die ganz kurz zusammenzuckte, bevor sie ein falsches Lächeln aufsetzte.

»Wir haben kein Bier.«

Ich räusperte mich. »Dann bitte ein Wasser.«

Mrs. Reed nickte und schaute an mir vorbei. »Sandra, ein Wasser für Piper.«

Ich konnte mir nicht vorstellen, wie Sandra hier unter Mrs. Reeds hartem Blick und Tiffanys passiv-aggressiven Geräuschen arbeiten konnte. Mr. Reed hatte mich lediglich begrüßt, und dafür war ich dankbar. Fünf Minuten mit Blakes Familie, und ich konnte meine Arme nicht mehr heben, weil die Schweißflecken darunter bestimmt gigantisch waren.

Eine Minute später kehrte Sandra mit einem Glas Eiswasser zurück. Ich dankte ihr leise und setzte mich neben Blake auf das steife Sofa. In diesem Haus gab es nicht viel, das sich bequem anfühlte oder auch nur so aussah. Ich war überrascht, dass es keine Bereiche gab, die mit roten Kordeln abgetrennt waren – Möbel, die nur betrachtet, aber nicht benutzt werden durften. Wie in einem Museum.

»Also Piper«, setzte Mrs. Reed an. »Tiffany hat uns erzählt, dass sie Sie in Blakes Bar kennengelernt hat.«

Bei der Erinnerung daran, wobei Tiffany uns gestört hatte, stieg mir die Hitze in die Wangen. Ich hoffte, dass Blakes Schwester diesen Teil ausgelassen hatte.

»Ja. Aber nur kurz«, sagte ich. »Ich fände es aber schön, wenn wir uns besser kennenlernten.«

Mrs. Reed summte in ihren Drink, während Tiffany mich ignorierte und weiter auf ihrem Handy herumtippte. Blake streckte seinen Arm auf der Sofalehne hinter mir aus und schenkte mir ein ermutigendes, wenn auch schwaches Lächeln. Er wusste, wie nervös ich war und wie sehr ich mich bemühen würde, dass seine Eltern mich mochten. Aber es fühlte sich ehrlich gesagt jetzt schon an wie eine verlorene Schlacht.

»Wie genau habt ihr beide euch kennengelernt?«, fragte Mrs. Reed und schaute von Blake zu mir und zurück.

»Im *Public*.«

»Oh. Dann sind Sie wohl oft in der Bar, hm?« Mrs. Reed nippte an ihrem Martini, während Mr. Reed ein tiefes Geräusch irgendwo zwischen Schnauben und Prusten ausstieß.

»Piper ist eine Braumeisterin aus der Stadt.« Blake legte seine Hand auf meine Schulter. »Ihr Bier gehört zu den besten der Gegend.«

Bei diesen Worten hob Mr. Reed den Blick und schaute mich über den Rand seiner Brille hinweg an. »Sie sind Braumeisterin?«

»Ja.«

»Wie sind Sie denn zu diesem Hobby gekommen?«

Meine Finger krampften sich unwillkürlich um das Wasserglas, während mein Magen sich zusammenzog. »Brauen ist kein *Hobby*. Für manche Menschen vielleicht schon, aber für mich ist es mein Beruf. Im Moment arbeite ich in einer Nanobrauerei, aber ich habe Pläne zu expandieren.«

»Ihr zwei seid schon ein Paar, was?« Er warf seine Zeitung auf den Tisch vor sich, wo sie mit einem hörbaren Klatschen aufkam, das in meinem Körper widerhallte. Das hier lief gar nicht gut.

Blake stand auf und ging zur Bar, womit ich allein zurückblieb, um diesen Kommentar zu dechiffrieren. Zum Glück kam Sandra in diesem Moment, um zu verkünden, dass das Dinner bereit wäre, und bewahrte mich so vor einer Antwort. Mr. Reed bedeutete mir vorzugehen. Was ich auch tat, obwohl meine Paranoia, dass sie hinter meinem Rücken über mich sprachen, sich nicht ignorieren ließ. Ich nahm auf dem Stuhl Platz, den Sandra mir zeigte, und fragte mich, ob sie vielleicht ein lebensechter Roboter und kein atmender Mensch war.

Ich saß aufrecht, die Schultern zurück, die Hände im Schoß, und versuchte verzweifelt, nicht fehl am Platz zu wirken. Lächelnd beobachtete ich, wie Mr. und Mrs. Reed sich auf die Stühle an den Kopfenden des langen Esstischs setzten. Tiffany warf mir von der anderen Tischseite Blicke zu, und endlich setzte Blake sich zu meiner Erleichterung neben mich, einen bernsteinfarbenen Drink in der Hand.

Die Spaghetti mit Lachs wurden auf feinstem Porzellan mit Silberrand serviert, und Gott sei Dank hatten wir alle nur eine Gabel. Ich nahm meine in die Hand, um einen Bissen zu essen, erstarrte aber, als Mrs. Reed sich räusperte. Die linke Augenbraue hatte sie zu einem hohen Bogen hochgezogen, die Hände vor sich auf dem Tisch gefaltet.

»In unserem Haushalt beten wir vor dem Essen.«

»Oh. Tut mir leid.« Ich ließ die Gabel fallen und faltete meine Hände wie ein braves kleines Mädchen. Wenn es irgendetwas gäbe, das ich tun könnte, um den Verlauf des Abends zu korrigieren, wusste ich nicht, was das sein sollte.

Mrs. Reed sprach ein Gebet, bei dem Blake nur den Kopf schüttelte. Ich schätzte, er hatte bei den Geschichten über seine Eltern nicht übertrieben.

»Alles gut«, flüsterte er mir zu, aber ich war mir dessen nicht so sicher.

Ich wartete, bis alle einen ersten Bissen genommen hatten, bevor ich meine Gabel wieder in die Hand nahm. Wir aßen schweigend, nur untermalt von dem Klingen von Gläsern und dem Kratzen des Bestecks auf den Tellern. Ich wusste nicht, ob diese Familienessen immer so still verliefen, aber ich fühlte mich unbehaglich. Die gemeinsamen Mahlzeiten mit meiner Familie waren erfüllt von Gelächter, Geschichten und strahlendem Lächeln.

Das hier war Folter, erfüllt von Feindseligkeit und ernsten Blicken.

»Wie läuft es im Job, Tiffany?«, brach Mr. Reed schließlich das Schweigen. »Wurde noch mal über deine Beförderung gesprochen?«

Blake seufzte leise neben mir, lehnte sich auf seinem Stuhl zurück und trank einen Schluck.

»Nein, aber ich gehe davon aus, Ende des Sommers etwas zu hören.«

»Was arbeitest du denn?«, fragte ich.

Tiffany warf ihre Haare über die Schulter. »Ich bin die Assistentin des stellvertretenden Vizepräsidenten bei *Harper and Marks*.«

»Was bedeutet das?«

Blake beugte sich zu mir, als wolle er mir ein Geheimnis anvertrauen, sprach aber so laut, dass alle am Tisch es hören konnten. »Das bedeutet, sie ist Dwight von *The Office*.«

Ich kicherte. Dwight war einer der lustigsten Figuren der Serie, sozusagen der Bürotrottel. Von sich eingenommen, aber total ahnungslos.

»Worüber lachst du da?« Tiffany warf mir einen bösen Blick zu.

Mein Lächeln schwand. »Über nichts. Blake hat gerade gesagt ...«

»Du bist nur eine Biermagd«, sagte Tiffany mit einem gemeinen Zug um den Mund.

»Tiffany«, zischte Mrs. Reed. »Das ist nicht nett. Selbst wenn sie nur Alkohol herstellt.«

Mr. Reed stieß dieses schnaubende Prusten aus, was, wie ich schon gelernt hatte, seine Art war, Herablassung auszudrücken.

Ich ballte die Serviette in meiner Hand und hoffte, dass meine Stimme ruhig klang, als ich sagte: »Ich bin Braumeisterin. Menschen, die Bier herstellen, nennt man Brauer. Ich habe studiert, um Braumeisterin zu werden.«

»Piper hat in Deutschland gelernt«, warf Blake ein und starrte seine Schwester an. »Sie verdient ihren Lebensunterhalt mit einer Arbeit, die sie liebt. Sie ist nicht *nur* eine Alkoholherstellerin.« Beim letzten Satz warf er seiner Mutter einen Blick zu.

»Richtig.« Mrs. Reed hob ihr Martiniglas in meine Richtung. »Sie stellt nicht nur Alkohol her. Sie ist auch Blakes Freundin.«

Bei dem Unterton in ihrer Stimme stellten sich mir die Nackenhaare auf.

»Was das angeht ...« Mr. Reed tupfte sich den Mund mit der Serviette ab, bevor er sich an seinen Sohn wandte. »Franks

Tochter ist gerade wieder hierher zurückgezogen. Wir dachten, vielleicht könnt ihr beide euch mal treffen.«

»Oh, Amanda ist einfach perfekt.« Mrs. Reed klatschte begeistert in die Hände. »Das wäre so wundervoll, wenn das mit euch etwas werden würde.«

Mir blieb der Mund offen stehen. Diese Leute ermutigten Blake gerade, mit einer anderen Frau auszugehen. Und das in meiner Gegenwart!

Blake legte unter dem Tisch eine Hand auf mein Knie. »Nein. Und ich bin beleidigt, dass ihr das überhaupt ansprecht. Vor allem hier. Und jetzt. Vor meiner Freundin Piper. Ich bin nicht an Amanda interessiert oder daran, wie sie für euch nützlich sein kann.«

Mr. Reed stützte die Ellbogen auf den Tisch, den Blick immer noch auf Blake gerichtet. Seinem Gesicht war keine Regung anzusehen, als er auf mich zeigte und sagte: »Nun, sie wird uns mit ihrem Braumeister sicher nicht helfen, die Wahl zu gewinnen. Was glaubst du, wird man über sie reden? Über uns?«

Tränen brannten in meinen Augen. Ich war ehrlich gesagt in meinem ganzen Leben noch nicht so beleidigt worden. Ich hatte nichts getan, um so eine Behandlung zu verdienen. Als wäre ich nur ein Stück Dreck unter seinem Schuh. Schlimmer noch, Mrs. Reed nickte mit verkniffener Miene dazu.

»Gut, dass *wir* nicht kandidieren«, konterte Blake und erhob sich vom Tisch. Sein Stuhl schabte laut über das Parkett, als er meine Hand nahm und mich hochzog. »Komm. Lass uns gehen.«

Mrs. Reed öffnete den Mund, und ich zuckte schon in Erwartung dessen zusammen, was sie sagen würde, doch Blake hielt sie mit erhobener Hand auf. »Fang gar nicht erst an. Daran bist du ganz allein schuld. Jedes Mal, wenn du zulässt, dass Dad so herablassend mit mir redet. Jedes Mal, wenn du Tiffany machen lässt, was sie will. Ich habe dir so viele Gelegenheiten gegeben, meine Mutter zu sein, und doch wendest du mir immer den Rücken zu. Und jetzt kehre ich dir den Rücken.«

Er stapfte aus dem Haus. »Ich bin fertig mit dieser Familie«, rief er über die Schulter. Ich musste mich beeilen, um mit ihm mitzuhalten, denn sein Griff um meine Hand war so fest, dass ich fürchtete, er könnte mir sonst den Arm auskugeln. Andererseits würde das vielleicht den Schmerz dessen überdecken, was gerade passiert war.

Er hielt mir die Beifahrertür auf, und nachdem ich eingestiegen war, knallte er die Tür so fest zu, dass ich zusammenzuckte. Wütend setzte er sich hinters Lenkrad. Seine Anspannung war förmlich spürbar.

»Das war grausam. Deine Eltern sind grausam«, sagte ich und wischte mir eine Träne ab, die über meine Wange rollte.

Blake sagte nichts, und dieses Schweigen regte mich nur noch mehr auf.

»Sie haben mich von Anfang an gehasst.«

»Sie hassen jeden. Du bist nichts Besonderes.« Seine Stimme war furchteinflößend ruhig, wie die seines Vaters, und meine Tränen versiegten langsam, während gleichzeitig Ärger in mir aufstieg.

Ich wusste, dass er auch aufgebracht war, aber seine Worte verschlimmerten meinen aufgebrachten Zustand nur noch. »Ich habe versucht, sympathisch zu sein. Ich habe versucht, das zu sein, was sie sich in einer Freundin für dich wünschen.«

Er setzte den Blinker. »Ja, nun, vielleicht hättest du dich nicht so sehr bemühen sollen.«

Geschockt starrte ich sein Profil an. Zuerst seine Familie und nun auch noch er? »Warum benimmst du dich so?«

»Ich benehme mich gar nicht.« Bei dieser monotonen Antwort fragte ich mich, was mit meinem süßen Freund passiert war.

»O doch. Du benimmst dich, als wäre das alles meine Schuld.«

Er stieß einen langen Seufzer aus, sagte aber nichts.

»Ich weiß, dir ist es egal, weil du das mit deinen Eltern ständig erlebst, aber für mich war das echt ätzend, Blake.«

»Glaubst du, das weiß ich nicht? Ich weiß es, Piper. Verdammt noch mal, ich weiß es.« Er schlug mit den Händen aufs Lenkrad. »Wenn mir das, was sie sagen, egal wäre, wäre ich nicht gegangen. Glaubst du, es fällt mir leicht, mir den Scheiß von ihnen anzuhören? Absolut nicht. Aber es ist es auch nicht wert, sich deswegen zu streiten.«

»Du meinst also, ich wäre einen Streit nicht wert?« Ich wollte nicht schreien, aber die Worte schossen einfach aus mir heraus. Ich stand kurz davor, eine lebensverändernde Entscheidung zu treffen und alles aufzugeben, was mir lieb war, und er sagte mir quasi, dass ich es nicht wert wäre, für mich zu kämpfen.

An einer roten Ampel hielt er an. Seine Nasenflügel blähten sich. »Verdreh mir nicht die Worte im Mund.«

Ich warf die Hände in die Luft und kam mir vor, als wäre ich gefallen und in einer anderen Dimension gelandet. »Das tue ich nicht. Genau das hast du gesagt.«

Er schüttelte den Kopf. »Es hat keinen Sinn, sich mit meinen Eltern wegen *irgendetwas* zu streiten. Sie hören nicht zu.

Mit ihnen vernünftig reden zu wollen ist, wie mit einer Mauer zu sprechen. Was sie vorhin gesagt haben, war ekelhaft. Wir beide wissen das, also glaub nicht, dass es mir nicht wehgetan hat. Ich liebe dich, Piper. Ich kämpfe von Beginn an für dich. Ich habe dich in allem, was du tun wolltest, tausendprozentig unterstützt. Um Himmels willen, ich war derjenige, der dein Bier zu *Pete's Tavern* und in die *Monkey Bar* gebracht hat. Ich habe dir bei dem Armleuchter in der Brauerei zur Seite gestanden …«

Mein Gehirn kam bei seinem Worten kreischend zum Stehen. »Was meinst du damit, du hast mein Bier in die Bars gebracht?«

Gerade als ich gedacht hatte, dieser Abend könnte nicht schlimmer werden, war ein flammender Komet mitten in diesem emotionalen Tornado gelandet und hatte alles mit einem schnellen, einzigen Einschlag zerstört.

Und mein attraktiver, süßer Freund, der irgendwo in seiner Tirade gesagt hatte, dass er mich liebte, verschwand und brach mein Herz in Millionen winzige Teile.

25. Kapitel

BLAKE

Mist. Ich hatte definitiv nicht vorgehabt, dieses Geheimnis auszuplaudern.

Ich hatte Piper schon genervt erlebt. Ich hatte sie wütend erlebt. Aber noch nie hatte ich sie so zornig gesehen. Ihre Augen waren groß und dunkel. Ihre Finger wie Krallen in meine Richtung gekrümmt. Ihr Gesicht zu einer finsteren Maske verzogen.

Ich stotterte hilflos herum. Der Grund für ihre plötzliche Wut war sonnenklar. Aber nach diesem Dinner verfügte ich weder über die Geduld noch war ich in der geistigen Verfassung für so einen Streit. Ich wollte einfach nur nach Hause fahren, mich in meiner Freundin verlieren und an nichts anderes denken als daran, wie gut sie sich anfühlte.

»Du kannst nicht einfach so eine Bombe platzen lassen und dann nichts erklären. Was hast du getan?«, verlangte sie mit erhobenen Händen zu wissen.

Die Sonne ging gerade unter, der Himmel hinter Piper war ein Regenbogen aus Blau, Violett, Pink und Orange. Wenn ich nicht gerade mitten in diesem Albtraum gesteckt hätte, hätte ich sie darauf hingewiesen, wie wunderschön das war. Wie wunderschön *sie* in diesem Moment war. »Was meinst du?«

»Du bist zu klug, um dich dumm zu stellen. Du hast gesagt, *du* hättest mein Bier in diese Bars gebracht. Wir haben am Anfang eine Vereinbarung getroffen. Ich wollte nicht mit dir ausgehen, bis *ich* mein Bier an zwei weitere Bars verkauft hatte. Es war mir wichtig, es allein zu schaffen. Aber nein. Du musstest dich ja einmischen. Du hast eine Grenze übertreten, Blake. Und das ist *nicht* okay. Es ist meine Firma. Meine. Du hattest kein Recht, deine Kontakte und deinen Einfluss geltend zu machen.«

»Das klingt, als wäre ich Michael Corleone oder so.«

»Mach dich nicht über mich lustig«, zischte sie.

»Ich …«

Hinter uns hupte jemand dreimal und beraubte mich damit jeglicher Gelegenheit für eine clevere Antwort. Wir schauten beide über unsere Schultern nach hinten, dann hoch zu der grünen Ampel. Ich stieß den Atem aus und lenkte den Wagen über die Kreuzung.

Piper murmelte etwas, das ich nicht verstand, und ich sah sie an. »Was?«

»Ich sagte, ich fühle mich, als wäre ich wieder in Deutschland bei Oskar.«

Darüber musste ich beinahe lachen. »Du fühlst dich, als wärst du wieder in Deutschland? Was soll das heißen? Was hat dein Ex mit alldem zu tun?«

Sie schüttelte den Kopf. »Du verstehst es nicht, oder? Hinterfragt zu werden, ungebetene Ratschläge zu erhalten, gesagt zu bekommen, dass ich mich anders verhalten oder einfach aufgeben soll … Damit muss ich mich ständig herumschlagen. Das hat Oskar gemacht. Und das hast du mir jetzt auch angetan.«

Für einen kurzen Moment war ich so verblüfft, dass ich nichts erwidern konnte. So dachte sie über mich? »Wie kannst du mich mit Oskar vergleichen? Ich will, dass du tust, was du tun willst. Das wollte er nicht.« Vor einer Minute hatte ich Piper gesagt, dass ich sie liebe, aber das Einzige, was sie interessierte, war, dass ich versucht hatte, ihrer Firma zu helfen. Das war doch nicht richtig. »Ich wünsche dir Erfolg, also ja, ich habe dir ein wenig geholfen. Was ist daran falsch?«

»Daran ist alles falsch. Warum verstehst du nicht, dass ich das allein schaffen muss? Du hast genau das gemacht, was ich *nicht* gewollt habe.«

»Ich dachte, ich unterstütze dich. Ich hatte es nicht für so eine große Sache gehalten.«

Knurrend zerrte sie an ihren Haaren. »O mein Gott. Ich musste auf den unbequemen Stühlen bei deinen Eltern sitzen, während sie quasi sagten, dass ich nicht gut genug für ihre Gesellschaft bin, und dann finde ich heraus, dass ich meinen Erfolg allein dir zu verdanken habe. Ich könnte mich nicht wertloser fühlen.«

»Das ist doch total verrückt.« Ich nahm die Kurve ein wenig zu scharf, und mein Wagen holperte, als alle vier Reifen wieder auf dem Asphalt aufkamen. Ich fluchte, weil ich nicht verstand, warum Piper manchmal so wenig von sich hielt. »Ich dachte, wir hätten diese Themen geklärt.«

»Du hast mich die ganze Zeit über angelogen. Unsere Beziehung basiert auf einer Vereinbarung, die du gebrochen hast.«

»Ich habe unsere Vereinbarung nicht gebrochen, ich habe ihr ein wenig auf die Sprünge geholfen.« Das war eine dünne Entschuldigung, aber im Moment meine einzige Verteidigung. Ich hatte sie auf die mir bestmögliche Weise unterstützt.

Sie zeigte mit dem Finger auf mich. »Versuch nicht, dich hier mit Anwaltsgerede herauszuwinden.«

»Ich versuche überhaupt nicht, mich aus irgendetwas herauszuwinden. Ich versuche nur, zu erklären, was passiert ist. Aber wenn du mir nicht zuhörst, kann ich mich nicht verteidigen.«

»Du müsstest dich gar nicht verteidigen, wenn du gar nicht erst etwas falsch gemacht hättest!«

Die zwanzigminütige Fahrt zu Pipers Haus fühlte sich allmählich an wie zwanzig Stunden. Ich konnte gar nicht schnell genug dort ankommen, und der Kerl vor mir fuhr nicht mal die erlaubte Höchstgeschwindigkeit. »Komm schon«, brüllte ich ihn durch die Scheibe an. »Das ist …«

Meine Worte verebbten. Mein Gehirn lief auf allen Zylindern, aber es hatte kein Ziel. Ich hatte keine Ahnung, was ich zu Piper sagen sollte, um alles wiedergutzumachen. Ich hatte keine Ahnung, ob es überhaupt etwas gab, das ich wiedergutmachen konnte. Sie hatte die Arme vor der Brust verschränkt, den Blick aus dem offenen Seitenfenster gerichtet, und ich nahm an, es wäre das Beste zu warten, bis wir zu Hause waren, um weiter darüber zu reden.

Ich hatte noch nicht mal ganz vor ihrem Haus angehalten, als Piper schon ihre Tür aufstieß. »Piper! Mein Gott.«

Ich schaltete den Motor ab und folgte ihr zur Haustür. »Piper.«

Sie weigerte sich, mich auch nur anzusehen, und als ich die Hand ausstreckte, um die Tür zu öffnen, drehte sie sich abrupt zu mir um und hielt mich auf.

»Ich muss nachdenken.«

»Okay.« Mit der rechten Hand hielt ich die Tür auf und machte Anstalten hineinzugehen.

Piper rührte sich nicht. »Allein.«

Dieses Wort stach mir ins Herz. Das waren nicht wir. Wir besprachen alles, wir arbeiteten zusammen. Wir waren ein Team.

»Können wir wenigstens kurz reden?«

Sie senkte einen Moment den Blick, bevor sie sich aufrichtete und sich die langen roten Haare über die Schulter nach hinten strich. »Ich glaube, du hast für heute genug geredet.«

Sofort wollte ich widersprechen. Ich hatte die Punkte im Kopf schon aufgelistet, alle Gründe dafür, uns zusammenzusetzen, aber Logik würde in dieser Situation nicht weiterhelfen.

»Sprich mit mir. Bitte. Zwischen uns hat sich nichts verändert.« Ich schaute in ihre harten Augen. »Oder?«

»Alles hat sich verändert«, sagte sie leise und zuckte mit den Schultern, die aussahen, als lastete das Gewicht der Welt auf ihnen. »Ich will von niemandem abhängig sein, weder von dir noch von sonst jemandem. Doch du hast genau dafür gesorgt, ob absichtlich oder nicht. Du hast mir meine Unabhängigkeit genommen.«

»Das habe ich nicht gewollt. Ich dachte, ich würde dir helfen. Ich hatte nie vor, dir zu schaden oder dir wehzutun.«

Sie ignorierte mich, und jede Sekunde, in der sie mich nicht anlächelte und nicht meine dargebotene Hand ergriff, war wie ein Dolchstoß in mein Herz. »Tu das nicht«, flehte ich, ohne genau zu wissen, worum ich da bat. *Weise mich nicht ab. Lass nicht zu, dass das hier zwischen uns kommt.* »Bitte.«

»Ich denke, wir sollten nicht länger zusammen sein«, sagte sie mit Endgültigkeit in der Stimme.

»Sag das nicht. Komm, du bist aufgebracht, das verstehe ich, aber gemeinsam überstehen wir das.« In meinem vorherigen Leben hatte ich als Anwalt mehr Fälle gewonnen, als ich zählen konnte, und ich war noch öfter bei Gericht gewesen. Aber das hier war ein Kampf, bei dem ich mir nicht sicher war, ob ich ihn gewinnen konnte.

»Es gibt kein *wir* mehr, Blake. Es gibt dich und mich, und ich bin nicht mehr sicher, ob ich uns im gleichen Satz hören will.«

Ich hatte das Vertrauen der Frau verloren, die meine Welt geworden war, und es fühlte sich an, als hätte ich auch einen Teil von mir verloren. Als ich den Atem ausstieß, hoffte ich, dass ich in der Lage wäre, noch einmal einzuatmen. »Das ist es also? Du gibst uns einfach so auf?«

»Ich gebe uns nicht auf. Ich ziehe weiter.« Sie drehte sich um und ging ins Haus, und ich stand wie erstarrt und schaute auf die weiße Farbe, die an der einen Ecke der Haustür abblätterte.

Noch vor wenigen Stunden hatte ich sie geküsst, hatte das Pfefferminzaroma ihrer Zahnpasta geschmeckt. Vor zwei Tagen waren wir zusammen gewesen, zwischen uns nicht mehr als Schweiß und Haut. Wochen davor hatte ich ihre Eltern kennengelernt, hatte ihrem Vater gesagt, dass es mir ernst ist. Und davor, an diesem windigen, kalten ersten Tag im April, als Piper zum ersten Mal in meinen Pub kam, hatte ich gedacht, dass ich noch nie jemanden wie sie getroffen hatte. Ich dachte, ich wüsste tief im Inneren, dass sie etwas Besonderes ist, dass sie für mich etwas Besonderes sein würde.

Und jetzt waren wir nichts mehr?

Ich wollte schreien, auf etwas einschlagen. Ich wollte einen Aufstand machen. Und mein heftig klopfendes Herz verriet mir, dass selbst mein Körper gegen all das hier protestierte.

Ich hämmerte an die Tür. »Piper, bitte, bitte mach auf.«

Eine Sekunde verging.

Zwei. Dann drei. Dann Hunderte mehr, ohne, dass sie reagierte. Ich lehnte meine Stirn gegen die Tür. Als ich vor so vielen Wochen zu diesen Bars gegangen war, hatte ich einfach mit den Managern sprechen, sie auf Piper aufmerksam machen wollen. Ich habe sie nicht zu irgendetwas überredet. Ich habe keine Deals oder Verträge abgeschlossen. Ich wollte einfach nur eine Frau unterstützen, an die ich fest glaubte, indem ich auf positive Weise über sie sprach.

War das wirklich so schlimm?

Noch einmal schlug ich mit der Faust gegen die Tür und stapfte dann zu meinem Wagen zurück. Sie würde darüber hinwegkommen. Das musste sie einfach.

Und dann traf es mich wie ein Schlag gegen den Kopf.

Sie musste es nicht. Denn da war noch Iowa.

Ich wollte nicht, dass sie wegzog. Ich wollte sie hier, bei mir in Minneapolis. Aber nach dem heutigen Tag und dem ausdruckslosen Adieu von ihr hatte ich das Gefühl, dass ihre Entscheidung feststand.

Iowa.

Ich hasse das verdammte Iowa.

Heftig stieß ich den Schlüssel ins Zündschloss und startete den Motor. Dann wählte ich über die Bluetooth-Verbindung eine Nummer. Connor ging nach dem zweiten Klingeln ran.

»Hey, was gibt's?«

»Was machst du gerade?«

»Äh, nichts. Wieso?«

»Piper hat eben mit mir Schluss gemacht.« Mein Magen brannte unter diesen Worten, und ich wollte mich am liebsten übergeben.

»Oh.« Ein Rascheln im Hintergrund, dann: »Was willst du gerne trinken?«

»Alles, nur kein Bier.« Es tat weh, allein an das Getränk zu denken, das Piper und mich zusammengebracht hatte.

»Okay. Ich bin gleich bei dir und rufe Bear an.«

Ich legte auf und fuhr wie benebelt zu mir nach Hause.

In der Wohnung schaltete ich die Lampen an, ließ sie ihr Licht auf die Beweise meines Lebens werfen, das gerade zerschmettert worden war. Ein Paar von Pipers Schuhen lag neben der Tür, das Ladegerät für ihren Laptop war achtlos auf die Couch geworfen worden. Ich ging ins Schlafzimmer, um mich umzuziehen, wobei ich es vermied, ihre Kleidung in meinem Wäschekorb und das schwarze Haargummi auf der Kommode anzuschauen. Ich ignorierte auch die kleine Tube Handcreme, die neben dem Nachttisch auf dem Boden lag, weil sie versucht hatte, sie auf den Tisch zu werfen, ihn aber verfehlt hatte.

»Verdammt«, stöhnte ich und schlug gegen den Türrahmen. Meine Welt war voll mit Piper. Sie war allgegenwärtig. Sie war in jede Faser meines Körpers eingedrungen, und wenn ich versuchen würde, sie herauszuziehen, könnte kein Pflaster den Blutstrom stoppen.

Ich ließ mich auf die Couch fallen und schaltete den Fernseher ein. Irgendein blöder Film lief. Ich wollte an nichts denken. Ich wollte taub sein. Und in letzter Sekunde hörte ich das Klopfen an der Tür.

»Ist offen!«, rief ich vom Sofa aus.

Bear kam mit Pizzakartons in der Hand herein. Es war ungewöhnlich für ihn, dass er nichts sagte. Keine klugscheißerische Bemerkung, kein joviales Hallo. Nur ein kurzes Nicken, als er über meine Beine stieg, die ich mir nicht die Mühe machte, vom Couchtisch zu nehmen.

Connor hatte eine Tüte aus dem Spirituosenladen dabei. »Ich wusste nicht, was du willst, also ...« Er stellte je eine Flasche *Bankers Club*-Wodka, *Old Crow*-Whiskey und einen Tequila, von dem ich noch nie gehört hatte, auf den Tisch. »Welches Gift darf es sein?«

»Versuchst du wirklich, mich mit diesem billigen Zeug zu vergiften?«

Er zuckte mit den Schultern und holte die passenden Softdrinks aus seiner Tüte. »Welchen Unterschied macht es, wenn wir nur trinken, um uns zu betrinken?«

»Da hast du auch wieder recht.« Ich schnappte mir die blaue Gatorade-Flasche und den Wodka und mixte mir einen Drink, um den mich jedes Highschool-Kid beneiden würde.

»Was ist passiert?«, fragte Bear und bot mir ein Stück Pizza an.

»Ich weiß es nicht«, sagte ich, bevor ich einen Bissen nahm, schluckte und mir den Mund mit dem Handrücken abwischte. »Wir waren zum Abendessen bei meinen Eltern, was eine totale Katastrophe war, und wenn ich irgendwann die nötige Motivation aufbringe, werde ich sie deswegen zur Schnecke machen. Ich bin so was von fertig mit ihnen. Wie sie Piper behandelt haben ... Das war der Tropfen, der das Fass zum Überlaufen gebracht hat.«

Connor goss sich etwas Whiskey in seine Cola. »Sie hat wegen deiner Eltern mit dir Schluss gemacht?«

»Nein.« Ich nahm einen großen Schluck von meinem blauen Drink. Er war ekelhaft. »Ja. Ich glaube, ich weiß es nicht.«

»Was denn nun?«, fragte Bear mit vollem Mund.

»Beides, schätze ich. Auf der Rückfahrt sind wir in einen Riesenstreit geraten, weil sie meinte, ich würde sie nicht unterstützen. Ich habe ihr gesagt, dass ich sie immer unterstützt und alles für sie getan habe, was ich konnte. Sie ist ausgeflippt, als ich ihr erzählt habe, dass ich in der *Monkey Bar* und in *Pete's Tavern* gewesen bin.«

»Du warst in der *Monkey Bar* und bei *Pete's*?« Connor stand auf, um aus dem Schrank über der Spüle drei Schnapsgläser zu holen.

»Ja. Ich wollte ihnen Pipers Bier vorstellen.«

»Und das hat ihr nicht gefallen?«

»Nein.« Ich warf meinen Pappteller auf den Tisch. »Ich habe doch gesagt, sie ist ausgeflippt.«

»Ich versuche nur, die ganze Geschichte zu verstehen«, sagte er und schenkte Tequila ein.

Wir tranken die Kurzen, und ich lehnte mich zurück und erfreute mich an dem brennenden Gefühl, das von meiner Kehle in meinen Bauch und von da in jeden Teil meines Körpers strömte. Mir den Schmerz herausbrannte.

Nachdem ich weitere drei Stücke Pizza und zwei von den ekligen blauen Drinks zu mir genommen hatte, fiel mir erst auf, dass Bear noch gar nichts gesagt hatte. Er saß einfach ruhig da, aß Pizza und trank seinen Whiskey pur. Mit dem Fuß stieß ich sein Knie an. »Hast du gar nichts dazu zu sagen?«

»Eigentlich nicht.«

Ich lachte. »Wirklich? Du hast immer was zu sagen. Also, raus damit.«

»Ich hatte befürchtet, dass das passiert. Dass ihr euch trennt. Wer bekommt die Kinder? Also das Bier?«

»Das ist alles, was dich interessiert? Während dein bester Freund seit dem ersten Jahr auf der Highschool hier sitzt und in seinen ekligen Wodka-Gatorade-Drink weint …?«

»Hey, gib nicht dem Drink die Schuld«, warf Connor ein.

Ich zeigte ihm den Mittelfinger, den Blick immer noch auf Bear gerichtet. »Was hast du wirklich dazu zu sagen?«

Er strich sich mit der Hand übers Gesicht. Sein Blick wanderte durch den Raum, bevor er auf mir landete. »Sie hat gesagt, sie will nicht, dass du alles für sie regelst, also warum bist du dann überrascht, dass sie sauer auf dich ist, weil du mit den Barbesitzern gesprochen hast?«

»Das war doch keine große Sache«, sagte ich, genervt davon, dass mein Kumpel Partei für sie ergriff.

»Für sie schon.«

»Aber ich habe doch nur versucht, ihr zu helfen.«

»Ganz eindeutig empfindet sie das anders. Sie hat das Gefühl, du hättest ihr etwas weggenommen. Sie ist verletzt und wütend. Du kannst nicht böse auf sie sein, weil sie sich so fühlt.«

Ich ließ mich tiefer in die Couch sinken und konzentrierte mich auf den Tom-Cruise-Film, welcher auch immer es war. Ich glaubte, *Mission Impossible II*, aber in meinem angetrunkenen Zustand und dem Gefühlschaos nach dem Streit war es schwer zu sagen. Alle Missionen kamen mir unmöglich vor.

Wie zum Beispiel einen Weg aus dem Loch zu finden, das ich mir selbst gegraben hatte.

Unmöglich.

»Sie glaubt, dass sie nicht gut genug ist.« Ich schlug mit der flachen Hand auf die Couch und hoffte, wenn ich die Worte laut aussprach, wenn meine Freunde sie auch hörten, könnten sie mir helfen. Denn ich hatte keine Ahnung, was ich tun sollte. »Das ist lächerlich. Sie ist die bemerkenswerteste Frau, die ich je getroffen habe. Sie ist lustig und klug und sieht auch noch gut aus.«

Connor richtete seine Baseballkappe. »Ja. Sie ist echt hübsch.«

»Schöne Augen«, warf Bear ein, und ich zeigte mit dem Finger auf ihn.

»Das ist das einzig Vernünftige, was du bisher von dir gegeben hast.«

Er hob sein Glas in meine Richtung. »Sei nicht wütend auf mich, weil sie wütend auf dich ist. Ich habe dich nur darauf hingewiesen, was sie gesagt hat. Du hast es geschafft, Mann. Du hast das *Public*. Aber sie arbeitet noch an ihrem Traum. Was glaubst du, wie es sich anfühlt, wenn man erfährt, dass man die ersten Erfolge im Geschäft einem anderen zu verdanken hat?«

»Das ist doch total egal! Ich habe mein Startkapital aus einem Treuhandfonds.«

»Es geht um Stolz.« Bear lehnte sich vor. »Du hast ihren Stolz verletzt.«

So hatte ich das noch gar nicht betrachtet. Natürlich war es für mich einfach zu denken, dass es keine große Sache war, aber für jemanden in ihrer unsicheren Situation ... Ich konnte mir ungefähr vorstellen, wie sich das anfühlen musste. Immerhin war das der Grund, warum ich mich von meiner Familie distanziert hatte. Ich wollte es allein schaffen, mir ohne den Namen Reed eine eigene Zukunft aufbauen. Ich hätte Pipers Wünsche von Anfang an verstehen sollen, aber ich war zu sehr von meinen eigenen Wünschen geblendet gewesen und hatte ihre nicht in Betracht gezogen.

»Ich habe Piper gesagt, dass ich sie liebe. Es war ihr egal. Und nun zieht sie nach Iowa, und ich kann nichts dagegen unternehmen.«

»Du könntest dich entschuldigen«, schlug Bear vor.

»Das habe ich versucht.«

»Versuch es energischer.«

Connor füllte die Schnapsgläser auf. »Ich glaube, sie ist so wütend, weil sie dich auch liebt. Sonst wäre es ihr nicht so wichtig, oder? Ist das nicht der Schlüssel? Das Gegenteil von Liebe ist nicht Hass, sondern Gleichgültigkeit.«

Bear schlug sich lachend auf den Oberschenkel. »McGuire trifft ins Schwarze. Wer hätte das gedacht!«

Connor hob sein Schnapsglas, bevor er es in einem Zug leerte. »Wir haben alle schon geliebt und verloren. Einige von uns verbergen es nur besser.«

Für eine kurze Sekunde vergaß ich, womit ich mich gerade herumschlagen musste, und hatte Mitgefühl mit meinem Freund, der seinen eigenen Herzschmerz erlebt hatte. Er hatte eine schwere Zeit durchgemacht, auf seinem Herzen war herumgetrampelt worden. Aber dann dachte ich an Piper.

Und das Organ, das mal mein Herz gewesen war, zerbrach erneut.

Connor war meine einzige Hoffnung. Er hatte die leidvolle Zeit überstanden, also würde ich das auch schaffen. Das war der einzige Lichtstrahl in diesem stinkigen Haufen Mist.

26. Kapitel

PIPER

Es klopfte leise an meine Tür. Nachdem ich den wütendsten Text, der mir einfallen wollte, mehrmals geschrieben, umgeschrieben und dann wieder gelöscht hatte, war ich weinend zum Soundtrack von *Titanic* eingeschlafen. Denn das Einzige, was noch trauriger war als der gestrige Abend, war Jack, der im eisigen Wasser des Atlantiks erfror, während er Roses Hand hielt.

Ich hob den Kopf und wischte die Mascaraspuren unter den Augen ab. »Ja?«

»Alles okay da drin?«, fragte Sonja von der anderen Seite der Tür, bevor sie ihren Kopf ins Zimmer steckte.

Ich setzte mich auf. »Schätze schon«, sagte ich, doch die Worte kratzten in meinem Hals.

»Du siehst … gut aus.«

»Lüg mich nicht an.«

Sie setzte sich neben mich aufs Bett. »Na gut, du siehst richtig scheiße aus.«

Mit den Fingern strich ich durch meine zerzausten Haare. »So fühle ich mich auch.«

»Bear hat mir erzählt, was passiert ist.«

Das hätte mich nicht überraschen sollen, aber es erstaunte mich dennoch. Sonja machte es sich neben mir unter der

Decke gemütlich und fragte: »Was war da los?«

»Was hast du gehört?«

»Bear und ich waren heute früh zum Laufen verabredet, aber er hat abgesagt, als die Information die Runde machte, dass du mit Blake Schluss gemacht hast. Es klang nach ›alle Mann an Deck‹. Ich bin mir ziemlich sicher, dass die drei sich gestern Abend betrunken haben.«

Ich suchte auf dem Bett nach meinem Handy, das ich gestern Abend irgendwo abgelegt hatte, und fand es zwischen zwei Kissen. Ich hatte zweiundzwanzig neue Nachrichten. Alle von Blake. Alle nach Mitternacht abgeschickt. Ich sah förmlich vor mir, wie er im Laufe der Nacht immer betrunkener geworden war.

»Jepp, haben sie.« Ich las die Nachrichten laut vor. »Ich glaube, ich verstehe, warum du sauer auf mich bist, aber ich möchte gerne mit dir darüber reden. Bitte ruf mich an.«

»Wann war das?« Sonja beugte sich über mich, um die Uhrzeit neben der Textblase zu sehen.

»Um sechzehn Minuten nach zwölf. Ein paar Minuten später hat er geschrieben: ›Bitte, ignorier mich nicht. Das bringt mich um.‹ Ungefähr zwanzig Minuten später: ›Du bringst mich um, Smalls.‹ Und ein GIF von Ham, der das sagt.« Ich zeigte es ihr.

Sie nahm mir das Handy ab und scrollte durch alle seine Nachrichten. »Eins muss man ihm lassen, er ist entschlossen.«

Einst hatte ich seine Beharrlichkeit geliebt. Jetzt fand ich sie nur ermüdend. Ich nahm ihr das Handy weg, um die Nachrichten zu lesen.

Erinnerst du dich noch an unser erstes Essen im Pancake House? Du hast dir die Schoko-Chip-Pfannkuchen bestellt. Von dem Tag an wusste ich, dass ich mit dir zusammen sein will.

Ich werde nicht aufhören, zu versuchen, das hier wieder geradezurücken. Egal, wie wütend du auf mich bist.

Ich gehe nicht eher ins Bett, bis du mich angerufen hast. Ruf mich an. Ruf mich an. Rf mi an.

Pepper, bitte vergib mir?!?

Während ich letzte Nacht in meinem Bett gelegen und geheult hatte, hatte Blake sich so sehr betrunken, dass er mir grammatikalisch falsche Texte mit Tippfehlern geschickt hatte. Was mich nur noch wütender machte. Er hatte mich hintergangen, indem er gegen meine Wünsche gehandelt hatte, aber er hatte mir außerdem das Gefühl gegeben, minderwertig zu sein und bevormundet zu werden. Seine Worte erinnerten mich an Oskar. *Warum willst du nicht, dass ich mich um dich kümmere? Du solltest glücklich sein, dass ich das will.*

Es war genau wie bei Oskar, nur schlimmer, weil es Blake war. Mein Blake.

Das Gefühl, eine Hochstaplerin zu sein, kannte ich von früher, aber jetzt wurde es von einem Kerl verstärkt, der sich nicht einmal die Mühe machte, seine Nachrichten vor dem Abschicken zu korrigieren.

Ich wollte dir nicht wehtun. Du bist mein Sonnenschein.

Ich klicke auf den Link, den er mir zusammen mit dieser Nachricht geschickt hatte, woraufhin sich ein YouTube-Video von Natasha Bedingfields Ohrwurm »Pocketful of Sunshine« öffnete. Ich verdrehte die Augen und schloss die Seite schnell wieder, sodass der Song verstummte.

Erinnerst du dich an das Lied? Das ist so nervig, habichrecht? Habich. Aber es erinnert mich an dich nicht weil du nervig bist sondern ich eine Tasche voll Sonnenschein habe.
Die bist du. Du bist meine Tasche voll Sonnenschein.

Dazu ein lächelndes Emoji mit Sonnenbrille.

Diese lächerlichen Nachrichten gingen bis drei Uhr morgens weiter. Dann war er vermutlich komatös zusammengebrochen. Seine letzte Nachricht lautete:

Warum bedammt sprichst du nicht mit mir!

Ich warf das Handy beiseite und lehnte meinen Kopf an Sonjas Schulter.

»Also, wie lautet die wahre Geschichte?«

Ich atmete tief ein und erzählte meiner Freundin die ganze traurige Geschichte des vergangenen Abends. Sie nickte, zuckte ab und zu zusammen oder murmelte einen Fluch, bis ich zu dem Teil kam, dass Blake bei *Pete's Tavern* und in der *Monkey Bar* gewesen war.

Sie hob die Hände. »Warte mal. Was?«

»Er meinte, er wäre derjenige, der mein Bier in diese Bars gebracht hätte. Er hätte mich von Anfang an ›unterstützt‹«, hier malte ich Gänsefüßchen in die Luft.

Sonja wandte blinzelnd den Blick ab, verschränkte die Arme vor der Brust und neigte den Kopf. »Bis hierhin konnte ich dir folgen. Jetzt sag mir, warum genau du mit ihm Schluss gemacht hast.«

»Ich habe zu lange zu hart gearbeitet, als dass irgendein Kerl die Lorbeeren einheimst. Ich habe meine Firma endlich ins Laufen gebracht, aber herauszufinden, dass es nicht allein mein Verdienst ist, war ein Schlag ins Gesicht. Und Blake hat ihn ausgeteilt.«

Frische Tränen brannten in meinen Augen, aber ich schüttelte sie ab, denn ich war fest entschlossen, mich auf meine Wut und nicht auf den Schmerz zu konzentrieren. »Und dann hat er mir gesagt, dass er mich liebt, als würde das alles besser machen.«

Die drei Worte hatten nichts besser gemacht. Im Gegenteil: Sie hatten alles nur noch schlimmer gemacht. Denn ich konnte ihn nicht hassen, wenn er mich liebte.

Sonja packte mich an den Schultern. »Wow, warte mal. Das hat er gesagt?«

»Ja.«

»Er hat tatsächlich ›Ich liebe dich‹ gesagt?«

»Ja.«

»Und was hast du darauf gesagt?«

»Nichts. Wir haben uns angeschrien. Was konnte ich da sagen?«

Sie verdrehte die Augen. »Och, ich weiß nicht. Vielleicht, ›Ich liebe dich auch‹?«

Ich winkte ab. »Nein. Nein, das werde ich ihm nicht sagen.«

»Aber es ist die Wahrheit.« Bei Gott, nie habe ich meine beste Freundin mehr gehasst als in diesem Moment.

»Können wir für eine Sekunde einen Schritt zurückgehen?«, fragte sie und schlug die Decke mit den Beinen zurück. »Es gibt nichts, was ich mehr respektiere als deinen Ehrgeiz. Du hast diesen unabhängigen *Ich schaff das allein*-Zug an dir. Wenn ich mein Psychologiediplom tatsächlich nutzen würde, würde ich sagen, das liegt daran, dass du das mittlere Kind bist, aber darum geht es gerade nicht.«

Ich schlug nach ihr, aber sie wich mir grinsend aus.

»Du willst diese Firma allein führen, und das verstehe ich. Wir alle verstehen das. Aber manchmal braucht man ein wenig Hilfe. Ich glaube wirklich nicht, dass Blake diese Bars aufgesucht hat, um deine Arbeit für dich zu erledigen. Er wollte dir helfen, weil er ehrlich an dich glaubt. So wie wir alle. Es ist doch vollkommen egal, wer mit den Barbesitzern gesprochen hat, du, Blake oder der Typ vom Großhandel. Ihr arbeitet alle auf dasselbe Ziel hin, oder?«

Ich nickte.

»Blake stand vom ersten Tag an hinter dir, selbst wenn dir die Art und Weise nicht gefällt. Aber ich finde nicht, dass du ihn dafür bestrafen solltest.«

Ich schnappte mir das Kissen hinter meinem Kopf und warf es nach ihr. »Hör auf, so kluge Sachen zu sagen.«

Sonja drückte das Kissen an ihre Brust und schenkte mir ein trauriges, verständnisvolles Lächeln. »Warum? Weil mit Blake zusammen sein zu wollen die Entscheidung, nach Iowa zu ziehen, schwerer macht, als es dir lieb ist?«

Ich starrte meine Freundin an und hasste sie noch mehr als vor einer Minute. Ich schlug mir die Hände vors Gesicht, und meine Schultern bebten, als die aufgestauten Tränen aus mir herausbrachen. Sonja zog mich an sich und ließ mich an ihrer Schulter weinen. Zwischen den Schluchzern bekam ich ein paar Worte heraus. »Ich will mir diese Gelegenheit nicht entgehen lassen, nur weil ich Angst davor habe, einen Mann zu verlassen.«

»Schschsch. Ich weiß.«

»Ich habe Angst, Blake zu verlassen. So habe ich mich noch nie zuvor gefühlt.«

Ich spürte, dass Sonja nickte, aber sie sagte nichts, während ich meinen Frust, meine Anspannung und meinen Verlust herausweinte. Ich hatte mit Blake Schluss gemacht, weil ich nicht damit umgehen konnte, diese Entscheidung treffen zu müssen, und wenn ich keine mehr treffen musste, blieb nur noch eine Antwort.

Doch leider fühlte es sich überhaupt nicht leichter an. Im Gegenteil, das hier war wesentlich schlimmer. Als hätte ich gestern Abend einen Teil von mir verloren.

Ich hob den Kopf und wischte mir das Gesicht ab. »Bin ich es mir nicht schuldig, nach Iowa zu gehen?«

In Sonjas braunen Augen schimmerten Tränen. »Ich weiß es nicht, Pipes. Keiner kann dir sagen, was du tun sollst. Du willst alle Entscheidungen allein treffen? Dann gehören auch die schweren dazu.«

Sie hatte recht. Ich musste die Entscheidung allein treffen.

Ich krabbelte unter der Decke hervor. Sonja zog die Augenbrauen hoch, als sie sah, dass ich immer noch das Kleid von gestern Abend trug.

»Wenigstens hast du süß ausgesehen.« Sie stand auf und zog mich in die Arme, bevor sie den Raum verließ und dabei leise »Pocketful of Sunshine« vor sich hinsummte.

Ich drehte mich zum Spiegel für eine Bestandsaufnahme. Gestern Abend hatte ich mich nicht abgeschminkt, sodass mein Gesicht ganz verschmiert war. Meine Wangen und die Nase waren vom Weinen rot, meine Lippen und Augen dick und verquollen. Es kam mir vor, als hätte ich tausend Jahre geschlafen, aber ich hätte mich sofort wieder hinlegen und noch ein paar Hundert Jahre schlafen können. Meine Glieder waren schwer, und mein Herz schlug hektisch in meiner Brust.

So viel Klarheit ich durch das Gespräch mit Sonja gewonnen hatte, so viel Unklarheiten musste ich noch beantworten. Vor allem die große Frage: Was sollte ich tun?

Ich fuhr meinen Laptop hoch und öffnete meine E-Mails. Ich musste es wenigstens versuchen. Das war ich mir schuldig.

27. Kapitel

PIPER

Ich folgte dem Pfad des Principal Riverwalk und hörte Bob zu, der mir die Umgebung erklärte. Das tiefe Timbre seiner Stimme umhüllte mich mit Wärme, die sich mit der Hitze des Tages in Des Moines vermischte.

»Ist es hier immer so heiß?«, fragte ich und band mir die Haare zum Zopf.

Er lachte. »Schön, oder?«

Mein Handy verriet mir, dass wir vierunddreißig Grad hatten, und wir liefen schon seit über einer Stunde durch die Innenstadt. So viel Hitze und Luftfeuchtigkeit war ich nicht gewohnt. Und so viel herumzulaufen auch nicht.

»Und wie findest du die?« Bob deutete auf die Brücke vor uns. »Wunderschön, oder?«

Mit der Hand schirmte ich meine Augen ab, weil ich meine Sonnenbrille irgendwo in meinem Hotelzimmer verloren hatte. Von Minneapolis nach Des Moines waren es knappe zweihundertfünfzig Meilen, und ich hatte nicht genügend Fahrzeit eingeplant, vor allem, weil ich nach einer guten Stunde hatte anhalten müssen, da ich vor der Abfahrt einen Eiskaffee getrunken hatte. Bob und ich hatten verabredet, uns um fünf Uhr nachmittags vor meinem Hotel zu treffen, und da ich zu spät dran gewesen war, hatte ich meine Tasche einfach auf den Boden geworfen und mich schnell umgezogen und dabei einen Teil meiner Sachen – darunter meine Sonnenbrille – auf dem Boden liegen lassen.

»Hmmm.« Ich legte den Kopf in den Nacken, um dem Bogen der Brücke ganz nach oben zu folgen. Ich fand nicht, dass Brücken *wunderschön* sein konnten, aber er schien aufrichtig begeistert zu sein, und ich wollte meinen Gastgeber nicht brüskieren.

»Das ist die *Iowa Women of Achievement Bridge*«, sagte er und führte mich in die Mitte besagter Brücke, wo wir stehen blieben, um uns einen kleinen Wasserfall unter uns anzusehen. »Ein beliebter Ort bei Touristen. Du weißt schon, mit der ganzen Kunst und allem.« Er zeigte mit dem Daumen über seine Schulter in die Richtung, in der wir gerade an einer modernen Kunstskulptur vorbeigekommen waren. »Stell dir nur mal vor, du könntest diesen Weg jeden Tag gehen.«

Ich schaute mich um. Eltern hielten ihre kleinen Kinder an den Händen. In der Ferne übten ein paar Teenager Tricks auf ihren Skateboards. Ein älteres Pärchen, das sich küsste. Das Geräusch des Flusses unter uns und die Farbe des Himmels über uns … »Das ist ziemlich beeindruckend.«

Iowa war nicht so, wie ich es mir vorgestellt hatte. Oder zumindest Des Moines war es nicht. Es war hip und im Wachstum begriffen, und man spürte den ökonomischen und kulturellen Wandel. So hatte es wenigstens Google ausgedrückt.

»Also, jetzt, wo du die königliche Führung erhalten hast, darf ich dich zum Abendessen einladen?« Bobs Lächeln war ansteckend. Er war ein sympathischer Mann mit einem gesunden Teint und einem runden Bauch, der mir verriet, dass er sein Leben genoss.

»Klar.«

»Ich habe dir vermutlich ein Ohr abgekaut. Essen und Trinken sind die einzige Möglichkeit, mich zum Schweigen zu bringen.«

Ich lachte. »Mir macht das nichts aus.«

Auf dem Weg zu seinem Wagen versuchte ich mir vorzustellen, wie ich in dieser »großen Kleinstadt« leben würde, wie Bob sie nannte. Ich war davon ausgegangen, dass Iowa nicht mehr als Maisfelder und wogenden Weizen zu bieten hatte – und in einigen Teilen war das auch so –, aber Des Moines war ganz anders. Es war lebendig und bunt, mit großen Graffiti-Wandgemälden und einer Kunstgesellschaft. Je mehr Bob mir von der Stadt erzählte, desto weniger musste ich davon überzeugt werden, dass es mir gefallen würde, hier zu leben.

Er hatte gerade seine Ausführung über die Lebenshaltungskosten beendet, als er an einer Parkuhr am Straßenrand anhielt. »Dieser Teil der Stadt ist als East Village bekannt. Ich wollte ihn dir zeigen, weil es hier viele neue Restaurants und Bars gibt. Letztes Jahr haben zwei Brauereien eröffnet, und du musst dir doch deine zukünftigen Wettbewerber anschauen.«

Es gefiel mir, dass Bob so viel Vertrauen in mich hatte. Und auch wenn ich wusste, dass er übertrieb, um mich von diesem Ort zu überzeugen, fühlte es sich gut an, umworben zu werden, anstatt selbst ständig umwerben zu müssen.

Er führte mich ein paar Blocks die Straße hinunter, und ich schaute in die Schaufenster der Läden, die eine Mischung aus Möbelgeschäften, Kunstgalerien, Cafés und schicken Boutiquen waren. Wenn ich ehrlich sein sollte, war das hier die perfekte Stadt, um eine Craft-Bier-Brauerei zu eröffnen. Ich war von meiner eigenen Begeisterung überrascht.

Beim Dinner stellte mir Bob tatsächlich Fragen über mein Leben. Er wollte von meiner Familie hören und was ich gerne mochte. Natürlich kam er dabei immer wieder auf Des Moines zurück, betonte, wie gern meine Schwestern mich hier besuchen würden. Von meinen Eltern wusste er ja bereits, dass ihnen die Stadt gefiel, weil er sie hier kennengelernt hatte. Er erzählte mir von den Musikfestivals und dem Art-House-Kino, das alte Schwarz-Weiß-Filme zeigte.

»Das klingt alles wunderbar«, sagte ich. »Und doch muss ich dir gestehen, dass es für mich eine schwierige Entscheidung war, herzukommen und dich zu treffen. Nicht, weil ich es nicht wollte, sondern weil es mir schwerfällt, alles hinter mir zu lassen.«

»Aber das hast du schon einmal getan. Ich meine, du hast in Deutschland gewohnt. Ich glaube nicht, dass hierherzuziehen so schwer ist, wie nach Europa zu ziehen.«

»Da hast du recht«, erwiderte ich lächelnd, stützte aber meine Ellbogen auf den Tisch und das Kinn in meine Hände, um zu verbergen, dass meine Mundwinkel unwillkürlich nach unten sackten. Es war nicht das, *was* ich hinter mir lassen würde, sondern *wen*.

Doch vielleicht brauchte ich genau das. Einen Neuanfang.

Ich räusperte mich. »Also, wann kriege ich dein Firmengebäude zu sehen?«

»Du meinst *unser* Firmengebäude.«

Ich zwinkerte ihm zu. »Du spielst gut, Bob, das muss ich dir lassen.«

»Ich dachte an morgen Nachmittag, nachdem du ein Gefühl für die Gegend bekommen hast und ich dich überzeugt habe, dass du hierherziehen musst.«

»Bisher machst du das schon ganz gut.«

Er nickte. »Wie wäre es noch mit einem Drink?«

»Ich dachte schon, du würdest nie mehr fragen.«

Zwei Stunden später war ich wieder im Hotel. Nachdem ich von Bob aufs Beste verköstigt worden war, lag ich auf dem Bett und starrte an die Decke. Es war leicht gewesen, so zu tun, als wäre ich nur im Urlaub hier und nicht, um eine lebenswichtige Entscheidung zu treffen, aber jetzt, wo ich allein war, traf mich der Ernst der Lage mit voller Wucht. Ich würde entweder nach Iowa ziehen und mit einem Geschäftspartner zusammen noch mal ganz von vorne anfangen. Oder ich würde in Minnesota bleiben und weiter versuchen, es allein zu schaffen.

Ich holte mein Handy aus den Tiefen meiner Handtasche und schaltete es an. Tagsüber hatte ich es ausgeschaltet gelassen, damit ich mich voll auf Bob konzentrieren konnte. Als das Display zum Leben erwachte, blinkten mehrere Nachrichten auf. Ein paar waren von meiner Mom, die mal hören wollte, wie es so lief, andere – voller Emojis – von Sonja. Und ich hatte eine Sprachnachricht von Blake, die ich mir jedoch nicht anhörte.

Der Schmerz und die Verwirrung vernebelten mir mein Gehirn auch so schon, und ich fürchtete, seine Stimme zu hören, würde mich entweder sofort zurück in seine Arme treiben oder fluchtartig die andere Richtung einschlagen lassen. Zu keinem von beiden war ich schon bereit.

Stattdessen rief ich Twitter auf und sah, dass ich noch einmal von BeerasaurusRex erwähnt worden war. Dieses Mal in einem schlecht verschleierten Versuch, ein Gerücht zu verbreiten.

@BeerasaurusRex hatte es durch die Hopfenblätter rauschen hören, dass ein kleines Start-up eine Romanze im Austausch für Zapfhähne angefangen hatte. Sein Tweet endete mit den Worten:

Nicht cool, Bro. Nicht cool.

Wo waren wir hier, bei *Gossip Girl*? Und wer zum Teufel war dieser Typ? Mein erster Gedanke war, dass es Travis sein musste, aber wahrscheinlicher war, dass es sich um irgendeinen Kerl handelte, der mit ihm gesprochen hatte. Egal. Ich hasste sie alle.

Ich knallte mein Handy auf den Nachttisch und war wütender als je zuvor. Vielleicht war jetzt wirklich der richtige Zeitpunkt, um Minneapolis zu verlassen.

Am nächsten Morgen erkundete ich Des Moines ein wenig auf eigene Faust, bevor ich Bob an einem alten Backsteingebäude im Market District traf. Er stand direkt neben dem Feuerwehrschild vor der Tür.

»Also, was meinst du?«, fragte er und breitete die Arme aus.

Das war ein so typisches Feuerwehrhaus, dass ich jeden Moment erwartete, einen Dalmatiner aus dem Tor laufen zu sehen. Es war nicht hässlich, aber es war auch nicht wirklich mein Stil. »Es ist ... nett.«

Innen war es schmal, und die Feuerwehrstange stand noch mitten im Raum. Ich schlang meinen Arm darum. »Schade, dass die weg muss.«

Bob zog fragend die Augenbrauen zusammen. »Muss sie?«

»Ich … ich dachte.«

Er schüttelte den Kopf und erklärte seine Ideen für den Umbau, bei dem er die »Integrität des Feuerwehrhauses« beibehalten wollte. Er wollte vorne eine Bar und hinten eine Wand, die den Raum in zwei Bereiche teilte, und das war der Moment, wo er mich verlor.

»Du willst alles hinter Wänden verstecken, damit die Gäste nicht sehen können, was hinten los ist?« Als er nickte, schaute ich in die Richtung und stellte mir vor, wie ich hier jeden Tag arbeiten würde, wobei der eigentliche Teil der Brauerei versteckt wäre. »Was ist, wenn jemand den Brauprozess sehen will?«

»Dann kann er eine bezahlte Führung buchen.«

»Eine bezahlte Führung?«

»Zusatzeinkommen«, sagte er nur. Ganz eindeutig hatte er schon alles genau geplant. »Wenn sie reinkommen, sind sie direkt in der Bar. Aber sie können für das zusätzliche Erlebnis einer Führung bezahlen. Am Ende bekommen sie ein kostenloses Getränk, aber ich glaube, das würde dem Ganzen etwas Geheimnisvolles verleihen, was es nicht hätte, wenn vom Schankraum aus alles sichtbar wäre. Außerdem, wer will das alles schon ständig sehen?«

»Ich«, schnaubte ich.

Er lachte, aber ich hatte das nicht als Witz gemeint. Beim Craft-Bier-Brauen ging es um den Prozess. Und zum ersten

Mal seit meiner Ankunft gestern dämmerte mir, dass Bob und ich vielleicht doch unterschiedliche Vorstellungen von unserem möglichen gemeinsamen Projekt hatten.

Nachdem wir einmal durch das ganze Gebäude gegangen waren, führte Bob mich wieder zum Eingang. »Jetzt, wo du alles gesehen hast, würde ich gerne deine Meinung zu dem Namen *Firehouse Brew* hören.«

Ich erstarrte. Das war neu für mich. »Ich hatte keine Ahnung, dass du den Namen ändern willst.«

»Nun, wir werden Partner sein und eine GmbH gründen. Ich denke, da ist es nur angemessen, ganz von vorne anzufangen.«

Ich zupfte am Ende meines Zopfs und kaute auf der Innenseite meiner Wange.

»Gefällt dir der Name nicht? Wir können uns auch etwas anderes ausdenken.«

»Es ist nur, dass ich sehr lange an meiner Marke gearbeitet habe. Meine Rezepte, der Name …«

»Stimmt. Aber jetzt werden wir unsere eigene Marke haben.«

Ich atmete tief durch und versuchte, so zu tun, als würde mich all das nicht stören.

»Ich habe alle Genehmigungen, und die Arbeiter stehen bereit, um uns eine Brauerei zu bauen. Jetzt brauche ich nur noch einen Braumeister.«

Ich nickte.

»Du musst lediglich auf der gestrichelten Linie unterschreiben.«

»Du hast mir viel Stoff zum Nachdenken gegeben. Und genau das werde ich auch tun.«

»Natürlich, natürlich.« Er drückte meine Schulter. »Lass dir Zeit. Aber nicht zu viel«, sagte er lachend. »Ich will schließlich ein Geschäft ins Laufen bringen.«

Ich nickte und verabschiedete mich mit einem Winken. In der Ferne heulten Sirenen, und ich hatte das Gefühl, das sei ein Omen.

28. Kapitel

BLAKE

Piper hatte mir nicht geantwortet. Nicht, dass ich das nach meinem betrunkenen Gefasel erwartet hätte. Aber sie hatte auch nicht auf meine Anrufe reagiert. Seit Sonntag hatte ich ihr jeden Tag eine Nachricht auf der Mailbox hinterlassen. Zusammenhängende Nachrichten. Flehende Nachrichten. Nachrichten, die an ihre Vernunft appellierten.

Ich dachte, sie würde ihre Meinung vielleicht ändern. Im Eifer des Gefechts hatten wir beide einiges gesagt, das wir nicht so gemeint hatten, aber wenn sie sich nicht die Zeit genommen hatte, mir zu antworten, musste ich davon ausgehen, dass es wirklich vorbei war.

Aber das sollte sie mir ins Gesicht sagte. Nicht mit erhobenen Stimmen oder im Streit. Ich wollte ihr in die Augen schauen und es von ihr hören.

Ich ließ mir Zeit, mich fertig zu machen, denn ich hatte keine Eile. Seit Tagen hatte ich mich nicht mehr rasiert, und meine Stoppeln sahen allmählich aus wie ein Bart. Um Zeit zu schinden, holte ich meinen Rasierer heraus. Wenn ich mein Herz ein für alle Mal aufs Spiel setzte, wollte ich dabei wenigstens so gut wie möglich aussehen.

Ich zog ein Polohemd, graue Shorts und Segelschuhe an. Das war Pipers Lieblingslook, auch wenn sie immer behauptet hatte, er gefiele ihr nicht. Ich machte mir nicht die Mühe, sie anzurufen, weil ich wusste, dass sie sowieso nicht rangehen würde. Was vermutlich auch besser war. Wenn sie wüsste, dass ich komme, würde sie vielleicht verschwinden.

Ich konnte ja verstehen, warum sie mir aus dem Weg ging, aber ich wollte es nicht akzeptieren. Es war nicht fair. Ich hatte mehr verdient als einen Streit im Auto. Ich wollte mich wenigstens anständig von dem Mädchen verabschieden dürfen, das ich liebte.

Ich hatte einen Kloß im Hals, als ich mich ans Steuer setzte. Das Radio ging automatisch an, aber ich schaltete es sofort aus, weil ich mich nicht daran erinnern wollte, wie Piper neben mir saß und schief mitsang.

Meine Wohnung lag nur wenige Meilen von ihrem Haus entfernt, aber die Fahrt kam mir endlos vor, und als ich endlich in ihrer Straße anhielt, hatte ich meine Rede sieben Mal geübt.

Meine Füße fühlten sich wie Blei an, als ich auf den Gehweg trat. Es fiel mir schwer, meinen Blick aufs Haus zu richten, deshalb hielt ich ihn gesenkt. Auf einmal bemerkte ich den Löwenzahn mitten auf dem kleinen Rasenstück. Sah, wie uneben der Asphaltweg war. Den Schmutz auf dem weißen Treppengeländer, das ebenso wie die Fensterbänke mal geputzt werden musste.

Und gerade als ich auf die Idee kam, einen Hochdruckreiniger zu mieten, um hier sauber zu machen, fiel es mir wieder ein.

Es war nicht mehr meine Aufgabe, etwas an diesem Haus in Ordnung zu bringen. Gefälligkeiten, einfach weil mir danach war, kamen nicht mehr infrage. So etwas machten Freunde. Aber ich war nicht mehr Pipers Freund.

Ich klopfte an die Tür, und als niemand öffnete, klingelte ich. Eine Minute verging, ohne dass etwas passierte, also ging ich um das Haus herum, aber die Türen zur Garage waren alle verschlossen. Wenn Piper arbeitete, standen sie offen, aber um sicherzugehen, öffnete ich die Seitentür.

Alle Lichter waren aus, und von Piper war nichts zu sehen.

Ich schaute auf die Uhr auf meinem Handy. Es war nach drei, und ich hatte keine Ahnung, wo sie sein konnte, aber ich würde nicht gehen, ohne sie gesehen zu haben. Ich ging wieder nach vorne und setzte mich auf die Treppe. Dann schickte ich Missy und Darren eine Nachricht, dass ich noch nicht wüsste, wann ich in den Pub kommen würde, und richtete mich darauf ein zu warten.

Die erste Stunde verbrachte ich damit, auf meinem Handy zu spielen.

Die zweite damit, auf und ab zu laufen.

In der dritten saß ich in meinem Auto und lud mein Handy.

Und endlich, in der vierten Stunde meines einsamen Wartens, hielt Sonjas kleiner Toyota hinter mir.

»Blake?« Sie stieg aus ihrem Wagen. »Was machst du hier?«

»Ich bin hier, weil ich Piper sehen muss. Weißt du, wo sie ist?«

Stirnrunzelnd kam Sonja auf mich zu und sah mich unschlüssig an. Ihre Stimme war leise, als hätte sie Angst, die Worte auszusprechen. »Sie ist in Iowa.«

Ich wusste nicht, wie lange ein Mensch weiterlebte, nachdem sein Herz aufgehört hatte zu schlagen, aber nach Sonjas Worten fühlte ich mich nicht länger lebendig.

»Sie ist am Dienstag mit dem Auto runtergefahren.«

»Dienstag?«, keuchte ich und hielt mich an einzelnen Worten fest. Heute war Donnerstag. Sie war die ganze Zeit in einem anderen Staat gewesen.

»Sie meinte, sie müsste es sich wenigstens ansehen, und sie hat befürchtet, das nicht zu schaffen, wenn sie erst mit dir redet. Es tut mir leid. Es tut mir so leid, Blake.«

So schnell, wie mein Herz zu schlagen aufgehört hatte, fing es wieder an, galoppierte davon. Ein Schmerz durchzuckte meine Brust und meinen Brustkorb. Ich wartete darauf, dass es explodierte, und als das nicht passierte, presste ich meine Hand auf mein Brustbein, um mich zu überzeugen, dass ich äußerlich unversehrt war.

Sonja stellte sich auf die Zehenspitzen und schlang die Arme um meinen Hals, aber ich hatte nicht die Energie, um die Umarmung zu erwidern. Ich ließ mich einfach gegen sie sinken.

Ich konnte nicht anders.

»Sie war wirklich verzweifelt«, sagte sie, als würde mich das trösten.

Was es nicht tat.

»Es tut mir leid. Sie meinte, sie wäre es sich schuldig, wenigstens zu sehen, wie es dort ist.« Langsam zog sie sich von mir zurück, behielt aber die Hände auf meinen Schultern, wie um mir Halt zu geben.

»Das war es dann wohl.« Keine Aussprache. Kein Blick in ihre smaragdfarbenen Augen. Keine Berührung unserer Finger, kein Abschiedskuss.

Piper gehörte nicht mehr zu mir.

Ich fuhr mit den Fingern durch meine Haare und schüttelte dabei Sonjas sanften Griff ab. Dann machte ich einen

Schritt zurück. Ich musste hier raus, hier weg. Ich wirbelte zu meinem Auto herum, spürte aber die ganze Zeit Sonjas Blick auf meinem Rücken. Ich reagierte nicht. Ich schaute stur geradeaus, denn nur so konnte ich mich so weit zusammenreißen, dass ich nicht auf der Stelle zusammenbrach.

Auf der Fahrt zurück sah ich die Menschen durch die Innenstadt schlendern. Sie lachten und lächelten einander an, genossen den späten Abend. Die meisten von ihnen waren auf dem Weg in ein langes Feiertagswochenende zum vierten Juli. In der Ferne schossen schon die ersten Feuerwerkskörper in die Luft. Die Partys hatten angefangen.

Ich wollte nichts hören und sehen.

Durch die Hintertür stürmte ich ins *Public*, grüßte auf dem Weg ins Büro kurz meine Mitarbeiter und beschloss, Papierkram zu erledigen. Das Inventar der Bar und der Küche aufzunehmen, vielleicht mein Büro neu zu organisieren. Hauptsache, ich war beschäftigt. Aber als ich meinen Kopf um die Ecke in den Flur streckte, sah ich, dass die Bar rappelvoll war.

Also sprang ich ein, um zu helfen.

»Geht es dir gut?«, fragte Missy, während sie zwei frische Biere zapfte. »Du wirkst ein wenig durcheinander.«

Wenn sie wüsste! Ich schüttelte kurz den Kopf und machte mich an die Arbeit.

Ich füllte zweimal Eiswürfel nach und wechselte ein Bierfass aus, bevor ich überhaupt die Chance hatte, den Kellnern zu helfen, Tische abzuräumen. Nach einem kurzen Blick in unser Kassensystem hatte ich gesehen, dass wir diese Woche unser Ziel weit übertreffen würden. Wenigstens *ein* Grund zu feiern.

Um zehn Uhr wurde es etwas ruhiger. Ich wischte mir die

Stirn mit dem Geschirrhandtuch ab, das in meiner hinteren Hosentasche steckte.

»Du siehst beinahe aus wie ein echter Barkeeper.«

Mein Kopf wirbelte herum. Diese Stimme würde ich aus jeder Menschenmenge heraushören und mich vermutlich für den Rest meines Lebens an sie erinnern.

Piper.

Ein winziges Lächeln umspielte ihre Mundwinkel. Ihre Haare waren zu einem dieser Knoten zusammengesteckt, die ich noch nie verstanden hatte. Ihre Wangen waren gerötet, als wäre sie hierhergerannt, und in der Hand hielt sie einen Stoffbeutel.

Sie biss sich auf die Unterlippe, bevor sie fragte: »Können wir uns kurz unterhalten?«

Mir fehlten die Worte, also murmelte ich meine Zustimmung. Sie wartete, bis ich um den Tresen herumgegangen war, und kam dann auf mich zu. Sie duftete köstlich, eine Mischung aus ihrem üblichen frischen Duft und etwas Neuem, Süßem, wie Zucker.

Ich wusste nicht, ob ich mich freuen oder fürchten sollte. Wie von selbst hob sich meine Hand, um ihre Taille zu umfassen, aber ich schob sie energisch in die Hosentasche. Dann zeigte ich den Flur hinunter. »Gehen wir in mein Büro.«

Sie folgte mir, und ich schloss die Tür hinter uns. Piper blieb an der Wand stehen und presste die Einkaufstasche an ihre Brust. Ich nahm an, dass darin die Sachen waren, die ich bei ihr gelassen hatte. Sie wollte sie mir zurückgeben, um unsere Verbindung auch ganz offiziell zu kappen. Ich hatte geglaubt, ich könnte damit umgehen, aber das konnte ich nicht.

Ich war noch nicht bereit.

Um das Unvermeidliche noch ein wenig hinauszuzögern, zog ich mir ein frisches T-Shirt an. Ich hatte immer ein paar in meiner Schublade für den Fall, dass ich mich bei der Arbeit schmutzig machte oder mir jemand, wie heute, Bier über den Rücken schüttete. Das feuchte Hemd zog ich aus und ersetzte es durch ein schlichtes schwarzes T-Shirt. Aus dem Augenwinkel sah ich, dass Piper mich beobachtete.

Ich drehte mich zu ihr um, und ihr Blick glitt langsam von meinen Hüften zu meinem Gesicht hinauf. Das plötzliche Aufflammen in ihren Augen entzündete etwas tief in meinem Inneren. Die Anziehung zwischen uns war noch da, sie war real und greifbar. Mein Puls hämmerte heftig, und ich setzte mich auf die Schreibtischkante, um die aufgeregte Energie, die mich durchflutete, zu bändigen.

Je schneller wir das hier hinter uns brachten, desto besser. »Ich war …«

Sie unterbrach mich, indem sie einen winzigen Schritt nach vorne machte. »Darf ich anfangen?«

Ihre Körperhaltung war immer noch verschlossen, ihre Füße standen eng beieinander, und ihre Knie zitterten. Ihre Finger spielten nervös mit einer Haarsträhne.

Wieder unterdrückte ich den Drang, zu ihr zu gehen. Wir hatten etwas zu klären, und Piper zu berühren war dabei keine Option.

»Sonja hat mir erzählt, dass du am Haus auf mich gewartet hast.« Als ich nickte, trat sie noch einen Schritt vor. »Warum?«

»Weil du auf keine meiner Nachrichten und Anrufe reagiert hast. Ich dachte, wenn wir wirklich Schluss machen, brauche ich einen richtigen Abschluss.«

Ich sah, wie sie schluckte. Dann folgte der längste Moment meines Lebens, bis sie wieder sprach. »Ich wollte mit dir sprechen, aber ich konnte es nicht. Denn dann hätte ich mich vor der Fahrt nach Iowa gedrückt, und ich musste es mir einfach ansehen.«

Das ernste Flehen in ihrer Stimme brach mir erneut das Herz. Egal, wie es zwischen uns geendet hatte, ich wollte Piper nie von etwas abhalten, was ihr wichtig war.

»Ich weiß.« Ich drückte die Hände auf die Schreibtischplatte, damit ich sie bei mir behielt.

»Ich habe mit Bob gesprochen, mir die Räumlichkeiten angeschaut, verstanden, wie meine Opportunitätskosten aussehen.«

Ich lachte unwillkürlich auf. »Sieh dich einer an, du schmeißt wie ein Profi mit Wirtschaftsbegriffen um dich.«

»Ich hatte einen guten Lehrer«, sagte sie und kam mir so nah, dass uns nur noch wenige Zentimeter trennten. Es schmerzte mich körperlich, sie so nah zu wissen und sie doch nicht berühren zu dürfen. Ich fürchtete mich vor dem, was sie gleich sagen würde, und doch musste ich es hören, um weiterleben zu können.

»Ich war es mir schuldig«, fuhr sie fort, und ihre Augen schimmerten unter den langen Wimpern. »Ich war es mir schuldig, zu verstehen, was ich aufgeben würde. Und am Ende war eine Brauerei in einem anderen Staat es nicht wert, *dich* aufzugeben.«

Zum zweiten Mal an diesem Tag stockte mir das Herz, und ich brauchte lange, bis ich aus meiner Erstarrung in Erwartung ihrer nächsten Worte erwachte.

»Es tut mir leid, dass ich dir nichts von dieser Reise erzählt habe. Aber wenn ich nicht gefahren wäre, hätte ich mich immer gefragt, was gewesen wäre, wenn, und ich wollte nicht, dass uns dieser Schatten verfolgt.« Sie biss sich auf die Unterlippe, richtete den Blick erst auf die Wand hinter mir, dann zur Decke und schließlich auf den Boden. »Ich meine, wenn es noch ein *uns* gibt. Ich weiß, ich komme vielleicht zu spät, aber ich will mit dir zusammen sein. Ich liebe dich, und ich hätte ...«

»Piper«, unterbrach ich sie aus Sorge um meine Gesundheit. Es konnte für den Körper nicht gut sein, so oft so kurz vor einem Herzinfarkt zu stehen. »Können wir uns hinsetzen?«

»Natürlich.«

Ich nahm ihre Hand, als wir uns auf die beiden Stühle vor meinem Schreibtisch setzten, und drehte mich so, dass ich sie ansehen konnte. Nun gab es kein Verstecken mehr.

»Kannst du das noch mal sagen? Ich meine, den Teil, dass du mich liebst?«

Sie kicherte leise, und das war das beste Geräusch, das ich je gehört hatte. Nun ja, abgesehen von ...

»Ich liebe dich, Blake.«

Ich nahm ihr wunderschönes Gesicht in meine Hände und küsste diesen perfekten Mund, der gerade meine Lieblingswörter ausgesprochen hatte.

»Du sollst wissen, wie das mit den anderen Bars gelaufen ist«, sagte ich und löste meine Lippen von ihren.

»Das ist egal.«

»Nein, das ist es nicht. Es ist wichtig, dass du meine Entschuldigung anhörst. Es tut mir leid, dass ich dir je das Gefühl gegeben habe, nicht respektiert zu werden. Oder dass deine Arbeit bedeutungslos ist.« Sie lehnte sich an mich, aber ich würde nicht aufhören, bis ich ihr alles gesagt hatte. »Ich bin nicht extra deinetwegen in die Bars gegangen, es hat sich einfach so ergeben. Beim Großhändler bin ich Pete über den Weg gelaufen. Wir haben uns unterhalten, und eins hat zum anderen geführt. In der *Monkey Bar* war ich früher ständig, und ich bin immer noch mit Susan und Eddie befreundet, also habe ich ihnen, als ich eines Abends auf einen Drink dort war, von dir erzählt. Ich habe nicht mehr gesagt, als dass dein Bier phänomenal ist und sie es mal probieren sollten. Das ist alles, ich schwöre. Ich habe nicht …«

»Ich weiß, dass du das nicht böse gemeint hast«, unterbrach sie mich. »Es ist schwer für mich, meine Selbstzweifel in Schach zu halten, aber ich weiß, dass du mich nie absichtlich kränken würdest. Wirklich, das weiß ich. Es ist schwer, die Vergangenheit loszulassen, aber du und ich, wir sind die Zukunft. Wir haben es beide verdient zu bekommen, was wir uns wünschen.«

Sie küsste mich, und ich streichelte ihre Haare und ihren Nacken, denn jetzt durfte ich es. Zwischen unseren Küssen sah sie mich an. »Es tut mir leid, dass ich mich am Sonntag so benommen habe. Ich war von allem so überwältigt und verletzt.«

»Ich habe meinen Eltern deutlich gesagt, dass ich, solange sie mich und meine Entscheidungen nicht respektieren, an keinen Familienveranstaltungen mehr teilnehmen werde. Keine Abendessen, keine Feiertage und natürlich auch kein Wahlkampf-Bullshit. Ich will nicht, dass du dir zu allem anderen auch noch darüber Gedanken machen musst.«

»Bist du dir sicher?«, fragte sie zweifelnd.

»Ja. Ich kann nicht ändern, in was für eine Familie ich hineingeboren wurde, aber ich kann über mein Leben bestimmen und entscheiden, ob ich sie darin haben will oder nicht.«

»Tja, wenn du glücklich bist, bin ich es auch.«

»Ich bin glücklich«, sagte ich. »Und jetzt möchte ich alles darüber hören, was in den letzten Tagen bei dir passiert ist.«

Sie schürzte die Lippen und wandte ihren Blick ab. »Ich habe nach einer Ausrede gesucht, um nicht zu bleiben. Irgendwie hatte es sich in meinem Kopf festgesetzt, dass ich meine Träume verrate, wenn ich hierbliebe und Bobs Angebot nicht annehme.«

Da sie zum Glück doch hier war, zog ich sie auf meinen Schoß. »Ich schwöre, ich werde dich niemals bitten aufzuhören. Ich werde dich niemals bitten, irgendetwas für mich aufzugeben. Ich will, dass du so bist, wie du sein willst, und dass du alle deine Pläne verwirklichst.«

Sie schlang die Arme um meinen Hals und strich mit ihrer Nasenspitze über meine. »Ich weiß. Bevor ich am Dienstag losgefahren bin, war ich bei der Bank und habe mit einer netten Frau namens Mary Ellen gesprochen, die mir geholfen hat, einen Darlehensantrag auszufüllen. Sie hat mich heute früh angerufen und mir gesagt, dass ich es bekommen habe.«

Gespannt wartete ich darauf, dass sie weitersprach.

»Es reicht, um ein kleines Gebäude in Prospect Park zu kaufen und die Firma ins Laufen zu bringen.«

Ich wollte ihr gerade sagen, wie großartig ich das fand, aber sie bremste mich.

»Und ich habe auch schon meinen ersten Mitarbeiter angestellt.«

»Ach ja?«

Sie nickte und versuchte, ihr Lächeln zu verbergen.

»Mein neuer PR-Manager ist Thomas Behr.«

Ich lachte. »Echt?«

Sie zuckte mit den Schultern. »Wer könnte mein Bier besser verkaufen als Bear?«

»Das ist brillant.« Ich schüttelte den Kopf. »Von alldem hast du mir nichts gesagt.«

»Richtig. Weil es *meine* Firma ist. Ich muss das allein regeln. Und du musst mir schwören, dich nicht einzumischen. Du kannst alle Entscheidungen bezüglich meines Biers in deiner Bar treffen, aber keine Gefallen mehr, okay?«

»Pfadfinderehrenwort.« Ich hob die Hand zum Schwur und küsste Piper dann erneut, besiegelte mein Versprechen mit meinen Lippen, meiner Zunge und meinen Zähnen.

Sie lächelte, und alles war gut. Wir hatten alles gesagt. Piper hatte mir gefehlt, und ich schlang meine Arme um ihren Hals und zog ihren Kopf sanft nach hinten, damit ich mich an ihrem Kinn entlang zu ihrer Kehle hinunterküssen konnte. Sie wehrte sich nur schwach, drückte leicht gegen meine Schultern. Als ich an ihrer Halsbeuge die Haut zwischen meine Zähne saugte, um meinen Abdruck zu hinterlassen, schrie sie auf.

»Warte, warte.« Sie drückte mich weg und sprang von meinem Schoß. »Ich habe dir etwas mitgebracht.«

Sie ging zu der Einkaufstasche, die glücklicherweise nicht meine Sachen enthielt. Stattdessen holte sie eine Tupperdose voller Funfetti-Cupcakes heraus und bot sie mir an.

»Auf dem Weg nach Hause habe ich beim Supermarkt angehalten. Sie sollten entweder ein Festmahl für uns sein oder meine Trauer betäuben.«

»Tja, ich hoffe, du hast die doppelte Menge gemacht. Wir haben viel zu feiern.« Ich öffnete den Deckel und nahm mir einen Cupcake, während Piper das Nächste aus der Tasche holte. Schnell leckte ich mir die Vanilleglasur vom Mundwinkel und wischte mir die Hände ab, bevor ich das Poster annahm. Ich zog es aus seiner Plastikhülle und entrollte es. Die Botschaft war ganz simpel.

»Ich dachte, das könntest du zu deiner Kollektion hinzufügen«, sagte sie und zeigte auf das Giraffenposter, das sie mir zur Eröffnung des *Public* geschenkt hatte.

»Auf jeden Fall.« Ich schnappte mir das Klebeband vom Schreibtisch und streckte die Arme, um das Poster an die Wand zu hängen. Dann trat ich einen Schritt zurück und bewunderte es. In geschwungener Handschrift stand dort wieder und wieder: *Ich liebe dich.*

Ich flüsterte ihr diesen Satz ins Ohr und zog sie an mich. Piper grinste, ließ aber noch nicht zu, dass ich sie küsste. »Eins hab ich noch.« Ein letztes Mal beugte sie sich zu der Tasche hinunter. »An diesem Rezept arbeite ich seit einem guten Monat. Du sollst der Erste sein, der es probiert.«

»Ein neues Bier?«

»Jepp. Ich überlege, es *Buzz Cut* zu nennen.«

Ich flitzte aus dem Büro zur Bar, um zwei Gläser zu holen, und kehrte, sie triumphierend in die Luft reckend, zurück. »Die Ehre des Einschenkens gebührt dir«, sagte ich und stellte die Gläser auf dem Schreibtisch ab. »Was genau ist das?«

»Es ist ein Gerstenwein«, sagte sie und reichte mir eines der Gläser. »Mit einem Alkoholgehalt von elf Prozent.«

Elf Prozent Alkoholgehalt. Heilige Scheiße. »Ziemlich schnittig, was?«

»Deshalb der Name.«

Wir stießen miteinander an, dann trank ich den ersten Schluck. Dabei hielt ich meinen Blick auf Piper gerichtet und dachte an den Tag, an dem wir uns kennengelernt haben. Da hatte ich auch ihr Bier probiert. Diese Frau – diese lustige, intelligente und kluge Frau – war hier bei mir, und ich konnte nicht genug von ihr bekommen. Schwungvoll stellte ich das Glas auf dem Tisch ab. »Schenk mir nach, Sonnenschein.«

reichte mir ein Bier und warf Blake über meine Schulter einen Blick zu. Die beiden waren in den letzten paar Monaten unglaublich vertraut miteinander geworden, doch das geheimnisvolle Lächeln, das sie ihm jetzt zuwarf, war ein wenig nervtötend.

Charlie, meine neueste Freundin und Connors »Freindin«, umarmte mich. Nachdem Blake und ich uns versöhnt hatten, war ich bald zu ihm gezogen, und Charlie hatte eine Unterkunft gebraucht, nachdem sie den Posten als Cheftrainerin der Otters angenommen hatte. Sie war ein weiblicher Football-Trainer. Das hatte es noch nie gegeben. Ich muss nicht erwähnen, dass Sonja und ich dieses Mädchen sofort in unsere Schwesternschaft aufgenommen hatten.

»Das hier ist echt beeindruckend«, sagte sie mit ihrem leichten Südstaatenakzent.

»Danke, dass du gekommen bist.«

»Das hätte ich um nichts auf der Welt verpassen wollen. Abgesehen vielleicht von einem überregionalen Endspiel.« Sie hob ihr Glas und zwinkerte mir zu, und ich lachte.

»Wo ist Connor?«

»Wer weiß das schon bei dem Jungen ...«

»Ich dachte, ihr beide wärt ...«

»Wir sind Kollegen. Wir arbeiten und trainieren an der gleichen Schule. Mehr nicht.«

Ich nickte, denn ich wusste genau, was sie mit »Mehr nicht« meinte. Das Gleiche hatte ich über Blake und mich gesagt.

»Leute, kommt doch mal bitte alle her«, sagte Blake und winkte Connor näher, der gerade dabei war, Charlie mit Blicken zu erdolchen. Bear wischte sich die Hände ab und goss sich und Sonja ebenfalls zwei kleine Biere ein. »Ich wollte nur kurz etwas sagen.«

»Kurz?«, witzelte Connor.

»Ja, kurz.« Blake stieß ihm seinen Ellbogen in die Rippen. »Aber an deiner Stelle würde ich lieber keine Witze über Länge machen.«

»Als wenn es nur um die Länge ginge«, warf Bear ein.

Wir Mädchen schauten uns kopfschüttelnd an.

»Zuerst einmal möchte ich euch danken, dass ihr Piper so unterstützt. Und dafür, dass ihr so tolle Freunde seid. Ihr seid mehr als Freunde. Ihr seid Familie.« Er hob sein Glas, und wir taten es ihm gleich, bevor wir tranken.

Ich nippte an meinem Amber Ale, als ich es bemerkte. Irgendetwas bewegte sich am Boden des Glases. Ohne nachzudenken, steckte ich meinen Finger ins Bier und holte es heraus. Verwirrung, Überraschung und dann wahnsinnige Freude brachen über mir zusammen.

»O mein Gott!«

Blake nahm mir den Ring aus der feuchten Hand und ging auf ein Knie, womit er die Aufmerksamkeit aller um uns herum auf sich zog. Doch ich konnte mich einzig auf den Mann konzentrieren, der zu mir heraufschaute.

»Sonnenschein, du bist die stärkste Frau, die ich kenne, und ich kann mir ein Leben ohne dich nicht vorstellen. Willst du mich heiraten?«

Ich hatte oft an Oskar gedacht und daran, welche Wirkung er auf mich gehabt hatte, denn immerhin hatte er für eine Weile meine Entscheidungen beeinflusst. Ich hätte nicht gedacht, dass ich einmal heiraten wollen würde, oder, falls doch, dann erst in weiter Zukunft. Doch das Leben hatte andere Pläne.

Blake war mein fehlendes Puzzleteil, mit dem alles vollständig wurde. Er war der Hummer zu meinem Lätzchen.

»Ja.« Ich zog ihn zu mir herauf und bedeckte sein Gesicht mit Küssen. »Ja. Ja. Ja. Ja.«

Applaus brandete auf, aber ich hörte nur Blake, der wieder und wieder sagte: »Ich liebe dich.« Sobald ich aufgehört hatte, vor Freude auf und ab zu springen, steckte er mir den Ring an den Finger.

»Ich bin fix und fertig«, sagte ich und presste die Hand auf mein wild schlagendes Herz. »Ich glaube, ich brauche ein Bier.«

Blake reichte mir ein neues Glas. »Das geht aufs Haus. Ich kenne die Frau, die es braut.«

»Ach ja?«

Er nickte. »Ich mag sie. Sie ist echt in Ordnung.«

Ich lachte. Ich fühlte mich betrunken.

Trunken vor Liebe.

DANKSAGUNG

Einst sagte mir jemand, man solle nie der klügste Mensch im Raum sein, und so achte ich darauf, mich mit Leuten zu umgeben, die klüger sind als ich.

Angefangen mit den BGW-Ladys: Ihr seid die wundervollste Frauengruppe, die ich kenne, und ich bin glücklich, euch als Freundinnen zu haben. Brighton, danke, dass du meine Mentorin, mein Resonanzboden, meine Retreat-Mom und überhaupt so ein großartiger Mensch bist. Ohne dich würde ich meine Gefühle immer noch mit Emojis und GIFs ausdrücken. Ellis, du bist zu brillant für diese Welt, und ich liebe es, von dir zu lernen. Elizabeth, wenn ich je wieder eine Prüfung ablegen müsste, würde ich von dir abschreiben. Esh, mein liebster Mensch aus Iowa, du bist immer die Erste, die mir ihren kritischen Blick anbietet, und deine Ratschläge sind stets perfekt. Helen, du hast mir gezeigt, dass man nicht die Lauteste sein muss, um den größten Effekt zu erzielen. Jen, du weißt es nicht, aber du hast mich mit deiner Offenheit dazu gebracht, mich im Schreiben und im Leben zu öffnen. Ann, du denkst und tust Dinge, die mir im Traum nicht einfallen würden, und das alles in den besten Socken. Melly, du bist meine drittliebste Geschichtenerzählerin, nach meinem Bruder und Kevin Hart, was bedeutet, dass du verdammt lustig bist. Und Laura, meine verloren geglaubte Schwester, dich bete ich ganz einfach an. Wenn ich einmal alt und grau bin, werde ich lächelnd auf meine Abenteuer zurückschauen. Danke, Ladys, für euer Lachen und eure Anleitung.

Natürlich möchte ich auch Sharon danken, meiner Agentin und Träume-Wahrmacherin, weil du meine E-Mails immer beantwortest, selbst wenn sie vor spätnächtlichem Gefasel oder betrunkenen Ideen bersten, die mich zu diesem Buch inspiriert haben. Du bist eine Gentlewoman und eine Gelehrte, und mit dir an meiner Seite habe ich keine Angst. Marla, du außergewöhnliche Lektorin, danke, dass du das Potenzial von diesem Manuskript erkannt hast und so entgegenkommend warst, als ich sowohl ein menschliches als auch ein literarisches Baby auf die Welt gebracht habe. Mein Baby und mein Gehirn sind dir für deine Geduld sehr dankbar.

An die PW '15-Gruppe, das beste Autorennetzwerk, das sich je im Internet getroffen hat: Ich weiß, unter euch gibt es immer jemanden, der meine Fragen beantwortet oder mir sein Ohr leiht. Danke an meine CPs J.R. und Laura (noch einmal), ihr seid die Besten.

Dank schulde ich auch meiner Familie, die mir nie das Gefühl gegeben hat, dass meine Träume albern sind, und meinem Bruder, dem ich unendlich dankbar dafür bin, dass dank ihm immer jemand Klügeres als ich im Raum ist.

Dankbarkeit, Liebe und Licht für Oprah.

Und zu guter Letzt möchte ich noch Yuengling, Summer Shandy, Dogfish Head, Brooklyn Lager, Fat Tire, Stone IPA, Sierra Nevada, Goose Island, Lagunitas, Free Will, Hijinx, Funk, The Tavern, Callaghan's und jedem anderen Bier, jedem Pub, jeder Bar und Brauerei danken, wo alle deinen Namen kennen und sich immer freuen, wenn du kommst.

Informationen zu unserem Verlagsprogramm, Anmeldung zum Newsletter und vieles mehr finden Sie unter:

www.harpercollins.de